20世纪中国科学口述史

李书华自述

THE AUTOBIOGRAPHY OF LI SHU-HUA

李书华◎著

湖南教育出版社

国家出版基金项目
NATIONAL PUBLICATION FOUNDATION

《20世纪中国科学口述史》丛书编委会

席泽宗序

正当21世纪开头的时候，湖南教育出版社策划编辑出版一套《20世纪中国科学口述史》丛书，有计划地访问一些当事人，希望他们能将亲历、亲见、亲闻的史实回忆口述，让采访者整理成文字和音像资料，为后人留下一些宝贵的文化财富。这是一件很有意义的事，应该得到各方面的支持。

口述历史很重要。《论语》就不是孔子（前551—前479）的著作，而是口述。这情形与希腊的苏格拉底（约前470—前399）及其以前的哲学家们相似。那个时代学者们还没有自己著书立说的习惯，思想学说都是靠自己口述而由门人弟子记录下来的。正如《汉书·艺文志》所说："《论语》者，孔子应答弟子、时人，及弟子相与言而接闻于夫子之语也。当时弟子各有所记，夫子既卒，门人相与辑而论纂，故谓之《论语》。"《论语》被奉为儒家经典，流传两千多年，一字值千金。我们当代人的所见、所闻、所历，不能与之相比，但"集腋成裘，聚沙成塔"，贡献出来，流传下去，对社会还是有益的。

司马迁著《史记》，上古部分文献太少，主要根据"传说"

席泽宗（1927—2008），天文史学家，中国科学院院士（1991）。

（一代一代“传”下来的“说”，即口述、口述、再口述），准确的年代只能从西周共和元年（前841年）算起，这不仅给年代学留下了一个空当，因而有今日的“夏商周断代工程”，还给后人提供了怀疑的口实。辛亥革命前后，国内外出现了疑古思潮，提出“东周以前无史”论，企图把中国文明史砍去一半。幸而这时在河南安阳殷墟发现了甲骨文，王国维于1917年写了《殷卜辞中所见先公先王考》及《续考》，指出甲骨文中发现的殷商王室的世系，与《史记·殷本纪》中所载相吻合，《殷本纪》中的口述记载只有个别错误。这就把中国有文字可考的历史，由东周上推了近千年。由此，王国维提出“二重证据法”：“古书之未得证明者，不能加以否定，而其已得证明者，不能不加以肯定。”他又于1926年在上海《科学》杂志第11卷第6期上发表《最近二三十年中国新发现之学问》一文，指出中国历代出现的新学问大都是由于新的发现。他举了很多例子，最重要的是汉代曲阜孔壁中古文和西晋汲冢竹书的发现，说明新材料对于学术的推动作用。与此同时，胡适于1928年在《新月》第1卷第9期上写了一篇《治学的方法与材料》，进一步指出，我们不仅是要找埋在地下的古书，更重要的是要面向自然界找实物材料。他说：“材料可以帮助方法；材料的不够，可以限制做学问的方法；而且材料的不同，又可以使做学问的结果与成绩不同。”他用1600年到1645年间的一段历史，进行中西对比，指出所用材料不同，成绩便有绝大的不同。这一段时间，中国正是顾炎武（1613—1682）、阎若璩（1636—1704）这些大师们活动的时代，他们做学问也走上了新的道路，站在证据上求证明。顾炎武为了证明衣服的“服”字古音读做“逼”，竟然找出了162个例证，真可谓小心求证。但是，他们所用的材料是从书本到书本。和他们同时代的西方学者则大不相同，像开普勒、伽利略、牛顿、列文虎克、哈维、波义耳，他们研究学问所用的材料就不仅仅是书本，更重要的是自然界的东西。哈维在他的《血液循环论·自序》中说："我学解剖学和教授解剖学，都不是从书本上来的，是从实际解剖来的；不是从哲学家的学说上来的，是从自然界的条理上来的。"结果是，他们奠定了近代科学的基础，开辟了一个新的科学世界。而我们呢，只有两部《皇清经解》做我们300年来的学术成绩。

1915年《科学》的创刊和中国科学社的成立，标志着近代科学开始在中国落地、扎根，但成长、壮大、开花和结果，还有待于努力。中央研究院（1928年）、北平研究院（1929年）、中央工业试验所（1929年）、中央农业试验所（1931年）等国家科研机构的相继建立，《大学组织法》（1929年）、《大学规程》（1929年）和《学位授予法》（1934年）等的颁布，都为科学的进一步发展提供了必要条件。至1949年，全国已有700多位科学家在200余所高等院校、60多个科研机构、40多个学术团体中工作。用卢嘉锡半开玩笑的话来说，"这是一支物美价廉、经久耐用的队伍"。李约瑟把他记述抗战时期中国科学家工作的一本书，取名《科学前哨》（*Science Outpost*）。他在序中说："书名似乎应当稍加解释。并不是我们中英科学合作馆的英籍同事远在中国而以科学前哨自居。我所指的是我们全体，不论英国人或中国人，构成中国西部的前哨。""这本书如有任何永久性的价值，一定是因为它提供了一类记录（虽然不甚充分）……看到中国这一代科学家们所具有的创造力、牺牲精神、坚韧、忠诚和希望，我们以和他们在一起为荣，今天的前哨就将成为明天的中心和司令部。"

李约瑟的预言即将实现。1949年中华人民共和国的成立，为科学的发展提供了前所未有的有利条件。1956年制定的《1956—1967年科学技术发展远景规划纲要》，通过十几个重大项目、几十个重点研究任务、几百个中心课题，把第二次世界大战以来的新科学和尖端技术都涵盖于其中，下决心，攀高峰。据杨振宁搜集起来的10项产品的年代比照，我们的赶超速度是很快的。从原子弹到氢弹，我们所花费的时间最少：法国8年，美国7年，英国5年，苏联4年，中国3年，爆炸在法国之前。还要注意一点，别的国家的科学家，是全力以赴搞科学，中国科学家要政治学习、劳动锻炼、下乡"四清"，至于"文化大革命"那样的干扰，更是史无前例，就连"中国核弹之父"钱三强也不能幸免。1978年以后，抛弃以"阶级斗争为纲"，才把书桌子放稳，安下心来搞科研，然而在市场经济大潮的冲击下，也有新的问题。科学是没有阶级性的，但是科学家是在社会中生活的，科学事业是社会建构的一部分，都有时代的烙印。与过去300年相比，科学在20世纪的中国，特别是后50年，取得了举世瞩目的成就。总结这段历史经验，对于21世纪科学的发展无疑是有借鉴意义的。这项工作国内有许多人在做。

湖南教育出版社邀请有经验的专家组成编委会，派人准备从人物（包括科研组织管理工作者）、学科、事件等方面进行访谈和旧籍整理，这无疑是一种新的形式。口述历史虽然是历史学的最初形态，但那时没有录音、摄像等设备，也没有现在的严密组织准备，效果是不一样的。因此，我相信，这套书一定能成功，故为之序。

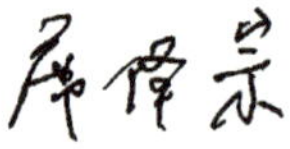

2007年10月于北京

韩启德序

20世纪是中国社会巨变的一个世纪，也是中国科学大发展的一个世纪。

中国的现代科学是在西方科学传入之后发展起来的。远在明末清初，西方科学就传到了中国。但从明末到清末，300年的“西学东渐”，其主要成果不过是翻译介绍了一些西方科学著作，传播了一些科学知识。到了20世纪，中国才出现了现代意义的科学事业和科学家。

20世纪之初，在以“新政”为标榜的政治和社会改革风潮中，延续千年的科举制度被废除，近代新学制开始在全国范围内实施，现代科学被纳入我国教育体制，从此科学知识成为中国读书人的必修课程，科学观念逐步深入人心。“赛先生”与“德先生”成为五四新文化运动的两面旗帜。

20世纪二三十年代，特别是国民政府成立之后，国立和私立大学的科学教育和科研水平稳步提高，以中央研究院为代表的专门科研机构逐步建立，一系列专业学会成立起来并开展各种学术活动，奠定了我国现代科学各主要学科的基础。然而，

韩启德（1945—），病理生理学家，中国科学院院士（1997）。现任全国人大常委会副委员长，九三学社中央主席，中国科学技术协会主席。

日本侵华战争使我国刚刚起步的现代科学事业遭到严重摧残。抗战胜利后，内战又使科学事业在短期内无法恢复元气。

中华人民共和国成立之后，在中国共产党的领导下，科学事业受到前所未有的重视。建国后不久，国家就陆续成立了从中央到地方的各级综合性和专业性科研机构，调整和新建了一大批高等院校，组织实施了一系列重大科研计划。在 20 世纪的 50 年代末到 60 年代，以“两弹”（原子弹和导弹）研制、大庆油田的开发和人工合成结晶牛胰岛素等重大成就为标志，我国科学事业实现了跨越式的发展。不幸的是，不断升级的政治运动严重干扰和破坏了科学事业。“文化大革命”十年动乱，使我国科学不进反退，拉大了我们与世界先进水平的差距。

改革开放迎来了中国科学的春天，知识分子终于彻底摘掉了“臭老九”的帽子，我国科技工作者焕发出前所未有的活力。经过科技体制改革的探索，在 20 世纪末，我国确立了“科教兴国”战略。近年来，国家对科技的投入大幅增长，科研水平稳步提高，我国科学技术全面发展的时代正在到来。

一个世纪之前，中国的现代科学事业几乎还是一张白纸。今天的中国科学已经以崭新的面貌自立于世界。“两弹一星”、杂交水稻、载人航天等一系列成就，标志着我国科学技术事业的空前发展，同时也极大地提升了我国的国际地位。但我们也应清醒地认识到，我们与国际科学技术的先进水平还存在相当差距，我们仍然在探索适合中国国情的科技发展道路，建立完善的现代科研体制的任务还没有完成。

中国现代科学技术的发展既有顺利的坦途，也历经坎坷和曲折。艰苦的物质条件和严酷的政治运动没有动摇中国科技工作者的爱国报国之心和求索创新之志。为中国科学技术事业建立功勋的既有像“两弹元勋”一样的科学英雄，更有许多默默无闻、甘于奉献的科技工作者。他们的名字，他们的事迹，是中国现代历史中的重要篇章。比较令人遗憾的是，我们很少见到中国科学家的自述、自传一类的作品。因此，许多科学家的事迹，他们的奋斗与探索，还不大为社会所了解；许多珍贵的历史资料，随着一些重要当事人的老去而永远消失，铸成无法挽回的损失。

湖南教育出版社出版的这套《20 世纪中国科学口述史》丛书，在一定程度上弥补了这个缺憾。口述历史的特点是真实生动、细节丰满、可读性强。这套丛书中，无论是口述自传、个人或专题访谈录，还是科学家自述，都出自科学家、科技管理者、科学普及工作者或科技战线的其他工作者的亲口或亲笔叙述，是中国现代科学事业的参与者回忆亲历、亲见、亲闻的史实，提供了许多鲜为人知、鲜活逼真的历史篇章，可以补充文献记载的缺失，是我们研究中国现代科学发展史的珍贵资料。同时，书中也展现了我国科技工作者爱国敬业、艰苦探索、勇于创新、无怨无悔的精神境界，必将激励后来者为发展我国的科学技术而努力奋斗。

近年来，访谈类节目在电视、电台热播，大受欢迎。我相信，《20 世纪中国科学口述史》丛书也一定能赢得读者的喜爱，在我国科学文化建设中发挥应有的作用。故乐为之序。

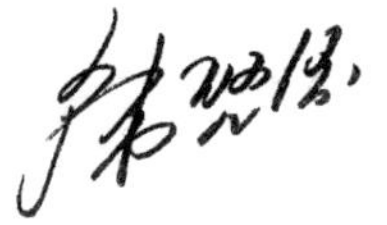

2007 年 10 月于北京

主编的话

以挖掘和抢救史料为急务

自文艺复兴以来，西方经过宗教改革、世界地理大发现、科学革命和产业革命，建立了资本主义主导的全球市场和近代文明。在此过程中，科学技术为社会发展提供了最强大的动力，其影响至20世纪最为显著。

在从传统社会向近代社会的转型中，国人知识结构的质变，第一代科学家群体的登台，与世界接轨的科学体制的建立，现代科学技术学科体系的形成与发展，乃至以“两弹一星”为标志的一系列重大科技成就的取得，都发生在20世纪。自1895年严复喊出“西学格致救亡”，至1995年中共中央、国务院确定“科教兴国”的国策，百年中国，这“科学”是与“国运”紧密关联着的。百年中国的科学，也就有太多太多的行进轨迹需要梳理，有太多太多的经验教训需要总结。

关于20世纪中国历史的研究，可能是格于专业背景方面的条件，治通史的学者较少关注科学事业的发展，专习20世纪科学史者起步较晚，尚未形成气候。无论精治通史的大家学者，或是研习专史的散兵游勇，都共同面临着一个难题——史料的缺乏。

史料，是治史的基础。根据20世纪中国科学史研究的特点，搜求新史料的工作主要涉及文字记载、亲历记忆、图像资料和实物遗存这四个方面。

20世纪对于我们，望其首已遥不可及，抚其尾则相去未远。亲身经历过这个世纪科学事业发展且做出过重要贡献的科学家和领导干部，大都已是高龄。以80岁左右的老人为例，他们在少年时代亲历抗日战争，大学毕业于共和国诞生之初，而国家科学事业发展的黄金十年时期（1956—1966）则正是他们施展才华、奉献青春、燃烧激情的岁月。这些留存在记忆中的历史，对报刊、档案等文字记载类史料而言，不仅可以大大填补其缺失，增加其佐证，纠正其讹误，而且还可以展示为当年文字所不能记述或难以记述的时代忌讳、人际关系和个人的心路历程。科学研究过程中的失败挫折和灵感顿悟，学术交流中的辩争和启迪，社会环境中非科学因素的激励和干扰等等，许多为论文报告所难以言道者，当事人的记忆却有助于我们还原历史的全景。

湖南教育出版社欲以承担挖掘和抢救亲历记忆类史料为己任，于2006年启动了《20世纪中国科学口述史》丛书的工作计划，在学界前辈和同道的支持下，成立了丛书编委会，于科学史界和科学记者群中招兵买马，认真探索采访整理工作规范和成书体例。通过多方精诚合作，在近两年中已出版图书20种，得到了学术界和读者的认可。

近年兴起的口述史（Oral History）热潮，强调采访者的责任，强调采访者与受访者之间的互动，强调留下“有声音的历史”。不过，口述史内容的“核心”是“被提取和保存的记忆”（唐纳德·里奇《大家来做口述历史》）。把记忆于头脑中的信息提取出来，方法上有口述与笔述之差别，但就获取的内容而言，并无实质性的差别。因此，本丛书当前在积极组织从事口述史采访队伍的同时，也积极动员资深科学家撰写回忆文本，作为“笔述系列”纳入本丛书中来。

科学，作为一种社会事业，除科学研究之外，还包括科学教育、科学组织、科学管理、科学出版、科学普及等各个领域，与此相关的人物和专题皆可列入选题。

本丛书根据迄今践行的实际情况，在大致统一编辑规范的基础上，将书稿划分为5种体例：

1. 口述自传——以第一人称主述，由访问者协助整理。

2. 人物访谈录——以问答对话方式成文。

3. 自述——由亲历者笔述成文。

4. 专题访谈录——以重大事件、成果、学科、机构等为主题，做群体访谈。

5. 旧籍整理——选择符合本丛书宗旨的国内外已有文本重新编译出版。

形式服务于内容，还可视实际需要而增加其他体例。

受访者与访问整理者，同为口述史成品的作者。忆述内容应以亲历者的科学生涯和有关活动为主线展开，强调以人带史，以事系史，忆述那些自己亲历亲闻的重要人物、机构和事件，努力挖掘科学事业发展历程中的鲜活细节。

书中开辟“背景资料”栏，列入相关文献，尤其注重未经披露的史料，同时还要求受访者提供有历史价值的图片。这些既是为了有助于读者更好地理解忆述正文的内容，也是为了使全书尽可能地发挥“富集”史料的作用。

有必要指出，每个人都会受到学识、修养、经验、环境的局限，尤其是人生老来在记忆力方面的变化，这些会影响到对史实忆述的客观性，但不能因此而否定口述史的重要价值。书籍、报刊、档案、日记、信函、照片，任何一类史料都有它们各自的局限性。参与口述史工作的受访者和访问者，即便是能百分之百做到“实事求是”，也不能保证因此而成就一部完整的信史。按名家唐德刚先生在《文学与口述历史》一文中的说法，口述史“并不是一个人讲一个人记的历史，而是口述史料”。史学研究自有其学术规范，不仅要用各种史料相互参证，而且面对每种史料都要经历一个“去粗取精，去伪存真”的过程。本丛书捧给大家看的，都是可供研究20世纪中国科学史的史料，囿限于斯，珍贵亦于斯。

受访者口述中出现的历史争议，如果不能在访谈过程中得以澄清或解决，可由访问者视需要而酌情加以必要的注释和说明。若对某些重要史实有不同的说法，则尽可能存异，不强求统一，并可酌情做必要的说明或考证。因此，读者不必视为定论，可以质疑、辨伪和提出新的史料证据。

本丛书将认真遵循求真原则和史学规范，以挖掘和抢救史料为急务，搜求各种亲历回忆类史料，推动20世纪中国科学史的研究！

欢迎各界朋友供稿或提供组稿线索，诚望识者的批评指教。谨以此序告白于20世纪中国科学史的研究者和爱好者。

樊洪业

2008年10月于中关村

2011年元月修改于中关村

李书华自述

The Autobiography of Li Shu Hua

CONTENTS 目录

出版说明

李书华（一八九〇—一九七九），字润章，河北昌黎人。物理学家，教育家。他早年留学法国，先后获图卢兹大学理学硕士学位（一九一八）、法国国家理学博士学位（一九二二，巴黎大学）。一九二二年回国后，历任北京大学物理系教授、系主任，中法大学教授、代理校长，北平大学副校长兼代理校长。一九三一—一九三二年任南京国民政府教育部政务次长、部长。他长期担任北平研究院副院长（一九二九—一九四八），是该院的主要领导人，并曾受聘为中央研究院总干事（一九四三—一九四五）。一九四八年当选中央研究院院士。一九四九年，李书华离开大陆，曾先后在法国巴黎和德国汉堡从事研究和讲学。一九五三年后在美国哥伦比亚大学做访问学者五年，业余从事科学史研究。晚年多病，一九七九年七月五日在美国纽约逝世。

一九四九年以前，李书华历任许多重要的科研和教学机构的负责人，是中国现代科学界的元老之一，交游极广。他的回忆录忆述了他一生的几段重要经历，如留学法国，在北京大学、北平研究院、中法大学、北平大学区等从事教学、科研、管理与学术交流等往事，以及与蔡元培、吴稚晖、李煜瀛、陈独秀、胡适、李大钊、钟观光、陶孟和、沈尹默、梅贻琦、朱家骅、郑大章、汪敬熙、杨梦赉等中国现代科学和教育名人的交游。其书言必有据，要言不烦，既是李书华本人生命史的真实记录，也是中国现代科学文化史和教育史的重要资料。

李书华一九六三年开始撰写回忆录，自一九六四年起在台北《传记文学》杂志上分篇发表，后辑为《碣庐集》由台北传记文学出版社于一九六七年一月出版，其中包括正文五篇和附录五篇。正文五篇依次是：1.《十年留法》，原刊《传记文学》第三卷第四期（一九六四）；2.《七年北大》，原载《传记文学》第六卷第二期和第三期（一九六五）；3.《两年中法大学》，原载《传记文学》第十卷第一期（一九六七）；4.《二十年北平研究院》，原载《传记文学》第七卷第四至六期（一九六六）；5.《参加联合国教育科学文化组织大会前后五次的回忆》，原载《传记文学》第九卷第四期（一九六六）。五篇文章，收入《碣庐集》时都略有修订。

《碣庐集》出版后，李书华还写过几篇回忆在《传记文学》上发表。唯因《碣庐集》未再版，故这些回忆文章未能收入其中。这些文章中有几篇与上述五篇同属一个系列，因此，趁此次李书华的回忆录在祖国大陆首次出版，我们将他的三篇回忆补入本书正文之中。其中，《从私塾到学堂》原载《传记文学》第十七卷第四期（一九七〇）；《一年北平大学区》，原载《传记文学》第十一卷第三期（一九六七）；《一年教育部》，原载《传记文学》第十五卷第三期（一九六九）。这三篇文章有几处与《碣庐集》中的文字略有重复，我们不加编辑删改。

李书华一生，在教学、科研和管理之余，雅好游历名胜，并写有不少游记，多在禹贡学会的刊物《禹贡》上发表。他的游记，具有科学家精细的观察测量以及独到的见解、考证与发现，在中国现代游记中独具特色。如在游黄山时，李书华测定莲花峰高于天都峰，证实徐霞客的发现，纠正了通常以为天都峰为黄山最高峰的看法。这些纪游之作，在一九六九年曾由李书华亲自辑为《李书华游记》由台北传记文学出版社出版，但删去了原文中的大多数图片。这里，我们选择《黄山游记》、《房山游记》和《陕游日记》三篇，收入附录。三篇均按照《禹贡》原刊排印，但原文中的一些照片，由于不大清晰，稍有删减。

《碣庐集》原版附录有五篇文章，即《吴稚晖先生从维新派成为革命党的经过》、《胡适之先生生平及其贡献》、《悼梅月涵先生》、《追忆朱骝先先生》、《追忆袁守和先生》。这次重版，我们删去了其中与中国现代科学史关联不大的“吴稚晖”和“胡适之”两篇；以其余三篇，并补入《悼汪敬熙先生》（原载《传记文学》第十三卷第六期，一九六八年十二月）一篇，收入“附录”中。

一九六六年十一月，李书华在《碣庐集》“自序”中说，该书的书名，“原拟为《我一生几个重要的经历》，后改为《碣庐集》”。此次重版，作了上述调整，与《碣庐集》原版相比，正文增入三篇，附录在删去两篇后新增四篇，内容更为完整，因此决定另拟书名为《李书华自述》。此外，我们还新增了李书华的一封手迹和其游黄山题刻的照片（樊洪业先生提供）。同时，根据本丛书体例，编制了李书华生平年表、主要著述目录（参考戴念祖编《20 世纪上半叶中国物理学论文集萃》）和人名索引，增加了必要的脚注（原作均无注）。至于收入书中的每篇文章，仅改正了少量排印错误和作者的笔误，其余一仍其旧，以存原貌。

王扬宗

二〇〇七年十二月

自序

本书包括正文五篇，附录亦五篇。正文计：《十年留法》、《七年北大》、《两年中法大学》、《二十年北平研究院》与《参加联合国教育科学文化组织大会前后五次的回忆》；全是《传记文学》已发表的。所记为我一生几个经历，并叙述有关机关的情形，兼及当时的背景。除关于“联教组织大会”一篇从一九四五年谈到一九五二年外，其前四篇则由民国元年开始，接连谈到民国三十八年的往事为止。约当我年龄的半数（我生于清光绪十六年庚寅，一八九〇年，现年七十七岁）。附录五篇，则为纪念吴稚晖先生的文字（《传记文学》刊载）及追忆胡适之（《大陆杂志》刊载）、梅月涵（《清华校友通讯》刊载）、朱骝先（《朱家骅先生逝世纪念册》刊载，大陆杂志社编辑）、袁守和（《传记文学》刊载）四位老友的文字。

本书付印之前，我曾将大部分原印稿，分别校对并稍加修正，故本书正文及附录，与从前各刊物所发表的各印稿，稍有出入。

本书命名，原拟为《我一生几个重要的经历》，后改为《碣

本文为《碣庐集》自序。

庐集》。按《禹贡》有“太行恒山至于碣石入于海”之句。碣石山在河北昌黎县城之北数华里，吾乡则在碣石山之西约四十华里。因此我现在住屋特取名为“碣庐”。上述十篇文字，全是在“碣庐”所写，故本书命名为《碣庐集》。

本书承刘绍唐先生收为《传记文学丛书》之一，特此鸣谢。

一九六六年十一月三日李书华草于纽约

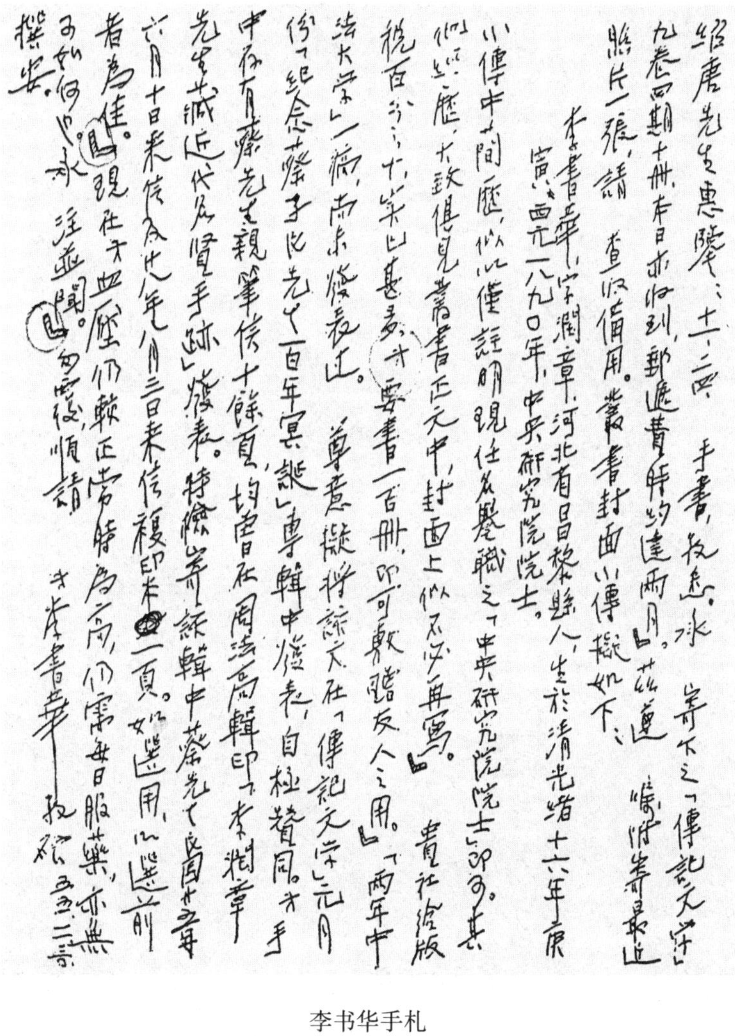

紹唐先生惠鑒：十二、六　手書，敬悉。承　寄下之「傳記文學」九卷四期十冊，本日亦收到，郵遞費時約達兩月。茲遵　囑附寄最近照片一張，請　查收備用。叢書封面小傳擬如下：

李書華，字潤章，河北省昌黎縣人，生於清光緒十六年庚寅，西元一八九〇年，中央研究院院士。

小傳中簡歷，似以僅註明現任名譽職之「中央研究院院士」即可。其他經歷，大致俱見叢書正文中，封面上似不必再寫。　貴社給版稅百分之十，[illegible]甚妥，弟要書一百冊，即可敷贈友人之用。「兩年中法大學」一稿，尚未發表過。　尊意擬將該文在「傳記文學」元月份「紀念蔡孑民先生百年冥誕」專輯中發表，自極贊同。弟手中存有蔡先生親筆信十餘頁，均曾在周法高輯印「李潤章先生藏近代名賢手跡」發表。特檢寄該輯中蔡先生民國廿五年六月十日來信及廿七年八月三日來信複印本一頁。如蒙選用，以選前者為佳。弟現在大血壓仍較正常時為高，仍需每日服藥，亦無可如何也。承　注並聞。弟勿念。專復，順請

撰安。

弟李書華拜啟　五五、十二、二十

李书华手札

李氏历代均以务农为业，兼读书或习武，后来亦闻有经商者。因忠厚传家，乡人称之为“李善人”。

第 1 章

从私塾到学堂

一

吾家祖先于明代后期在河北省（即从前直隶省）昌黎县城内居住。明末满洲兵围昌黎县城，李氏捐谷助饷，协助守城。清初李氏一部分人士移居县城西大李佃子庄，距城四十华里。不久我们一支派在该庄西南一华里处创建新庄，迁入居住，名之曰：新房子庄。其他两支派分别移住段庄子与剪庄子。这几个村庄相距一华里至两三华里。

李氏历代均以务农为业，兼读书或习武，后来亦闻有经商者。因忠厚传家，乡人称之为“李善人”。同族老长辈前后有过一个拔贡，两个武进士选充御前侍卫（俗称武辖）。至于文武秀才为数颇不少；记得我七八岁时，同族还有文秀才（亦称庠生、生员，或文学）五人，武秀才（武庠生，或武学）四人健在。

曾祖裕清公武庠生，曾祖母韩氏；祖父长庚公武庠生，祖母刘氏；父亲星五公讳万魁，母亲唱氏。父亲初读书，嗣习武，后纳资捐武监生，投考武乡试未中。父亲仍继续祖遗之中等农业家庭。曾祖父母，祖父母，与父母亲，均享寿八十岁左右。我童年时曾祖父母尚健在。三代均属单传。

清光绪十六年，庚寅，即公元一八九〇年，我生于昌黎县新房子庄。

我有胞弟一人，名书田，字耕砚，现在美国。我有胞妹一人，名仪坤，比耕砚大数岁，适同邑施各庄孙姓，结婚后不久病故。

我少年时奉祖父母及父母之命，与同邑万贯各庄万公香圃之三女万贞元女士结婚。贞元于民国二十八年（一九三九）病逝天津。贞元生二女一男；长女继贞现在大陆，男小润现在美国，次女幼贞现亦在美国。

民国三十二年（一九四三）我与天津王公芝山讳恩庆之三女王文田女士在重庆结婚，文田现在美国。

二

我由六岁（一八九五）起，即入私塾读书，先读三字经、千字文、百家姓，次选读唐诗，再次读四书、五经，最后读古文、《东莱博议》，旁及《幼学故事琼林》。

清光绪二十六年（一九〇〇）我十一岁，对于义和拳之乱，我记忆颇清楚。义和拳后改名为义和团，起源于白莲教，托言神灵附体，念咒能抵抗枪炮，专以拳棒为武器，有祖师、大师兄、二师兄等名称。昌黎县境内受天津的波及，也发现少数义和团，对于教民也有小的扰乱。比及洋兵开到安山火车站，距铁路较近的居民，有搬家迁避者，但不久仍各回家。

清光绪二十八年（一九〇二）诏令废八股文、试帖诗。科举改试策论经义。清光绪二十九年业师杨永龄（字象九，是一个增生）先生令选读当时流行的策论若干篇，并为之讲解御批《通鉴辑览》，同时开始学作策论。

清光绪三十年（一九〇四）我已能作三百字或四百字一篇的策论。杨先生认为我的作文能力可以应“童子试”亦称“小考”。适县考与府考均已考过，学台陆宝忠侍郎（江苏太仓州人，光绪二年进士）即将莅临，举行院考。杨先生主张我补名应院考；父亲意欲我由下年举行之县考起，开始报考；但以杨先生坚决主张，父亲终于同意。因我太年幼无经验，未被录取。

清光绪三十一年，我应县考，全县考生约四百人，末场我取中第三十几名。嗣应府考，永平府知府管廷献（山东莒州人，光绪九年癸未探花）甚注意幼年考生。按府考与院考，均以县为单位。府考第一场我取中第十名，第二场取中第十二名，第三场取中第七名，第四场即末场取中第十四名。杨先生与父亲以为院考时考中秀才之可能性很大，均颇满意。但是年八月诏废科举，院考不再举行。从此便把隋唐以来延用一千二三百年的考试制度根本取消了。实在院考考中，便称为生员，俗称秀才，就是进入旧时学校的意思。

三

现在把旧时学校与书院制度简单说一说：

旧时学校有两种：一为国学，系国立；二为府州县学，系官立。国学即国子监，汉时称为太学；太学的学生称为太学生。国子监设于京师，其首长称祭酒。在国子监肄业的学生，称为监生。明制监生有“举监”（举人会试不第入监）、“贡监”（择生员学行优者送入监）、“荫监”（大官子弟）、“例监”（捐资而得者）之分。清制五贡（恩、拔、副、岁、优）皆得入监（由各府州县学生员考取之贡生，送监肄业），而普通所称之监生，则皆由捐纳而来。

各府州县学生员种类，有廪膳生员（廪生）、增广生员（增生）、附学生员（附生）三种。附生由童生（凡参加小考之人皆称童生）考取。府学设教授，州学设学正，县学设教谕各一人；均称教官，由上峰派充。后来清朝儒学浸衰，变为有名无实；而书院却成为造士育才之所。本来贡生是考取入国学的学生，生员是考取入府州县学的学生，然后来变为一层功名，与原意不符了。

武生童考隶学政。武生亦由儒教官兼辖之。清光绪二十年（一八九四）以后，即已废止武场。

书院为旧时学者讲学之所，始设于唐明皇时代。宋时庐山有白鹿洞书院，衡阳有石鼓书院，应天（现南京）有应天书院，长沙有岳麓书院。这四大书院当时甚有名。书院之堂曰讲堂，亦称学堂。元、明、清设立书院尤多，更有私家出资设立者。清朝各省、府、州、县分设书院，所属举贡生监肄业其中。书院与学校相辅而行，但与学校不同。主持书院讲学者名为山长，元朝就有这个名称。山长总是聘请一位有名的学者充任；例如清末主讲保定莲池书院的吴汝纶（挚甫），主讲江阴南菁书院的黄亦周（元同），都是有名的山长。各省会书院主持人，由学政会同督抚公同举报；各府州县书院主持人，由地方官会同教官绅耆公同举报，似有官绅合办的性质。书院常由官家（如司库）拨银作基金，发商生息，作书院膏火等经费。

四

清光绪三十三年（一九〇七）正月我入昌黎县高等小学堂。这个学堂是由昌黎碣阳书院改办的。当时全县仅有此一高小，永平府七县仅有府城一座中学堂，这座中学堂也是由书院改办的。高小有学生数十人，学生的年龄有达二十余岁者。高小监督由知县兼任。学堂中设一学董，主持校务，实际等于校长。此外有专任教员一人。所有功课除国文外，均由此教员担任。当时学董董光照先生乃系昌黎一位老举人，同时他兼任国文教员，为学生讲《孟子》及《左传》，每周令学生各作长篇国文一篇并为之改正。我在高小整一年，国文受益不浅。

五

清光绪三十四年（一九〇八）正月我考入保定直隶高等农业学堂农科第三班。入学一年后第三班改为中等班。

保定原为直隶省城，然总督衙门早已迁到天津，藩臬两司仍住保定，提学使衙门则设在天津。

京、津、保为北方三个文化中心。清末直隶高等教育机关分设津、保两地：天津有北洋大学、北洋法政学堂、直隶高等工业学堂；保定有直隶高等学堂、直隶高等农业学堂、直隶优级师范学堂。此外保定还有陆军速成学堂、陆军马医学堂等。陆军速成学堂为保定陆军军官学校的前身。保定军校第一期民国元年（一九一二）七月开学，办至第九期为止，前后毕业学生共有九千余人。

保定高农第三班同学五十余人，除直隶人外，外省人如河南、山东、安徽、四川、广东、东北等地学生均有。监督（即校长）王树善，上海人，是一位直隶候补道，同时他是直隶全省农务总局总办。教务长黄立猷（毅侯）湖北沔阳人，是日本留学生。外国语文，初习日文、日语，改为中等班后改习英文。国文、日文日语、英文、算学、动物学，均由中国教员担任。物理、化学、植物学、矿物学及各种农业专门科目（作物、园艺、蚕桑、土壤、肥料、农产制造、家畜饲养、农具等），均由日本教员担任。日本教员上课讲日语，由翻译员译成中国话。算学教员王则融直隶蠡县人，是一位有名的算学家。我们的算术、代数、平面几何、立体几何、三角、大代数等，全是王先生所教授。我对于算学受益甚大。

我入保定高农的第一年（即一九〇八年）冬阴历十月二十一及二十二两日，清光绪帝与西太后那拉氏相继崩逝。保定全城大小官员反穿白羊皮褂（即白羊毛露在外面）齐集行宫表示哀悼。保定高农全体学生由王监督率领亦到行宫往吊，行大礼，并举哀。

六

辛亥革命以前，各地革命党时有起义及炸清朝大官之举：如己酉（一九〇九）十二月熊成基在哈尔滨谋暗杀贝勒载洵不成，被执殉难；辛亥（一九一一）二月汪精卫、黄复生在北京谋炸清摄政王不成被捕；以及辛亥三月二十九日广州起义失败，七十二烈士死难，葬于黄花岗；等等。这类消息传到保定，同学极感震动。

清廷原定九年预备立宪。宣统元年（一九〇九）九月各省咨议局成立，立宪派要求速开国会，组织责任内阁。此种运动以顺直咨议局最为激烈。宣统二年正月各省咨议局代表由孙洪伊领衔，以请愿书托由都察院代奏，此为第一次请愿，结果谕旨拒绝。是年四月各省咨议局又联合各省政团、商会及海外侨商扩大为第二次之请愿，复奉旨不准。是年九月北京资政院开院，代表等又作第三次之请愿，向资政院上书。旋资政院全体赞成，即日上奏，同时各省亦联合请求，于是清廷将筹备立宪期间缩短为宣统五年召集国会。但各省代表仍拟继续运动，经清廷严厉制止。宣统二年十一月东三省请愿代表十余人到京，清廷命民政部、步军统领衙门派员解回原籍；天津请愿同志会代表温世霖于宣统二年十二月发动第四次请愿，被发戍新疆，各方益感失望。

清宣统二年冬保定各学堂学生为要求速开国会，曾全体罢课。直隶高等学堂监督刘春霖（直隶肃宁人，清光绪三十年甲辰科状元，即光绪三十一年废科举前最末一科的状元）联合其他学堂监督出面调解亦无效。高农学生总代表汪濂，安徽人，是我们的同班，善辞令，曾与刘春霖大辩论一次。保定各学堂以高农闹得最烈，新任张监督（亦是一位直隶候补道，但现忘记其名）亲到学生宿舍，力劝学生上课，学生群聚于监督前大哭不止。当局派兵弹压，兵士设帐篷住于学堂大门外，大门紧闭，学生未能出大门者十余日。至阴历十二月初各学堂始一律上课。

清宣统三年辛亥（一九一一），清政府接受邮传大臣盛宣怀的建议，决定将粤汉、川汉等铁路收归国有，引起广东、湖南、湖北、四川一致反对。武汉党人乘机于阴历八月十九日，即阳历十月十日在武昌起义，南方各省相继独立。时北方有京津同盟会之组织，会长汪精卫，副会长李石曾。汪精卫未能执行职务，实际上会务由李石曾主持。张先培、黄之萌、杨禹昌于民元（即民国元年）正月十六日在北京东华门大街投弹炸袁世凯，彭家珍于民元正月二十六日在北京红罗厂投弹炸良弼，均与此曾有关。保定高农同学胡鄂公（湖北人，林科学生，后来任国会议员）曾参加此会。

清宣统三年冬长女继贞生于昌黎新房子庄。

七

民国元年（一九一二）一月一日国父中山先生在南京就任中华民国临时大总统。四十多天以后南北和议成立，清帝退位。中山先生辞职，改推袁世凯任临时大总统。

从武昌起义到清帝退位的几个月中，是全国人剪除发辫时期。我的发辫也是在此时剪去的。

民元四月我们考试毕业，我名列第一，时直隶高等农业学堂，已改为直隶农业专门学校，校长已由教务长黄立猷升任。我由校方呈准省方每年补助大洋六百元到法国留学。于是我与第二班毕业同学徐廷瑚（海帆）同往北京入留法俭学会、留法预备学校预备法文准备赴法。

留法预备学校四五月间开学。时蔡孑民先生任教育总长，开学时蔡先生应李石曾先生之约到校演讲。预备学校设于北京北城方家胡同顺天高等学堂旧址。校中只有厨师一人做饭菜而无听差。凡听差所作工作，均由学生自行操作，在中国可称独创一格。

留法预备学校，法文教员是法人铎尔孟（André d'Hormon），时任总统府顾问，他的教授方法极佳，我们仅学了约五个月的法文，然我们进步甚速。铎氏自号浩然，原毕业于巴黎东方语言学校，说一口流利的中国话，对于汉学颇有研究，译著颇多，但不愿发表。后来曾在北京大学和中法大学教授法文有年，在北平居留四十多年，一九五二年他才回法，一九六五年二月五日逝世（赵明德医生去年五月间由巴黎来信转据陈禾嘉先生见告）。

是时（指民元留法俭学会时期）民党要人张溥泉（继）、林子超（森）、宋遯初（教仁）诸先生均住在留法预备学校宿舍中。同学中喜欢踢足球者颇多，林先生曾赠送足球，以示鼓励。

民元十二月间留法俭学会同学约三十余人由北京搭乘火车赴法，经沈阳、长春、哈尔滨、满洲里，穿过西比利亚（即西伯利亚，后同），复经莫斯科、华沙、柏林、比京到达巴黎。途中共用去二十一天。

留法俭学会第一班同学现在台湾者，有：徐海帆（廷瑚）、李玄伯（宗侗）、徐学洛、汪申伯（申）、李叔陶（宗侃）等五人。

一九七〇年七月草于纽约，时年八十一岁。

是年（一九一五年）暑假后，我入都鲁芝（即图卢兹，后同）大学农科。农科属于大学理学院，我决定同时选习理学院几门功课。

第2章 十年留法

一

清光绪三十四年（一九〇八）正二月间，我考入保定直隶高等农业学堂农科第三班，入学后一年改为中等班。民国元年四月毕业考试，我名列第一，时此校已改名为直隶农业专门学校。校中呈准省方送我到日本留学，每年给予公费大洋五百元。农科第二班毕业生上年已选送石有奇、徐廷瑚（海帆）二人赴日本留学，每年亦各给公费大洋五百元。上年石徐二人回国随同第二班同学参加学部复试及格，得举人头衔。

我考过毕业后，适得悉李石曾先生等在北京创办留法俭学会，每年以大洋六百元的费用，外加旅费大洋二百元，可往法国留学；并在北京设立留法预备学校，预备法文数月，即行赴法。于是海帆与我二人向农专请求于原来每年大洋五百元外，加给大洋一百元，每年共大洋六百元，改往法国留学。农专呈准省方准予照办。我二人遂加入留法俭学会，入留法预备学校第一班。

第一班同学除海帆与我以外，有李宗侗（玄伯）、李宗侃（叔陶）、汪申（申伯）、彭济群（志云）、陈扬杰（子英）、乐佑（佑申）、乐禔（笃周）、乐夔、聂国梁（培元）、聂国华、魏树荣（耀东）、魏树勋（希尧）、羡钟周、羡钟鉴、张绍程（张绍曾之弟）、冯启球、徐学洛、雷善勷等；又有女同学郑毓秀［即后来之魏道明（伯聪）夫人］与章以保（即后来之唐在彰夫人）二人，合共二十余人。这是中国男女同班上课最早的学校。后来郑女士另行单独去法留学，章女士则未出国。

第一班于民国元年四五月间开学上课。上课后约四个月第二班同学余顺乾（子元）、谢田、李乃尧、胡谔钧、朱广儒、朱广相、朱广才等十余人亦到留法预备学校。第三班同学几全为四川人。

第一班同学与第二班同学约三十余人，临时加入李骏（显章）、何鲁（奎元）等，同乘火车经过西比利亚于民国元年底到达巴黎。两天后，即由李石曾先生送往巴黎以南一百余公里之蒙达邑（即蒙达尔纪，后同）（Montargis），预备学校第一班学生入该地男中学，第二班同学入该地工职，预备法文。食宿自修与法国学生同在一处，唯校中给中国学生另组法文班。后来又有几批留法俭学会学生到法，然总计前后人数大约一百人。

关于留法预备学校同学，由北京至巴黎旅行，有一事应指出者，即彼时欧亚旅行，不要护照；在任何国居留，亦无限制。国与国间旅行需要护照，乃是第一次世界大战期间才开始的。

民国二年夏间二次革命失败后，民党人士到欧者不少。蔡孑民先生偕夫人及公子无忌、柏林，女公子威廉和吴稚晖先生与谭熙鸿（仲逵）乘日本船赴法。吴先生经法回伦敦。稍迟汪精卫偕夫人陈璧君乘法国船到法，同行者尚有曾仲鸣及方君璧女士等。因李石曾先生及其夫人姚同宜女士与公子宗伟住在蒙达邑，汪精卫全家亦住在蒙达邑。

汪精卫应李石曾先生之约，每星期日上午到蒙达邑中学为中国学生讲演中国学术源流派别两小时，从孔子、老子、墨子等诸子百家说到陆象山、王阳明；内容丰富，讲解清楚，听者不倦。

一九一四年年初我与海帆离开蒙达邑，同往巴黎，由保定农专二班同学王祖矩（子方）代觅一位私立小学校长家中居住，其地在巴黎近郊哥伦布（Colombes）地方，距豆腐公司（Usine Caséo-Sojaine）不远，仍继续习法文。

豆腐公司乃一九〇八年李石曾先生所创设者，经理为齐竺山。有工人三十余人，前后分三批经西比利亚赴法，均由齐如山伴送，工人以工兼学，也就是勤工俭学的最初试验。该公司后来因受欧战影响，于一九一六年停工。

稍后我转往巴黎东南四十公里之莫兰中学（College de Melun），预备法文并补习科学，数月后仍返巴黎。

是时张溥泉先生由日本到法，不久李烈钧（协和）亦到法，从事反袁运动。马君武则经过巴黎重返德国。张溥泉到巴黎后，寓居中华印字局内与褚民谊同住。该印字局乃吴稚晖、李石曾、张静江诸位先生一九〇六年筹办巴黎《新世纪周刊》时所设立者。《新世纪》由一九〇七年六月二十二日至一九一〇年五月二十一日共出版一百二十一号。《新世纪》纪年即用“新世纪”，例如一九〇七年称为“新世纪七年”，并用阳历月日，表示不承认清朝之意。吴稚晖、李石曾两先生在《新世纪》所撰文字很多。他们主张社会革命与政治革命包括排满在内，他们并介绍无政府主义学说。《新世纪》经费多由张静江先生担任。

留法学生原来不多。最早的留法学生大概应为马建忠（眉叔），即马相伯之弟，《马氏文通》著者。马建忠于清光绪四年（一八七八）以郎中派赴驻法使馆留学，习政治法律。张静江、李石曾两先生则于一九〇二年随驻法公使孙宝琦（当时称为出使法国大臣）到法。在我们到法以前，留法同学原有钱泰（阶平）、褚民谊、吴文潞（弼刚）、李麟玉（圣章）、王祖矩，及女同学陆月琴等，另有习陆军的一批约十人，大概公自费生总数不过几十人。我们到法以后一两年中，各省送到法国的公费生很有几批：例如江西的梁仁杰（云山，法律）、陈寅恪（文学）、吴文潞（弼刚，数学）、陈和铣（孟钊，法律）等四人。陈吴系辛亥前留欧，民初补江西公费；又江西谢寿康（次彭）、黄中定（黄公素的胞弟），原留比，第一次欧战时改留法（据陈孟钊一九六四年七月廿七日来信）；河南的徐炳昶（旭生，哲学）、王尚济（海帆，数学）、吴法鼎（新吾，美术）、余同甲（法律）、曹钟华（法律）五人；云南的熊庆来（迪之，数学）、秦教中（医学）、杨维俊（化学）、姜某、李某、柳某六人（据缪云台一九六四年三月间在纽约面告：彼与熊秦等六人，均于清末入云南高等学堂，民国成立，取消高等学堂，其学生经考试送往外国留学，计派往美国者缪等六人，派往法国者熊秦姜李四人，杨柳为备取后亦得出国；同时派往德国与日本者，亦各数名）；广西的麦焕章（梦尧，文学）、苏希询（子美，法律）与梁某三人；吉林的张翼军（数学）、孙绍康（法律）等；四川的吴昆吾（法律）、季宗孟（法律）等；福建的沈觐寅（化学）等，全是这个时期到法国留学的，留法学生大为增加。

二

上文提到法国中学，现在略谈一谈法国教育制度：

法国教育可分为初等教育、中等教育及高等教育。法国全国行政区域划分为八十九个州（Département），而全国设有十六个国立大学（Université）。法国实行大学区制，每一国立大学校长（Recteur），同时管理该区各州内中等教育并监督该区各州内初等教育。法国国立大学校长由法国教育部部长提出，由法国总统任命。法国国立大学校长必须有博士学位者方能充任。

初等教育包括小学教育及师范教育。小学教育乃是强迫的义务教育，且系非宗教的。小学不收学费。义务教育年龄系由六岁至十四岁。每一自由城市（Commune）居民满五百人以上者必须设男小学一所，女小学一所，经费大部分出自国家，小部分出自地方。师范学校系为造就小学教员者，四年毕业。普通每州设立男师范一所，女师范一所。

中等教育包括男或女市立中学（Collège），男或女国立中学（Lycée）与职业学校。市立中学及国立中学主要目标为造就预备入大学的学生而设。中学课程分为两段（Cycle）：第一段由第六班至第三班共四年。第二段由第二班至第一班再至哲学班或科学班共三年。第一班修业期满至该区大学受中学毕业第一部分考试。及格后再回中学入哲学班或科学班一年，再至大学受中学毕业第二部分考试。第二部分考试及格后得第一级学位，称为“Bachelier”，姑译为“法国学士”，其程度较高于美国高中（Senior High School）毕业生，大致与美国大学本科（即美国的 College）一年级学生修业期满的程度相等。法文的“Bachelier”与英文的“Bachelor”（学士）本同一来源，但英美的学士学位，与我国的学士学位，是大学本科毕业生，法国的 Bachelier 则是高中毕业生。法国第一级学位考试，极为认真。

市立中学与国立中学组织上稍有不同。大城市之中学多为国立，小城市之中学则为市立。中学不收学费，且设有少数奖学金（Bourses），经过考试可以得到。国立中学与市立中学教员，均须先有硕士学位，再经特别考试方能充任。中学职教员薪津，由国家给予。建筑设备由地方担负，但可由国家补助。

上文所述蒙达邑中学、莫兰中学，均为市立中学。

高等教育包括国立大学（Université）及政府特设学校（Grandes Ecoles）与国立自由研究与教学机关。

法国十六个国立大学中，巴黎大学是最重要的。巴黎大学成立于一一五〇年至一一七〇年之间，距今约有八百年。意大利波楼纳（即博洛尼亚，后同）（Bologna）大学是一一五八年左右成立的。世界上最老的大学，大约以波楼纳大学为第一，巴黎大学或为第二。英国的牛津（Oxford）大学原是仿照巴黎大学设立的，较巴大稍迟；剑桥大学（Cambridge）的成立又稍迟于牛津。

法国国立大学以文、理、法、医、药五个学院（Faculté）所组成。大学或各学院常附设若干专校或专科（Ecole 或 Institut），大学设校务会议（Conseil de la Université），以校长为主席。各学院颇独立，各学院院长（Doyen de la Faculté）均由各学院选举教授一人充任，三年一任。各学院均设有院务会议（Conseil de la Faculté）。法国大学教授系讲座（Chaire）制，与美国大学用学系（Department）制者不同（我国大学现行的学系制，系采用美国办法）。大学教授由院务会议提交大学，经法定手续转请教育部部长发表。文学院与理学院教授，必须有博士学位。法、医、药各学院教授且必须先经过特别考试。

法、医、药各学院系学年制。文、理两学院则为“高等证书”（Certificat d’ Etudes Supérieures）制。凡有“法国学士”证明书者，可直接注册升入大学各学院，不再经过入学考试。外国学生如未被认为具有同等学力，则尚须经过同等学力的考试及格后，方能正式入学。大学生所纳学费甚少。

文学院与理学院课程各设有若干科目，每一科目各于暑假前后举行考试一次；每次各有笔考、实验考与口考。此项考试，极为认真，每一科目考试及格后授予高等证书一张。得到法定数目的高等证书以后（从前三张或四张高等证书，近改为五张或六张）即给予硕士（Licence）证书。硕士又分两种：一为“自由硕士”（Licence Libre），任选若干科目能合高等证书的法定数目即可。另一种为“任教硕士”（Licence d'Enseignement），即法定数目中的科目，大部分均有规定不能自由选择。“任教硕士”者，即得在中学充任教员之意。博士学位又分为国家博士（Doctorat d'Etat）与大学博士（Doctorat d'Université）两种：国家博士候选人，必须已有任教硕士证书，经合法手续提出论文公开辩论，经论文委员会通过后即授予国家博士学位。大学博士候选人，无任教硕士学位之限制，其出身可由各大学酌定；其论文通过后，即可授予大学博士学位。近年各大学理学院加设“工程师-博士”（Ingénieur-Docteur）学位，系为鼓励科学应用的研究而设。

法国学位，一方表示学术或教育水准，一方给予升学或做事资格或权利。例如：学士能直接升入大学；任教硕士得充任中学教员；国家博士得充任大学教授；国家医学博士可执行医师职务。但大学博士及工程师-博士，只是表示学术水准，并不给予做事资格或权利。

法国大学文学院与理学院的讲室课程，大部分公开。校外人士均可随时入讲室自由听讲，与注册之学生无异，但校外人士只能听讲，不能参加考试。

巴黎大学学生人数特多，常占法国全国大学学生总数之半。一九六一年暑假至一九六二年暑假之学年，巴黎大学注册学生总数有七万八千人（据 University de Paris，*Livret del'Edudiant*，一九六二—一九六三，p. 33），与美国加州大学一九六二年学生总数约相等（据一九六二年 *Britanica*，*Book of the Year*，加州大学学生总数有八万人）。

法国私立学校较小，私立学校不能给予上述各学位，凡学士、硕士、博士各学位，均须到国立大学考试。故国立大学教授有三种任务：一为授课，二为从事研究及指导研究，三为担任各种考试的考官。

法国政府特设学校（Grandes Ecoles）如高等师范（Ecole Normale Supérieure）属于巴黎大学，多艺学校（Ecole Polytechnique）、桥梁学校（Ecole des Ponts et Chaussées）、矿学校（Ecoles des Mines）、中央技艺学校（Ecole Centrale des Arts et Manufactures）等校，因名额有限，具有学士证书者不能直接升入，必须经过入学考试（Concours）方能入学。国立中学有特别班，系为投考此类特设学校而设。

国立自由研究与教学机关，如法兰西学院（College de France）、自然历史博物馆（Muséum d'Histoire Naturelle），课程甚专门，但不给予任何学位。凡欲参加听讲者，均可自由前往，毫无限制。

上述法国教育制度，不过略举要点，细节甚多，且常有修改，不再多谈。

三

一九一四年八月初第一次世界大战开始，德军经比国攻法国北部，西进甚速。不久巴黎隐闻炮声，法国政府迁波铎（即波尔多）（Bordeaux），巴黎鲁富合（即罗浮宫）博物馆（Musée du Louvre）艺术精品亦迁往法国西南。我与海帆和许多其他中国同学亦赴西南万德州（Vendée）。

当大战初起时，许多中国自费生及留法俭学会学生，都收不到国内汇款，大起恐慌，群起向驻法公使胡维德请愿请其设法接济，蔡孑民与李石曾两先生遂组织留法西南维持会，对于未能收到国内汇款学生临时予以接济，因得渡过难关。

九月法国霞飞将军（General Joffre）指挥大军在马尔诺（Marne）抗拒德军获胜（la Bataille de la Marne），战局始归稳定。

一九一五年春，海帆回巴黎入巴黎大学习化学。我与居励今在万德州同住数月。励今乃居觉生先生之弟，亦俭学会学生。是年暑假后，我入都鲁芝（即图卢兹，后同）大学（Université de Toulouse）农科（Institut Agricole）。农科属于大学理学院（Faculté des Sciences），我决定同时选习理学院几门功课。农科是学年制三年毕业，每学年终了时，举行年考一次。

我此时已很喜欢物理学，但选习物理学，必须先选习数学。又照当时的规定，自然科学方面的任教硕士，有数学硕士、理化硕士、博物硕士三种。凡预备理化硕士者，其高等证书三张中，必须考过物理学（Physique Générale）与化学（Chemic Générale）两张高等证书方可。因此我必须先选习数学（Mathematique Générale）与化学两个科目，然后再习物理学。又都鲁芝理学院应用植物学（Botanique Appliquée）高等证书的科目与农科应用植物学，同班授课。我决定用“一石击二鸟”的办法，对于应用植物学一门，除应农科学年考试外，还要考这一科目的高等证书。

于是我在农科的时期，同时选习理学院的数学与化学。很幸运的是，应用植物学教授皮耐（Prunet）、数学教授卜尔（Buhl）、化学教授沙巴帖（Paul Sabatier，一八五四——一九四一），全是很好的教授，尤以沙氏因其对于催化作用（Catalysis）研究的贡献，曾获得一九一二年诺贝尔奖（Nobel Prize）。

当时都鲁芝中国同学有谭仲逵、王嘉猷（复卿）、刘佐尧、葛敬中（蕴仁）、黄桓、黄丽生、沈觐寅、黄中定、黄广叔、蔡无忌（蔡孑民先生长公子）、毕鸣玉等十七八人。王世杰（雪艇）由英伦转学到法，亦来都鲁芝住了几个月，后来他又去巴黎入巴黎大学了。

一九一五年六月间李石曾、蔡孑民及法人欧乐教授（Prof. Aulard，巴黎大学历史教授）等发起华法教育会（Societé Franco-Chinoise d'Education）。六月下旬开成立会于巴黎，推举蔡先生为中国会长，李先生为中国副会长，欧乐为法国会长，穆岱（Marius Moutet，法国众议院议员）为法国副会长，李麟玉及伯那（Bernard）为秘书，会所设于 8，Rue Bugeaud，Paris。后来欧乐逝世，穆岱继任法国会长，蔡先生逝世后，李先生继任中国会长。

一九一六年五月，吴稚晖先生由伦敦起程乘日本船经好望角回上海，任《中华日报》主笔。

八月蔡孑民、李石曾、李晓生等发刊《旅欧杂志》，由中华印字局印行。该局已由巴黎迁至都尔（Tours），由晓生主持。

是年（一九一六）梁士诒、叶恭绰组织惠民公司为法人招募华工，前后有二十万人到法国工作。华法教育会为之设立华工补习学校，蔡先生为该校编《修身讲义》四十篇，次第在《旅欧杂志》刊出。

后来法国殿波（Dieppe）人造丝工厂名维丝扣斯（Viscose）者，亦欲招募华工到该厂工作，委托豆腐公司经理齐竺山先生代募。齐竺山在直隶高阳一带募得三十余人到该厂工作，立有合同。后来工人不满意而罢工，因而合同未满期即结束，工人分别自由行动。

一九一六年冬间蔡孑民先生得教育总长范静生电，促返国主持北京大学，遂自法东归。十二月二十六日蔡先生被任为北大校长，翌年即民国六年一月四日就任北大校长职。不久李石曾先生应蔡校长之聘，到北大任生物学教授。

一九一七年我得到直隶省半公费，嗣后复补得本省全公费。时教育部留欧学生监督处亦设在都鲁芝，监督原为朱炎（炎之），后为吴文杰代理。

一九一七年暑假前七月间，我考得理学院应用植物学高等证书，暑假后十一月间考得理学院数学高等证书。

一九一八年暑假前六月间考过农科毕业考试，获得都鲁芝大学农学技士（Ingénieur Agricole）证书，七月间考得理学院化学高等证书。至是我已有三张高等证书，遂得到理学硕士学位。但因缺少物理学高等证书，这只是自由硕士，而非任教硕士。我决定下学年仍在都鲁芝大学继续求学，专习物理学。此校物理学教授巴斯（Bouasse）学问渊博，写的大学物理书很多。

暑假时我到瑞士旅行三个月，暑假后复回都鲁芝大学。

瑞士乃欧洲中部一小国，人口仅四百余万，分为法国瑞士、德国瑞士与意大利瑞士三个区域。法国瑞士约占三分之一，人民说法国话并倾向法国；德国瑞士约占三分之二，人民说德国话并倾向德国；意大利瑞士则仅约占十分之一，但瑞士全国人一致拥护其独立，不准任何方面侵犯其中立，意志甚为坚决，其地山清水秀，风景绝佳。

是年（一九一八）十一月十一日协约国与德国签约休战，第一次世界大战告终。

四

一九一九年初留法勤工俭学会组织成立，是年五月第一批勤工俭学生约九十人到法。

先是第一次世界大战时，法国壮丁全被征调，后方需用人力甚多，外国学生在法易觅工作。因之李石曾、吴稚晖诸先生发起留法勤工俭学会。学生先去做工，再以所得报酬求学；或一面做工，一面求学。在国内设立机关，帮助学生出国；在法则华法教育会为学生代觅工作与代找学校。勤工俭学会之成立，在五四运动以前。时国内青年大半欲出国求新知识，而苦于不得其门。此会发起后，一个学生如能筹得大洋一百元的四等舱位旅费，便可赴法。所以此一号召，产生了很大的吸引力。

第一批勤工俭学生约九十人，系由上海经英伦于一九一九年五月到巴黎。自是年五月以后每月均有勤工俭学生到法。每次少者数十人，多达二百余人不等。计一九一九年到法学生约有七百余人，一九二〇年到法之学生有一千二百多人，最后一批到法之勤工俭学生约在一九二一年二月，总计前后到法之勤工俭学生约两千多人。

第一批勤工俭学生到法后，华法教育会设学生事务部，以刘厚（大悲）为主任。嗣将事务部办事处迁于巴黎近郊华侨协社（地址在：39 Rue de la Pointe，La Garenne Colombes，Seine），为学生觅住、觅校、觅工。因学生源源而来，人众事繁，会中又聘请向迪璜、罗世安、周元圭、吴树阁、李鹤林、樊泽培、吴琢之、彭襄诸同学襄办其事。时李璜（幼椿）、周无（太玄）、萧瑜（子升）、华林诸同学亦参加工作（据刘大悲一九六三年五月十五日来信）。至一九二一年，大悲辞职，华法教育会乃将学生事务分别派曾仲鸣任觅校、李广安任觅工、齐致（云青）任会计。何鲁之亦参加工作。旋李光宇（阐初）亦担任事务部职务。

华法教育会职员与勤工俭学生间的感情，初本彼此融洽。职员热心为学生觅工作；组织讲演会，张溥泉先生担任第一次演讲；成立游览团；在华侨协社内组织铁工实习。李幼椿、向迪璜为学生补习法文。法国友人如参议院议员于格儒（Hugues Le Roux）夫妇等亦热心帮忙。后来学生因换工、贷款、招待各问题与教育会职员发生意见。而一九二〇年那一年到法之勤工俭学生一千多人，大多数无钱，适值工厂闭门不易觅工作（据一九五四年卞孝萱辑《留法勤工俭学资料》），因之教育会大感困难。

巴黎和会时李石曾先生又到法，一九一九年十二月复回国。一九二〇年八月间，蔡孑民与李石曾两先生派高鲁（曙青）到法，处理勤工俭学事宜。高先生于十月初抵巴黎，因其同时调查各观象台近状，对于勤工俭学事宜，未能多所尽力。

蔡孑民先生为调查各国教育，同时调查勤工俭学生情形，并筹备里昂中法大学（亦称里昂中法学院，Institut Franco-Chinois de Lyon，简称里大），于一九二〇年十二月廿七日到马赛，即赴里昂住数日。一九二一年一月二日到巴黎。李阐初、张申甫与蔡先生同到法。蔡先生抵巴黎后将当时勤工俭学情形电告教育部，该部遂于民国十年一月八日发布停送勤工俭学生公告。

一九二一年最初的三个月，留法勤工俭学生总数在两千人左右。多数居住在巴黎附近。此时法国许多工厂停工，因此许多人失业。华法教育会每人每天发给维持费五佛郎（法郎的旧译），终以维持费之来源不能继续，遂有二月二十八日包围驻法公使馆之事。时公使陈箓系于一九二一年一月到法。

当时勤工俭学生因志趣及信念，形成若干小的组织。例如：曾琦（慕韩）、李幼椿、周太玄原为少年中国学会的重要分子［此学会乃民七年六月李守常（李大钊）、曾慕韩等所发起，刊印《少年中国杂志》。一九二一年夏间，太玄曾托我为该刊写过一篇短文］；陈延年、陈乔年（此二人系陈独秀之子）、李卓、华林等的工余社；蔡和森、向警予、薛世纶、李维汉、萧子璋、李富春等的工余世界社（据陈泽学《世界社的精神——从勤工俭学到社会化》，《世界月刊》二卷六期，一九四七年十二月）。

一九二一年三月以后，法国各工厂相继恢复工作。华法教育会与驻法使馆和法国政府洽商结果，由若干工厂容纳中国学生入厂做工，不少的位置以抽签法决定去取。法国各工厂中以克邹（即勒克鲁佐）（Le Creusot）地方什内代（即施耐德）（Schneider）工厂（法国最大的钢铁厂及制造厂）内勤工俭学生做工者为最多。

一九二一年初里昂中法大学校舍修理完毕，而由国内招考录取之第一批学生尚未到校之时，勤工俭学生以未能入该校深为不满，遂有“争回里大”之呼声。九月二十一日巴黎与克邹等处勤工俭学生先锋队赵世炎、李隆郅（即李立三）等百余人到达里昂，据说是陈箓叫同学去的。先锋队随即向里大校舍作占领的进攻。法国警察认为学生妨碍治安，将其一律拘捕，禁闭在里昂兵营中。时吴稚晖先生已到里昂，而章士钊（行严）适在巴黎。吴先生即去巴黎拟托章行严疏通，陈箓设法营救被捕的同学。但法方遣送学生回国船位都已订好，无法挽回。十月上旬一百零八个学生被押解乘火车到马赛登船回国。后来赵世炎、李隆郅、冯克毅等，都在该船到新加坡时脱身辗转重回法国；陈毅等则乘船回国后转入北京中法大学。

从此以后留法勤工俭学生发生很大的变化。有些人得到雷鸣远神父的协助转往比国求学。有些人仍投工厂做工。陈延年、陈乔年、赵世炎、李隆郅、王若飞、周恩来诸人加入中国共产主义青年团。曾慕韩、李幼椿进行组织青年党，一九二三年年底正式成立。中国国民党经过民国十三年的改组，旅法党部亦展开活动（据陈泽学《世界社的精神——从勤工俭学到社会化》）。

蔡先生一九二一年一月初在巴黎查明勤工俭学生情形，约一周后赴瑞士，一月廿一日回巴黎，三月初赴比，三月半再返巴黎。旋赴德奥考察，四月初赴罗马，嗣往荷兰、瑞典转英伦，再由英往美国考察。八月间经夏威夷返国。蔡先生在法时曾参加筹办里昂中法大学事宜。我与蔡先生在巴黎晤谈数次，所谈者多为关于改善北大理科问题。

五

一九一九年暑假开始时，我回巴黎，准备转入巴黎大学理学院继续习物理学，并于暑假时到英国旅行。

时巴黎和会正在开会，陆征祥、顾维钧、王正廷、施肇基、魏宸组五人为中国代表参加和会，其中王正廷为广州军政府所指派，其余为北京政府所派。陆征祥任首席代表。

留法同学李圣章、王雪艇、陈和铣（孟钊）、郑毓秀、戴修骏（毅夫）、周览（鲠生）、徐海帆、李玄伯、祖兴让（竞生）、王凤仪（来庭）、谢东发、汪申（申伯）、陈扬杰（子英）、李宗侃（叔陶）等组织国际和平促进会，反对山东权益转移于日本，反对中国在巴黎和会所订和约上签字。开会时常由雪艇或圣章主持。鲠生原系留英国同学，是年转学到法。

中国各方面对于巴黎和会甚为注意。广东方面除指派王正廷参加中国代表团充任代表外，并派汪精卫到巴黎活动。梁启超（任公）亦偕蒋方震（百里）、张嘉森（君劢）、刘崇杰、丁文江（在君）、徐新六、杨维新同到巴黎。李石曾先生亦赶回巴黎。

巴黎和会时，北京政府虽为军阀政府，然关于对和会外交，尚未为军阀政府所包办。因国人之坚决反对该和约，中国代表团终于拒绝签字。当时北京学界有五四运动，巴黎留学界有国际和平促进会运动。一九一九年六月二十八日为和约在凡尔赛宫（Chateau de Versailles）签字之日，是日很早便有学生工人多人分别围守中国代表团办公处（在巴黎 Hotle Lutetia）及巴黎近郊圣克路（St. Cloud）陆征祥寓所。故是日陆氏终未得出门，中国代表亦无赴凡尔赛者。所以拒签《凡尔赛和约》一事，国际和平促进会在巴黎之直接运动产生影响最大。此会维持了几年，后来会中文件交我保管，直到一九二二年夏天我回国时才把此会完全结束了。

第一次世界大战期间，欧洲各国旅行开始要护照。欧洲大陆各国出入，尚称方便。唯英国因食粮困难，出境易而入境难。我的赴英护照签证，亦稍有周折，然终于办妥。

一九一九年暑假留英同学任凯南、杨端六、皮宗石（皓白）、陈源（通伯）、丁燮林（巽甫）、李四光（仲揆）等，相继到巴黎。我则由巴黎赴伦敦，到伦敦后即住于浩白与通伯的寓所。

我曾到英国国会参观。其次参观伦敦大学的王家学院（即国王学院）（King's College）、大学学院（University College）、皇家学院（Imperial College）等。嗣参观大英博物馆（British Museum）、绿威天文台（即格林威治天文台）（Greenwich Observatory）、可猷植物园（即英国皇家植物园）（Kew Gardens），又往剑桥参观剑桥大学（Cambridge University）。时梁龙正在剑桥读书，殷勤招待甚可感。我曾去该大学加温地斯研究所（Cavendish Laboratories）参观，是年该所主任汤姆森（即汤姆孙，后同）（J. J. Thomson，一八五六—一九四〇）退休，其讲座由哈德发（即卢瑟福，后同）（Ernest Rutherford，一八七一—一九三七）继任。汤姆森是电子（Electrons）与阳射线（即α射线）（Positive Ray）的发现者，曾获得一九〇六年的诺贝尔奖。哈德发对于放射学（Radioactivity）及原子构造（Atomic Structure）贡献很多，曾获得一九〇八年的诺贝尔奖。

在伦敦遇到钱昌照（乙黎）、丁文渊（月波），都是初到英国的。后来丁月波转到德国留学。

我在伦敦住了三个月，英文颇有进步。暑假后仍回巴黎大学继续习物理学。我所听的物理功课，有李波满（Gabriel Lippmann，一八四五—一九二一）教授的电学，赖都克（Leduc）教授的热力学及吉野（Guillet）的光学。还有居里夫人（Mme Marie Curie，一八六七—一九三四）的放射学。再加上实验室的物理实验，所以这一学年很忙。李波满的最重要贡献是“电毛细管引力”及“有色照相”，曾获得一九〇八年诺贝尔奖。居里夫人与其丈夫居里（Pierre Curie，一八五九—一九〇六）发现镭（Radium），两次获得诺贝尔奖金。李波满上课时每讲述其个人发明与发现时，从不提及其个人的名字，其谦逊有如此者！居里夫人的放射学，就是那个时期的核子物理，讲述当时发现的新事实及新理论，令人极感兴趣。

是年冬美国支加哥（即芝加哥，后同）大学物理教授迈克尔逊（即迈克耳孙，后同）（A. Michelson，一八五二—一九三一）到法考察，他原是巴黎留学生。那时美国大学教授大部分均曾到过欧洲留学。迈氏发明一种干涉仪（Interferometer），获得一九〇七年诺贝尔奖。迈氏那次曾在巴黎大学用法语讲演一次。

六

一九一九年下半年巴黎大学教授班乐卫（Paul Painlevé，一八六三—一九三三，曾任法国国务总理）等创设巴黎中国学院（Institut des Hautes Etudes Chinoises），附设于巴黎大学内，聘葛哈耐（Marcel Granet，一八八四—一九四〇）讲授汉学。这个学院乃是韩汝甲以徐世昌代表名义洽商班乐卫所促成者，后来受中法教育基金委员会补助，今则完全属于巴黎大学。

一九二〇年春傅斯年（孟真）与俞平伯［俞樾（曲园）之曾孙］一同到英国留学。平伯到伦敦不久，忽然想家，便匆匆乘船由英东归。孟真急取道巴黎乘火车往马赛拟将平伯追回，卒无结果。孟真由马赛回伦敦路过巴黎时与我初次见面。按孟真北大毕业后与其北大同学杨振声（今甫）及徐彦之同时考取山东省公费，同年出国；孟真与彦之留英，今甫留美。

后来平伯还有一段留美的故事：平伯由英回国之后，经今甫之约到美留学，先在纽约哥伦比亚大学（Columbia University）和今甫在一起，嗣由纽约到宝尔提毛（即巴尔的摩）（Baltimore）。时汪敬熙（缉斋）正在该地之约翰霍浦金大学（即约翰·霍普金斯大学，后同）（Johns' Hopkins University）读书，为平伯代觅住处。但数星期后，平伯复回纽约，不久又因想家而回国了（据一九六三年二月一日缉斋来信）。

缉斋是穆藕初捐款给北大送六个毕业生到美留学中的一个，此六人是段锡朋（书诒）、周炳麟（枚荪）、罗家伦（志希）、康白情、汪缉斋和孟寿椿。前五人是一九二〇年十月出国。孟寿椿则系一九二一年秋出国。此外由穆藕初捐款中补助江绍原美金六百元，作赴美旅费。外间多列入孟真为穆藕初捐款资送留学之一人，并非事实。

一九二〇年八月班乐卫访华。北京大学以名誉博士学位赠予班氏及法国国立里昂大学校长儒班（Joubin）。

是年（一九二〇）巴黎大学以名誉博士学位赠予徐世昌（一九一八年巴大始创设名誉博士学位），徐派朱启钤代表接受该学位。

是年冬我接受北京大学驻欧通讯员的聘书。此时刘复（半农）先生携眷抵法，入巴黎大学文学院，专门研究语音学，一九二五年得博士学位。彼此住处不远，有时往来谈天。

一九二一年黄膺白先生偕夫人沈亦云女士至巴黎游历，我得以与黄氏夫妇初次晤面。

一九二一年冬巴黎盛传北京政府向法国进行大借款。留法学生界极为反对，特在巴黎哲人厅（Société Savante）召开大会，到会者约五六百人，张君劢、谢东发、魏伯聪等均在场，华工参加者亦不少。大会主持人为我与赵志游、毛以亨三人。我被推担任报告开会经过，发言颇为激昂。大会事前要求驻法公使陈箓出席说明。陈箓派参事王曾思前往解释，群众极为不满。嗣因言语冲突，王曾思当场被打。

大约在是年年底，川人李鹤林在郑毓秀女士寓所以手枪击驻法公使陈箓未中。时郑女士率领一批女生在巴黎读书。某日陈箓往郑女士寓所，适李鹤林亦在该处，因暗中等候陈箓出门时，乘机以手枪连击三响，却均未射中陈箓。李鹤林原为勤工俭学生，其击陈箓传系为被押送回国之同学报仇云。事发后李被捕入狱，出狱后离法转往北京。

七

一九二〇年冬李石曾、吴稚晖、蔡孑民、赫里欧（Herriot，一八七二—一九五七，法国众议院议员，里昂市市长；后来任国务总理，众议院议长）、雷宾（Lépine，法国国立里昂大学医学院院长）等发起里昂中法大学（亦称里昂中法学院，简称里大），设立里昂中法大学协会（Association Universitaire Franco-Chinoise）即为里大之董事会。中国会长为蔡先生，法国会长为雷宾先生。后来雷氏退休，由季伯尔（Gilbert）教授担任。协会秘书原系古恒（Maurice Courant，国立里昂大学文学院汉学教授）。后来古恒病故，由狄巴尔别（George Dubarbier，国立里昂大学文学院汉学教授）继任。此协会至今尚存在，狄氏最近还和我通信。里大之设，目的在以比较经济的组织，利用法国国立里昂大学及其他专校，为我国培育有志深造之人才。

一九二一年年初蔡先生到法后，亦参加里大的筹备。是年五月国父中山先生就任非常大总统。由于吴稚晖、李石曾、汪精卫之提议，广州政府允拨开办费修理里大校舍。吴先生六月到法，查看该校舍，不久仍回国。该校舍原为一座炮台，由法国政府租与里大使用；年出租金一佛郎。开办费拨到后，由褚民谊负责修理该校舍。

是年暑假吴李两先生在北京、上海与广州分别招考里大第一批学生，结果共录取狄膺（君武）、刘石心、章桐（警秋）、陈洪（次仲）、张云（子春）、李勖寰、周发岐（康之）、刘为涛、张玺（尔玉）、夏康农、蒋国华、何衍濬、刘俊贤、黎国材、翟俊千、单粹民、方子芬、马光晨、马光启等一百多人。由吴先生亲自率领乘法国邮船赴法。十月间里大开学。吴先生任里大校长，褚民谊任副校长，曾仲鸣任秘书长。

里大学生在校内食宿，组织特别演讲及补习课程，但到法国国立里昂大学或其他专校上课及预备学位。后来中法教育基金委员会对里大予以补助。里大学生来源第一批以后有几种：北京中法大学（后改称北平中法大学）三个学院，每院毕业生前五名满七十五分者送往里大，由平校担任往返旅费并给每月零用费。学生入里大后食宿及在法国国立里昂大学学费概由里大担任。广州中山大学陆续派送学生郑彦棻等多人至里大。江苏、浙江、福建等省亦派送学生入里大，此外里大在法就中国自费生中招考或选择成绩优良者收入。

褚民谊于一九二二年秋离里昂赴斯他斯堡（即斯特拉斯堡）（Strasbourg）习医学。吴先生亦于是年冬去英国，不久由英回国。曾仲鸣于一九二三年秋返国，中法大学协会经中国会长蔡先生之提议派刘大悲代理里大秘书长，至一九二五年一月真除。吴先生离校后，校长职务两年有余均由秘书长代理。迄一九二五年秋中法双方同意聘法国退伍上校樊佛爱（Colonel Favre）任校长，三年期满离校，校长职务仍由大悲暂代。至一九二九年夏北平中法大学派孙佩苍到里昂任校长；大悲则辞职赴巴黎，至一九三三年十二月回国。孙佩苍之后，彭志云继任校长；彭志云之后，宗真甫继任（据大悲一九六三年五月十五日来信）。第二次世界大战时则由萧子升维持校务。德军占领里昂后，里大校舍改为军用医院，胜利后始收回。至一九四七年里大因无经费陷于停顿。

由一九二一年至一九四七年里大学生人数每年平均八十人至一百三十人。除战时五年以外，每年平均有十五至二十名学生毕业离校，同时有同数目新生入校（据狄巴尔别一九六三年八月二日来信）。二十余年里大造就中国学生总数约有五百人，成绩甚佳。

吴先生任里大校长时，每次到巴黎，必到拉丁区我的旅馆来访。吴先生素极健谈，一谈便是几小时。某一次吴先生偕褚民谊来访，曾接连不断谈了八小时之久！

八

一九二〇年暑假前六月间，我考过物理学高等证书。现在已有四张高等证书了，因其中已有物理及化学两张高等证书，便成为任教理学硕士（Licencié és Sciences Physiques），有资格可以预备国家理学博士学位。嗣得理学院毕汉（即让·佩兰，后同）（Jean Perrin，一八七〇——一九四二）教授的允许，暑假后入其研究室从事研究工作，预备博士论文。毕汉重要贡献为阴极射线（Cathode rays）、布朗运动（Brownian movement）等研究，后来获得一九二六年诺贝尔奖金。博士论文照规定需要两篇：第一篇为主要工作，必须有新的研究结果，包括新发明或新发现或新理论在内；第二篇则为大学理学院命题。暑假前我已与毕汉教授商妥论文题目。

一九二〇年暑假我到德国住了两个月：一个月住在莱比锡（Leipzig），一个月住在柏林。看见胡庶华（春藻）等若干留德同学。那时正是第一次世界大战以后马克大跌落（后来还更跌落），德国人生活颇苦。外国旅行的人多以廉价购买照相机与显微镜、望远镜等携回应用。

暑假后我回巴黎入毕汉教授的研究室。当时该室有法国研究生六人，内有女生一人，此外，美国人一人，瑞典人一人，连我共有九人，都是准备作论文的。法国六人中有小毕汉（Francis Perrin，毕汉教授公子）及欧瑞（Pierre Auger）。后来这六个人除一人任国立中学教员外，共余四人是大学名教授，一人是研究员。

毕汉教授的研究室每周举行咖啡会一或二次，毕汉及所有做研究工作的人全参加，报告并讨论研究工作的进展。在这个咖啡会里，有时产生出新的概念或好的意见。外人有时也来参加这个会，例如居里夫人及其女儿伊亥·居里（Irène Curie，时亦预备博士论文。后来成为 Mme Joliot-Curie，一八九七——九五六，曾获得一九三五年诺贝尔奖金）与郎之万（Paul Langevin，一八七二——九四六）教授等有时亦来参加。毕汉教授的老学生吉哈尔（Pierre Girard，后来主持巴黎理化生物研究所有年）几乎每次都来参加。吉氏对于我的工作帮忙很多。

自入毕汉教授研究室以后，我工作甚忙。因为想在两年以内把论文作完，所以在研究室加紧赶作实验工作。有时夜间还去作。一九二一年暑假期间，亦未停工。至一九二二年四月间我的研究工作幸能告一段落。关于第一篇论文的实验工作，已得到不少新的结果，毕汉教授认为满意。于是我把这些结果加以整理。用了几个星期的工夫，一气把这篇论文写完。这一篇论文的题目是 *Perméabilité selective des membranes polarisées*。内容要点在《法国科学院周刊》（*Comptes rendus de l'Académie des Sciences*，t. 175，p. 183，Juillet 1992）发表；论文全文则发表于法国《物理学报》（*Annales de Physique*，Tome XVII，p. 475，1922）。第二篇，理学院的命题是同位元素（Isotopes）。不必去作实验，只写一篇讨论的文字便可，不久我亦写完。第一篇论文事前例须排印若干册，送交大学，以便事后分送各大学及各图书馆。第二篇论文则无需排印。我的第一篇论文，法国《物理学报》既允为发表，遂与之商妥提前加印抽印本，换加封面，成为博士论文专册。如是便节省了许多论文印刷费。

论文委员会由于尔班（Urbain）、毕汉及哈保（Rabaud）三位教授组成，于尔班教授任主席。一九二二年六月十一日在巴黎大学理学院举行论文公开辩论后，论文委员会曾决定予以通过，给以最优等的等级（Mention “Trēs honorable”），并公开宣布。我即获得法国国家理学博士（Docteur ès Sciences Physiques）学位。

六月底我接受北京大学蔡校长聘书，允就北大物理系教授。我于七月下旬到马赛乘法国邮船东归。上船后遇留法同学刘文岛，亦系同船回国者。途中经过塞得港（Port Said）、苏伊士运河、亚登（即亚丁）（Aden）、可伦坡（即科伦坡，后同）（Colombo）、新加坡、西贡、香港，于八月底抵上海。

一九六三年九月初，草完于纽约。

一九六六年十月校对修正。

（原载《传记文学》第三卷第四期）

我是民国十一年暑假后开学前到北大，直到民国十八年暑假前离开北大，专任国立北平研究院的职务，在北大恰满七年。

第3章 七年北大

一

我是民国十一年暑假后开学前到北大，直到民国十八年暑假前离开北大，专任国立北平研究院的职务，在北大恰满七年。本文是回忆此七年的经过情形，故名曰“七年北大”。

北大的前身，原为清末的京师大学堂，民国元年始改名国立北京大学。京师大学堂成立于清光绪二十四年戊戌（一八九八）。经庚子之乱停办两年后，光绪二十八年壬寅（一九〇二）重行开学，设预备科与速成科。速成科分为仕学馆与师范馆。光绪二十九年设译学馆、医学馆及实业馆。光绪三十年增设进士馆，并将仕学馆并入。清宣统元年（一九〇九）筹设分科大学，设经（民元归并文科）、文、法政、医、格致（民元改称理科）、农、工、商等八科。我初到北大时，北京有国立八校，即北大、高师（后改为师大）、女高师（后改为女师大）、法专（后改为法政大学）、农专（后改为农大）、工专（后改为工大）、医专（后改为医大）、艺专（艺术专科学校）。后又增设女子大学（女大），于是国立八校变为国立九校。这九校有由京师大学堂分出独立者，有另行增设者。如高师导源于师范馆，法专导源于进士馆，医专的前身为医学馆，农专的前身为农科，全是由京师大学堂分出而独立者。我到北大时，北大的范围则只有文、理、法三部分，分设第一院、第二院与第三院。

民国十一年十二月十七日，我参加北大成立二十四周年纪念会，是我第一次参加北大校庆，北大校庆纪年开始，是用戊戌年京师大学堂成立的那一年。但那一年京师大学堂开学，则是阴历十月二十日，即阳历十二月三日，并非阳历十二月十七日。京师大学堂由庚子年起停办两年后，壬寅年阳历十二月十七日重行开学。北大向来采用为校庆的日期，乃是壬寅年京师大学堂重行开学的日期。北平师范大学的校庆日，也采用十二月十七日，其纪年则推始于壬寅。这个问题最近才由邹树文、胡适（字适之，一八九一——九六二）两先生考订清楚（见一九六〇年胡适《京师大学堂开办的日期》小册子，原文载《民主潮》十一卷一期；又《传记文学》三卷六期所载邹树文《北京大学最早期的回忆》）。但适之并不主张改变北大沿用多年的校庆日。

因为参加北大成立二十四周年纪念会，我便联想到京师大学堂应该是导源于汉代的太学。汉武帝建元五年（前一三六）置五经博士，元朔五年（前一二四）置博士弟子五十人，西汉末增弟子员至三千人。东汉光武帝建武五年（二九）秋在洛阳建太学，顺帝以后太学生达三万余人，匈奴也遣子弟入学。按“太学”即国立大学，“博士”即大学教授，“博士弟子”或“太学生”即大学学生，汉代大学学生既有三万余人之多，且有外国学生在内，亦可想见当时盛况。中国的大学设立，已有两千年的历史。我很希望治汉史的专家考订出汉太学成立的年月日。我也不主张改变北大校庆的年月日，我却认为似乎可以把汉太学成立的纪念日作为全国各大学的“大学节”。

二

民国十一年九月中旬我到了北京，寓后门内东吉祥胡同。同住的有周览（鲠生）、李麟玉（圣章）、李四光（仲揆）、丁燮林（巽甫）四人，全是在欧洲时期的老朋友，前一两年回国的。鲠生任北大政治系教授，圣章任北大化学系教授，仲揆任北大地质系教授，巽甫任北大物理系教授兼理预科主任。王世杰（雪艇）亦系前两年回国，任北大法律系教授，原来也住在东吉祥胡同，结婚后便另觅住所，移居西城惜薪司。

此外前一两年到北大的新教授，还有谭熙鸿（仲逵）、徐炳昶（旭生）、颜任光等。仲逵任生物教授兼校长室秘书，旭生任哲学系教授，任光任物理系教授兼主任。任光原是在美国支加哥（Chicago）大学习物理，由美经欧回国时，在巴黎与我相识，当时曾将他已发表的论文抽印本一本赠给我，内容好像是几种气体黏滞系数（Coefficient of Viscosity）的测定，但已记忆不清。

我到北京那一天下午便去背阴胡同蔡校长（名元培，字孑民，一八六六——九四〇）寓所看蔡先生，适当时教育总长汤尔和亦在座。蔡先生从饭馆叫了一桌酒席，留我同吃晚饭。

三天以后，我回昌黎县新房子庄老家省亲，在老家仅住几天，便匆匆赶回北京开始授课。

我到北大不久，北大新教授李宗侗（玄伯）、皮宗石（皓白）、陈源（通伯）、石瑛（蘅青）陆续到校。玄伯在法文系、皓白在经济系、通伯在英文系任教；蘅青则在化学系担任冶金功课。皓白、通伯、蘅青三人亦全住在东吉祥胡同。

民国十二年暑假前，二弟书田（耕砚）在天津北洋大学土木工程系毕业后，考取清华留美专科生，派赴美国留学，入康南尔大学（即康奈尔大学，后同）（Cornell University）深造。

我在东吉祥胡同住了一年多。民国十二年冬妻万贞元携长女继贞到了北京，我们便在北河沿井儿胡同另租房屋居住。后来民国十四年迁居马神庙大学夹道，恰在北京大学第二院隔壁，一直住到民国十七年秋复迁至东城演乐胡同四十四号。民国十八年又移至八面槽椿树胡同二十三号居住，一直住到民国二十六年日军占据北平为止。

民国十三年一月，儿小润生于北平。

我到北大物理系的第一年，讲授本科一年级的“普通物理”，包括物性、热学、热力学及音学，每周四小时；同时担任实验室实验功课两班，每班每周三小时。第二年除继续讲授一年级的“普通物理”外，并讲授本科二年级的“普通物理”，包括光学及电磁学，每周亦四小时；实验室功课仍担任两班。此外我令学生做不少的“普通物理”习题：我按时以习题发给学生，令其自修时作解答，按时交卷，我改正后再予发还。第三年仍讲授一年级“普通物理”，并加授本科三、四年级的“近代物理”，包括游子、电子、阳电射、X 光与放射学（Radio activity）。这一门功课的内容，我大部分选取居里夫人在巴黎大学所讲授的材料，也是彼时最新的材料。那年我又被巽甫拉去兼授预科一年级的物理功课一年。所以北大预科及本科一、二、三、四年级的功课，我都讲授过。

民国九年暑假北大招考新生时，开始收女生。我初到北大时，本科已经有正式女生。在我授课的班上最初的两个正式女生，一个是物理系的何肇华（后来成为童冠贤夫人），一个是数学系的蒋圭贞（后来成为江泽涵夫人）。

那几年我全部的精力，都给予北大物理系。同系的几位教授也都很合作。除授课外我终日在办公室或实验室工作。一方面充实功课内容，一方面为学生准备实验室的各种实验，同时准备在讲室讲授时的指示实验。目标在提高学生程度，使学生毕业时有充分的基本知识。然后我们希望进一步能进行科学研究。

三

北大物理系的实验室，原有许多旧仪器，颜任光又购买了不少的新设备。他设置机器房，安装直流电，等等。他创设物理系物理阅览室，把北大图书馆中关于物理的书籍全搬到物理阅览室中，又订购若干物理杂志以供阅览。他改造讲室与实验室内部，将旧窗换成新式玻璃窗。就在此时李仲揆负责改造第二院大讲堂，并在大讲堂前修建一个小花园。从此第二院便焕然一新了。

彼时北大物理系教授有：颜任光（兼主任）、何育杰（吟苢）、丁燮林、李书华、温毓庆、杨肇廉（季璠）。颜、丁系在我以前到北大，温、杨是在我以后到校。我们五个人可以说都是新教授。只有何育杰一人是老教授，他是与夏元瑮、张大椿同时的教授，夏、张则早已离开北大。丁燮林兼北大理预科主任，他只教预科的物理，不担任本科功课。其余五人则分担本科各种课程。何育杰讲授理论物理，温毓庆和杨季璠则偏重电学与无线电。其余本科课程，则由我与颜任光担任。温毓庆是留美毕业较早的，他是哈佛大学（Harvard University）一九二〇年的博士。又彼时物理系助教龙际云、张佩瑚等均系本校毕业者，对于帮忙实验功课，极为得力。

我们不但对于讲室授课认真，对于学生在实验室做实验认真，而且对于考试亦认真。学生考试不及格的不少，不能毕业的亦颇多。所以结果学生的程度确已提高。物理系有不少的学生受到上述的训练，在北大毕业后复有机会到国外深造，大部分得到欧美各大学博士学位。后来有作研究员的，有任教授的，成绩均极优良。就记忆所及，我想起下列各人作为举例：钟盛标曾任北平研究院物理研究所专任研究员，中山大学物理系教授兼主任，台湾大学物理系教授兼理学院院长，东海大学物理系教授，南洋大学理学院院长；现任南洋大学物理系教授。王普曾任北平辅仁大学物理系教授。岳劼恒曾任北平中法大学物理系教授，西北大学物理系教授。赵广增曾任北京大学物理系教授。王成椿现任台湾师范大学物理系教授兼主任。林树棠现任职美国 Brookhaven National Laboratory for Nuclear Research。又薛兆旺与郭贻诚系加州理工大学一九四四年博士，但不知其曾做何事及现做何事。

北大理科其他各系学生选习我所授的物理功课，也有不少的好学生。现在我还可想起几个名字，例如化学系的冯式权（后留学巴黎，一九三八年博士，回国后任中法大学教授），生物系的郝景盛（后留学柏林，一九三八年博士，回国后任北平研究院植物研究所专任研究员），地质系的裴文中（后留学巴黎，一九三六年博士）等，都是当时的好学生。

彼时北大理预科的物理课程约与美国大学本科一年级（以物理为主

科）的课程相当。北大本科物理系毕业水准，比美国大学本科毕业（得 B. Sc. 学位，以物理为主科）水准为高，比美国得硕士（M. Sc.）学位的水准为低。北大物理系学生在本科一、二年级须选习若干数学及化学功课。

一个大学对于科学方面的任务有三：一为科学教育，二为科学研究，三为科学应用。我们在北大对于物理学的教育，总算是尽力了。当时国内其他各大学的物理教授，如胡刚复之于东南（原为南高师，后改为东南大学，最后改为中央大学），饶毓泰（树人）之于南开，叶企孙之于清华，似乎也同我们一样，尽力作了“科学教育”的工作。胡刚复是美国哈佛大学一九一九年博士，回国比我早两三年。饶树人是美国普林斯顿（Princeton）大学一九二二年博士，回国约与我前后同时。叶企孙是哈佛大学一九二三年博士，回国在我以后。他们均教出若干很好的学生。

中国人在国外研究物理，据我们所知道，以李复儿（Li Fo-Ki）① 最早；公元一九〇七年他在柏林大学获得博士学位［据 Tung-Li Yuan，袁同礼 *A Guide to Doctoral Dissertations by Chinese Students in Continental Europe*，一九〇七—一九六二（Ⅱ），Part Ⅳ；Germany］。次早的是李耀邦（John Yiu-Bong Lee 或 John Y. Lee），他是一九一五年在支加哥（Chicago）大学获得博士学位，他是名物理学家米利根（即密立根，后同）（R. A. Millikan，一八六八—一九五三）的学生。米氏得到一九二三年诺贝尔奖金。米氏一九一七年所著《电子学》（*The Electron*）一书中，曾提到李耀邦的工作。李耀邦回国后在上海青年会作事。饶树人离开南开以后（后来树人到北平研究院物理研究所任专任研究员），张伯苓先生拟约李耀邦到南开任物理教授未果（据何淬廉先生面告）。李耀邦以后在国外习物理，

① 李复儿（1881—1947），生于上海，1901 年赴英国留学，1906 年进入波恩大学，次年获高等物理学博士学位。

便是我们这一群人了。

四

蔡先生长北大（民五年十二月二十六日蔡先生就任北大校长），主张学术自由，引导学生求学问，用人则兼容并包。教授中曾有旧文化保存的顽固派，如复辟派的辜鸿铭（一八五七——一九二八）任英文教授，新帝制派的刘师培（一八八四——一九一九）任经学教授。同时有提倡白话、主张新文化运动的急先锋如胡适、陈独秀等。李煜瀛（石曾）则是最早介绍互助论者，他与吴稚晖是中国最早介绍无政府主义的。蔡先生本人也是提倡克鲁泡特金（Kropotkin）互助论的。又如李大钊（守常，一八八八——一九二七）则是最早介绍共产主义者，后来他成了中国共产党第一个创始人。

蔡先生随时延揽人才，增聘许多新教授。蔡先生又提出教授治校。大学评议会为全校最高审议机关，审议大学重大问题，由教授互选评议员组织之。评议员数目，以教授五人应有评议员一人。我曾被选作评议员，目睹开会时对于各种议案的争辩有时极为激烈。

民八年以前，北大分为文、理、法三科：文科学长陈独秀，理科学长夏元瑮，法科学长王建祖。民八年三月废除各科学长。设教务处，置教务长一人。各学系直接属学校，各设主任一人，由该系教授互选之。各系课程采用选科制。设置教务会议，以教务长及各学系主任组织之。民八年九月设总务处，置总务长一人。总务处之下分设各部，各置主任一人，分由教授兼。当时蒋梦麟（孟邻，一八八六——一九六四）任总务长，顾孟余（原名兆熊，字孟余，后以字行）任教务长。

北大教员当时仅分为教授、讲师、助教三种。教授与讲师均授课。助教不授课，只在系中任指定之助理工作。教授与助教按月给薪，系专任性质。讲师按授课钟点给薪，系兼任性质。讲师并非比教授低一级，不过非专任而已。有些讲师其资格地位本甚高，但因在其他机关有专任职务，仅请其每周来校担任几点钟的功课，亦称讲师，如法科方面各系有若干政界或司法界高级官吏充任讲师者是也。教授如至其他机关改任职，则改为讲师。例如秦汾（景阳）原为数学系教授，后到教育部任参事，便改为讲师。教授出门全是乘人力车，独马寅初则乘中国银行的马车到校上课。因马寅初约于民十至十二年兼任该行总司券，至民十四年仍继续任职（此系根据卞白眉先生日记，由姚崧龄先生于一九六四年十二月间函询白眉后见告。白眉原籍江苏仪征，清光绪间闽浙总督卞宝第之孙，任天津中国银行经理多年，现年八十余岁，旅居美国。崧龄贵州贵阳人，曾任中国银行会计处处长，现亦旅居美国），故得乘该行马车。

北大教授待遇最高薪每月大洋二百八十元，也有每月二百六十元或二百四十元者。讲师待遇按每小时五元计算。助教薪水大约每月五六十元至一百多元之间。我初到北大时，即领教授最高薪。彼时一年可领到八九个月的薪水。北京生活便宜，一个小家庭的费用，每月大洋几十元即可维持。如每月用一百元，便是很好的生活，可以租一所四合院的房子，约有房屋二十余间，租金每月不过二三十元，每间房平均每月租金约大洋一元，可以雇用一个厨子，一个男仆或女仆，一个人力车的车夫；每日饭菜钱在一元以内，便可吃得很好。有的教授省吃俭用，节省出钱来购置几千元一所的房屋居住；甚至有能自购几所房子以备出租者。

我初到北京时已经有国立八校教职员联席会议，主席马叙伦（夷初），副主席谭熙鸿。此时教育经费常有积欠，因而欠薪，该会议的重要任务便是向政府索薪。后来积欠愈来愈多，到了民国十四五年的时候，一年不过领到五个月的经费，因之教授离校改就他事者，日益增多。是时正是我担任北大物理系主任的时期，不但不能进一步进行科学研究，即维持各门功课照常上课，及实验室的实验照常进行，已感困难万分。

北大的人才，以文科方面为最多。我到北大以前，他们已经有很多的贡献。他们的贡献是新文化运动，同时是国故整理与考证。我到北大的前一年，即一九二一年冬北大研究所国学门成立，以沈兼士为主任。招收研究生作专题研究。研究所国学门中设编辑室、考古研究室、歌谣研究室、风俗调查会、明清档案整理会、方言调查会，分别搜集研究材料，同时创办《国学季刊》，发表研究所得。这是近代最早的一个国学研究所。

民国十一年前后，我们一批新教授前后到校，确是北大一支生力军，特别对于理科与法科方面的充实及提高课程水准，贡献颇多。

北大校舍分为第一院、第二院与第三院。此外尚有学生宿舍数处。第一院为沙滩红楼，文科各系及大学图书馆均设于第一院。第二院为马神庙旧公主府，乃理科方面各系所在地。旧公主府最后一进的梳妆楼原为大学藏书楼，后来迁到第一院。梳妆楼楼上改为理预科物理实验室，楼下则改为本科物理实验室之一部分。第三院为北河沿旧译学馆地址，法科方面各系及研究所国学门设于该处。

五

民国十二年一月间蔡先生以教长彭允彝干涉司法，主张罗文干案再议，蹂躏人权，羞与为伍，辞北大校长职出京。旋北京各界进行驱彭留蔡。蔡先生不久请假游欧。校长一职由蒋孟邻代理。

民国十三年一月中国国民党第一次全国代表大会在广州开会，北大教授谭熙鸿、李守常、石瑛三人均为北京特别区代表，前往出席。第一届中央执行委员二十四人中有石瑛、李守常；中央监察委员五人中有李石曾；候补中央监察委员五人中有蔡元培。

民国十三年十月二十三日，正当二次直奉战争紧急时，冯玉祥（焕章）、胡景翼（笠僧）两军由古北口秘密退回北京，联合京畿警备副司令孙岳（禹行）军，发动北京政变，通电主和。曹锟被幽，旋辞总统职。十月二十五日冯玉祥等改所部为国民军，各将领在北苑举行会议，决定组织摄政内阁，并公推李石曾为教育总长，托黄郛（膺白）转达。嗣因李石曾坚辞不就，黄膺白请石曾先生推荐人选；石曾先生想到顾孟余，孟余也不肯作，孟余乃推荐易培基（寅村）。时易寅村方到北京，作中山先生代表，携汪精卫介绍信，来见北方教育界人士，因此顾孟余想到易寅村。但易与北方教育界素无关系，所以蒋孟邻提出赞成的交换条件，以马夷初为次长。此即当时易任教长，马任次长之由来［据李宗侗《故宫博物院回忆录》（三），《中国一周》七三七号，一九六四年六月出版］。

民国十三年十一月四日，冯焕章决定溥仪应迁出皇宫，令警察总监张璧（玉衡）及警备司令鹿钟麟（瑞伯）执行。张玉衡以为此事重大，应由内阁下命令，冯同意。于是当晚黄膺白召集摄阁会议，修正《清室优待条件》五条。翌日鹿瑞伯、张玉衡并约同李石曾持阁令入神武门，即遇绍英等。绍英约鹿瑞伯等一行至内务府休息。鹿等拿出阁令给他们看，请溥仪废除尊号，迁出宫禁。绍英等前后三次入内与溥仪磋商，最后溥仪同意，即携眷与鹿、张同出宫移居醇王府。

民国十三年十一月六日国务院函聘李石曾为清室善后委员会委员长。嗣公布该委员会条例及委员十五人人选。该委员会于十二月二十日举行第一次会议，定二十四日开始点查故宫古物、文献与图书，并定每周开放一次，任人参观。北大文史方面教授马衡（叔平）、沈兼士、李宗侗（玄伯）等与北平图书馆馆长袁同礼（守和），均被约参加工作。民国十四年双十节故宫博物院成立，院中古物馆、文献馆、图书馆与秘书处，即分别由马衡、沈兼士、袁同礼与李宗侗主持。

六

民国十三年十一月十三日中山先生为谋中国和平统一，并应国民军将领及一般国民之请，抱病离粤北上，由上海转道日本经天津于十二月三十一日到达北京。民国十四年一月下旬，中山先生病势加重，终于三月十二日病逝于北京铁狮子胡同行馆（顾维钧宅）。三月二十四日治丧委员会在北京中央公园为之发丧致祭，一周之间，每日民众及青年前往致祭者数万人。四月二日中山先生灵榇由中央公园暂行奉安于西郊碧云寺石塔内，该寺为北京中法大学校舍之一部分。送殡者有十余万人，是日我亦参加送殡。

民国十五年三月十八日北京学生及民众因请拒绝八国要求（关于封锁天津海口事）在天安门开大会后，游行至国务院，并转赴执政段祺瑞（一八六四—一九三六）吉兆胡同官邸请愿。段之卫队与学生民众冲突，向群众开枪，学生民众死伤一百余人，称为“三一八惨案”。惨案发生后，段祺瑞指徐谦（季龙）、李大钊、李煜瀛、易培基、顾兆熊（孟余）五人“假借共产主义，啸聚群众，率暴徒闯袭国务院”，下令通缉。徐谦潜往内地，李大钊避居东交民巷苏联大使馆旁院旧兵营内（当时已无兵驻守），李石曾移居东交民巷法国医院，后来广州方面秘密派人迎接南下。易培基迁居东交民巷瑞金大楼内，后亦潜赴上海。顾孟余亦避居苏联大使馆旧兵营内，后来潜离北京，取道库伦经海参崴（符拉迪沃斯托克）转赴广州。李大钊则继续居住苏联大使馆未他往。

顾孟余离校后，北大教务长一职，由哲学系教授徐炳昶（旭生）继任。

北京中法大学校长原为蔡孑民。蔡先生离京后，李石曾以董事长代理校长。石曾先生移居法国医院后，我被推为该校代理校长，至民国十七年北伐成功南北统一后为止。

民国十五年四月段祺瑞下野，奉军及直鲁联军张学良、张宗昌、李景林、褚玉璞等入北京。张宗昌枪毙《京报》社长邵飘萍、《社会日报》社长林白水，嗣后逮捕《世界日报》社长成舍我，以孙宝琦营救得释放。北京陷入恐怖状态，大学教授多离京。蒋孟邻与朱家骅（骝先）分别避入东交民巷六国饭店。孟邻居该饭店三个月始由北京乘火车赴天津搭英国商船到上海。骝先亦同船到沪转往广州。孟邻离校后，以总务长余文灿代理校务。

民国十五年十月间瑞典考古学家斯文·赫丁（即斯文·赫定，后同）（Sven Hedin，一八六五—一九五二）到北京，拟往中国西北考察，与当时北京学术界多次磋商，于民国十六年四月组成中瑞合组西北科学考察团。中国团长徐旭生，团员黄文弼（仲良，时任职北大研究所国学门，后任北平研究院史学研究所专任研究员），袁复礼（希渊，清华地质教授）

等；瑞典团长斯文·赫丁，团员贝格曼（F. Bergman）等。该团成绩甚佳，于民国二十四年春始完全结束。当该团组织时，中瑞人士常在东兴楼晚饭，借以交换意见。我亦常被约参加。

民国十六年四月六日北京警察及奉军宪兵，得使团允许，包围苏联大使馆，搜查共产党文件，拘捕李大钊等六十余人。同月二十八日北京特别法庭认李大钊、路友于等二十人为共产党，判定死罪，执行绞刑。此二十人中有北大物理系二年级学生四川人邓文辉，亦同时被绞死。邓文辉原是一个用功的学生，成绩很好，我们初不知其与政治有关。后来闻其为国民党党员，且为实践社三个发起人之一。

民国十六年六月张作霖在北京就大元帅职，组织军政府，以潘复为国务总理，刘哲为教育总长。刘哲归并北京国立九校为京师大学校，自兼校长；以北大的文理两科改为京师大学校的文科和理科；以北大的法科与法政大学合并成为京师大学校的法科；每科设学长一人。刘哲原有意撤销研究所国学门，经叶恭绰（誉虎）之劝阻，遂将研究所国学门改为研究馆，以叶誉虎为馆长。刘哲用高压手段压迫教职员与学生，约有一年之久，教育界敢怒而不敢言。抗战时期刘哲任监察院副院长，我在重庆一友人宴会席上遇见他，他表示从前很对不起北平教育界，言下颇有悔过之意。

民国十五年二弟耕砚在美国康南尔大学得博士学位，复在美实习一年。民国十六年九月彼经欧洲回国到天津北洋大学任土木工程系教授。后来彼任北洋工学院院长、交通大学唐山土木工程学院院长。

民国十六年夏，祖父长庚公病逝于昌黎新房子庄。祖父系清武庠生，生于清道光二十九年己酉（一八四九），享寿七十九岁，葬于昌黎柏各庄祖坟。

七

民国十七年六月初国民革命军进迫北京，张作霖军政府解体。六月三日张作霖离京返奉，四日回奉专车在皇姑屯被炸，张作霖受重伤旋毙命。二十日中央政治会议决议直隶省改为河北省，北京改为北平。六月下旬大学院蔡院长特派高鲁（曙青）接收北京原有国立学校，我被邀为襄助接收之一人。

十七年七月三日蒋总司令抵北平，吴稚晖、戴季陶等同来。在七月二十日左右（日期记不清）蒋总司令在北大第三院大礼堂向北平教职员与学生讲话，当时我被推为临时主席，首先致欢迎词。因我为襄助接收国立各校之一人，而各校尚无校长，故临时推我为主席。

十七年九月二十一日国民政府会议通过《北平大学区组织大纲》。先是政府命改京师大学校为中华大学。广州设立中山大学，南京设立中央大学，北平则设立中华大学；各大学名称之前，均冠以“中”字。至是改中华大学为北平大学，实行大学区制，合并前北京国立九校及天津国立北洋大学为国立北平大学，分设各学院；裁撤河北省教育厅，而以河北省教育行政划归北平大学管理。任命李煜瀛为国立北平大学校长，我为副校长。嗣政府又以我兼代校长，并出席河北省政府会议。设大学委员会北平分会为北平大学最高评议机关。先是民国十六年六七月间，国民政府已决定开始试办大学区制，中央大学区与浙江大学区均于彼时设立；国立中央大学与国立浙江大学分别兼管江苏、浙江两省教育行政。北洋大学成立于清光绪二十一年乙未（一八九五）阳历十月二日，定名为北洋大学堂，英文名称为 Tientsin University，内分设头等学堂（大学本科）与二等学堂（大学预科），乃中国最早的大学，其成立比京师大学堂早三年。

国立北平大学以北京大学原有之第一、二、三三院，改为北平大学之文学院、理学院及社会科学院；研究所国学门改为国学研究所。北京大学学生欲保留北大历史上之特性，反对分北大为三个学院，派李辛之（广东人，教育系二年级学生）、赵子懋（河北人，政治系四年级学生）为学生代表，到南京向政府请愿，并向吴稚晖、蔡孑民两先生陈诉。稚晖先生挺身而出，愿作调人，解决此事。他与蔡先生对于北大在历史上之独立精神，特为委曲成就，期于大学区方面与北大方面皆能顾到。议定改北京大学为北大学院，经石曾先生与李、赵两代表首肯，且蔡先生与蒋孟邻先生对于法律系毕业学生有充任律师之资格一层，均愿担保（一九二八年十月初蔡先生辞去大学院院长；十月中旬大学院改为教育部，蒋孟邻任教育部长）。稚晖先生于一九二八年十二月三十一日亲笔写信给我告知一切。我随即依照稚晖先生所开办法，由国立北平大学聘陈大齐（百年）为北大学院院长，于是北大学院得以开学上课。稚晖先生亲笔信七页照片，特附于此①。此信在我手中保存了三十六年，此为首次公开，兹附此信释文于后。

吴稚晖先生原函墨迹释文

润章先生执事：自石曾先生抵宁，弟昨日又与北大学生代表李、赵两君在蔡先生处续谈。两君坚言彼等止欲保留北大历史上之特性，决不

① 本书删去了信件的影印本。

夹杂政治意味，受何种党派之怂恿。蔡先生与弟皆深领两君之诚恳，故于保留北大历史上特性之点，特为委曲成就，期于学区方面与北大方面，皆能顾到。其谈判结果，与前次由魏先生寄交先生等之办法，大体相同。特现在又经石曾先生及李、赵两君皆已首肯，故再将议定之点，列举及说明如左：

（一）将北大旧有三院，加一“北大学院”名义，及由副校长兼任北大学院院长，以示保留北大独立性质。

（二）于北大三院门外，双悬两牌：

其左方曰“北大学院第一院”、“北大学院第二院”、“北大学院第三院”；前次只允悬有“北大学院”牌子，今又加第一院等名目者，李、赵两君以为北大自改为第一第二等院名目后，全校不分畛域，颇得和同效果。虽实际自隐有文学、理学、法学之分，而形式上不分，感情较易接近。且宿舍互居，亦彼此不生歧视。蔡先生亦赞同其说。弟请于石曾先生，亦以为可。

其右方曰“文学院”、“理学院”、“社会科学院”。

此李、赵两君表示同意，以便学区亦有一明显系统。法学院前次拟改为经济学院。现在李、赵两君及孑、石两先生皆赞同社会科学院，包含尤广。（倘法系学生有怀疑毕业后于律师资格有问题者，请告明彼等在社会科学院法系毕业，于律师资格，还是十分满足，此蔡、蒋两先生所担保。）

（三）北大最近所定三院有十四系之办法，应予保留，其组织不必大改动。

李、赵两君以为从前三院共通，每人于十四系中各选数系，甚为自由。蔡先生亦首肯。弟请于石曾先生，石曾先生说，这个自然可以照办。不但十四系可让自由选择，即三院学生于所选定之功课外，有可贾之余勇，欲向北平区内任何医大农大等再习数系，亦何尝不可。

此三条既协，北大方面，在历史上之独立精神，已完全保留。故李、赵已作快函报告其朋友，希望即日移交，以期早日开课，于校于个人学业，皆有相当利益。故石曾先生亦嘱弟报告先生，亦转告校方诸位，皆表赞同，即往接收，使全校皆不至继续辍课，于学业上有莫大之损失。敬请台察，并叩道安。

弟吴敬恒顿首　十二月三十一日

子民先生并嘱致意，同此希望。

后来李辛之赴美，前后任职西雅图（Seattle）华侨学校，《民气报》编辑部与纽约稚晖学院。多年以来，辛之与友人刘先纬在纽约组织华兴公司为华侨服务。赵子懋在北大毕业后，由中国国民党中央党部派赴美国留学，仍习政治学，回国后在考试院服务。

北平大学区时代，我忙碌异常，然仍每周到北大学院物理系授物理课两小时。一直到民国十八年夏大学区制撤销，筹备成立国立北平研究院时，我始离开北大。

民国十八年夏大学区制撤销后，北平大学区时代的国立北平大学又分为北京大学、北平师范大学（包括从前男女师大）、北平大学（除北大与师大外，北平其他各学院合成）及天津北洋工学院（同时筹备恢复大学，抗战胜利后北洋大学始恢复），均仍分别冠以“国立”二字。同时恢复河北省教育厅，接管河北省教育行政。

八

历年与北大有关的刊物，可分为三种：一、学校刊物；二、教授私人组织的刊物；三、学生私人组织的刊物。

学校刊物有：(1)《北京大学日刊》，以发布学校文告为主。(2)《北京大学月刊》，第一卷第一号民八年一月出版。(3)《国学季刊》，第一卷第一号民十二年一月出版。(4)《社会科学季刊》，第一卷第一号民十一年十一月出版。以上(2)(3)(4)三种都是学术性的刊物。

又《歌谣周刊》，亦为学校刊物，原是当年北大内研究歌谣与方言的专家园地。其中搜集各地民歌、方言及研究论文颇多。编辑人有常惠（维钧）、顾颉刚、魏建功、董作宾（彦堂）诸人。第一期创刊于一九二二年十二月十七日，至民国十四年六月廿八日第九十七期止停刊。后来民国二十四年恢复该刊，至抗战开始又停刊，即未再出版（见庄练《董作宾先生一些小事》，《中央日报》，一九六五年三月十九日）。

教授私人组织的刊物，有《新青年》、《每周评论》、《努力周报》、《读书杂志》、《语丝周刊》、《现代评论周刊》（后简称《现代评论》）、《猛进周刊》（后简称《猛进》）等。

《新青年》原名《青年杂志》，乃陈独秀（原名由己，字仲甫，一八七九——一九四二）于一九一五年十月在上海所创办，提倡社会改革，从第二卷第一号起改名《新青年》(*La Jeunesse*)。蔡孑民长北大，聘陈独秀为文科学长。独秀遂将《新青年》编辑部迁到北京。一九一八年一月《新青年》改组，从第六卷起由陈独秀、钱玄同（一八八七——一九三九）、高一涵、胡适、李大钊、沈尹默六位北大教授轮流编辑，每期由一人担任主编。《新青年》偏重学术性，不谈政治，提倡白话文，主张文学革命，拥护民主（德先生）与科学（赛先生），反对尊孔，反对旧伦理。民国八年三月陈独秀因受攻击辞去文科学长。民国八年六月间，陈独秀因散发北京市民宣言传单，被警察捕去；九月中旬由安徽同乡向警厅保出。当保出时警厅约定陈独秀如离北京，须先报告警察。嗣武昌邀陈独秀讲演，《公言报》登载了这个消息，警察于某夜到陈寓调查陈是否在家，并面告陈如外出须先报告警区方可。陈独秀因即避往李守常宅内。是夜警察果到陈独秀寓所搜查。嗣陈化装到乐亭李守常的家乡暂避，复由乐亭到天津转往上海。时为民国九年春。陈独秀到上海以后，才倾向共产主义。《新青年》又由北京移回上海。民国十年一月上海法租界取缔《新青年》，陈独秀遂将《新青年》迁至广州，乃成为共产党的宣传刊物。适之遂与该刊脱离关系（根据胡适之在纽约面告）。

《每周评论》为陈独秀于民国七年底在北京所创办，乃谈政治的刊物。民八年六月间陈独秀被捕后，适之替他主编，至八月底被封闭。

《努力周报》（*Endeavor*）为胡适之和丁文江（在君，一八八七——一九三六）等于民国十一年五月在北京所创办，也是个谈政治的报。每期前边有评论时事一则，名为“这一周”，大都是适之所作。民国十二年丁文江与张君劢“玄学与科学论争”的文章，是在《努力周报》上刊登的，《努力周报》共出七十五号，民国十二年十月停刊。

《读书杂志》（月刊）是《努力周报》的增刊，每月第一周出版，第一期民国十一年九月初出版。《努力周报》停刊后，《读书杂志》还继续出版，至民国十四年十月停刊，共出十四期。

《语丝周刊》为周作人（启明）等在北京所创办，以周作人的小品文及周树人（豫才，笔名鲁迅）的杂文为其代表。著作除周氏弟兄外，有钱玄同、江绍原、张定璜、刘复、林语堂、柳无忌、俞平伯、徐祖正、章川岛等。《语丝》第一期于民国十三年十一月十七日出版。从第八十一期起，改归北京北新书局发行。民国十五年北新由北京迁往上海，《语丝》自一百五十六期起亦迁沪由北新继续发行，但不久宣告停刊。

《现代评论周刊》，乃是民国十三年十二月北大一部分同事王世杰（雪艇）、周览（鲠生）等在北京所创办，系讨论时事的刊物，态度较为温和。大约民国十六年七月间编辑通信处及发行所迁至上海。丁巽甫以西林笔名写的第一篇独幕剧为《一只马蜂》，发表在《现代评论》和《太平洋杂志》上面，传诵一时。后来西林又写过其他的独幕剧《亲爱的丈夫》和《酒后》等。《现代评论》大约前后共出版二百多期。

《猛进周刊》，系民国十四年二月北大另一部分同事徐旭生、李玄伯等在北京所创办，也是批评时事的刊物，态度颇为激烈。《猛进》大约共出版六七十期便停刊了。

北大学生私人所组织之刊物，以《新潮月刊》（后简称《新潮》）为代表。《新潮》乃是民国七年冬所创办，组织者为北大学生傅斯年（孟真）、罗家伦（志希）、徐彦之、顾颉刚、毛准（子水）、汪敬熙（缉斋）、杨振声（今甫）、康白情等，系响应《新青年》鼓吹新文化运动的刊物。《新潮》第一期出版于一九一九年一月，至民九年年底停刊，共出十二期。

上述《新潮》组织人毕业后大都赴欧美留学。穆藕初曾捐款资送北大毕业生六人赴美留学，由蔡孑民、蒋孟邻、胡适之、陶孟和（原名履恭，字孟和，后以字行）四人组成选送委员会。所选送者为罗家伦、汪敬熙、康白情和段锡朋（书诒）、周炳麟（枚荪）、孟寿椿六人。汪、段是民八年毕业，罗、康、周是民九年毕业，孟则是民十年毕业。此外由六人旅费中各匀出美金一百元补助江绍原作赴美旅费。以上七人除孟外余均于民九年十月搭乘“China 号”船赴美。过横滨时康白情因往看田汉而误船，改乘下一班船到旧金山，即留居其地。康氏在旧金山改名“洪章”。孟寿椿于民十年秋亦到旧金山，康白情便留孟办党和办报。至于傅孟真、杨今甫和徐彦之三人，则是山东省官费留学，傅、徐赴英，杨则赴美［根据汪缉斋一九六三年一月十七日来信所述。按缉斋乃约翰霍浦金（Johns Hopkins）大学一九二三年博士，后任中央研究院心理研究所所长，现在美国威斯康星（Wisconsin）大学从事研究工作］。毛子水后来亦赴德国留学。

我在北大的时期，写过若干篇与科学有关的文字，也写过若干篇批评时事的文字。

民国十一年冬写了一篇《相对论及其产生前后之科学状况》，在《东方杂志》一九卷二四号发表。

民国十二年二月间应武昌湖北教职员联合会寒期讲演会的邀请，前往讲演。讲演的一部分是“原子论”。适商务印书馆请我为《百科小丛书》作一小册“原子论”。于是我把讲演的一部分材料写成《原子论浅说》一小册，交该馆出版，时为民国十二年十二月。四十多年以来，“原子物理”与“核子物理”的进步，实属惊人。以现在的眼光，回看四十年以前那本小册的内容，实觉简单得可笑！

我为大学本科一、二年级学生所编的《普通物理实验讲义》第一册，也是民十二年由北大出版部铅印出版（非卖品）。

民国十三年一月《东方杂志》发刊二十周年纪念号，约我作一篇文章，我便写了《二十年来物理学之进步》一文以应之。同年一月底我应中国天文学会之约，讲演“太阳热之起源”，讲演稿发表于《学艺》五卷九号（民一三年二月），及民十三年《中国天文学会年报》。

民国十三四年时，我写过许多短篇批评时事的文字，在《现代评论》发表者不过一二篇，在《猛进》发表者则颇多。

民国十四年冬我写了一篇《各国科学家对于物理学的贡献》，《由牛顿的物理学说到电子学的物理学与相对论的物理学》；在《东方杂志》二三卷一号（民一五年一月）发表。

九

我初到北大时那几年，北大教授约有八十多人。我本想在美国找到一份北大教职员录看看，但多方设法，未能找到。国会图书馆和几个大学图书馆，均未藏有此书。凭我的记忆力，还能想起六十多位教授的姓名；老同事张凤举先生现亦在美，替我想出约十位教授姓名，汪缉斋写信也想出几位；北大同学林昌恒（政治系毕业，曾任职外交部，现旅居纽约）也有所指出，合计起来已有八十人。现在把这八十位北大教授与北大高级职员名单列下：

校长：蔡元培（孑民）

代理校长：蒋梦麟（孟邻）

总务长：蒋梦麟

教务长：顾孟余

国文系教授：马裕藻（幼渔，兼主任）、沈尹默、沈兼士、钱玄同、林损（公度）、叶瀚（浩吾）、黄节（晦闻）、单丕（不厂）、吴虞（幼陵）、刘文典（叔雅）、吴梅（瞿庵）、刘复（半农）、张定璜（凤举）、周作人（启明）、沈士远。

史学系教授：朱希祖（逖先，兼主任）、马衡（叔平）、陈汉章（伯弢）、崔述、张尔田。

哲学系教授：陈大齐（百年，兼主任）、胡适（适之）、马叙伦（夷初）、徐炳昶（旭生）、樊际昌（逵羽）、张竞生、张颐。

英文系教授：胡适（兼主任）、陈源（通伯）、温源宁、林语堂、张欣海、关应麟、徐志摩。

法文系教授：李景忠（兼主任）、宋春舫、贺之才、李宗侗（玄伯）、铎尔孟（d'Hormon）。

德文系教授：杨震文（丙辰，兼主任）、Hundhousen。

俄文系教授：教务长顾孟余兼系主任、伊凤阁（Ivanov）。

东方语文系教授：周作人（兼主任）、张定璜（凤举）、徐祖正。

教育系教授：高仁山（兼主任）、樊际昌、蒋梦麟。

数学系教授：冯祖荀（汉叔，兼主任）、王仁辅、胡浚济、王尚济（海帆）、秦汾（景阳，后因任教育部参事，改为讲师）。

物理系教授：颜任光（兼主任）、何育杰（吟苢）、丁燮林（巽甫）、李书华（润章）、温毓庆、杨肇廉（季璠）。

化学系教授：王星拱（抚五，兼主任）、丁绪贤（庶为）、胡壮猷、李麟玉（圣章）、程瀛章、石瑛（蘅青）。

生物系教授：谭熙鸿（仲逵，兼主任）、李煜瀛（石曾）、钟观光（宪鬯）、经利彬（燧初）。

地质系教授：何杰（兼主任）、王烈（霖之）、李四光（仲揆）、朱家骅（骝先）、葛利普（Amadeus William Grabau）。

法律系教授：黄右昌（兼主任）、何基鸿（海秋）、王世杰（雪艇）、燕树棠（召亭）、徐佩璜、白鹏飞（经天）。

政治系教授：陈启修（惺农，后改名豹隐，兼主任）、陶履恭（孟和，后以字行）、李大钊（守常）、高一涵、周览（鲠生）、张慰慈。

经济系教授：顾兆熊（孟余，后以字行，兼主任）、王建祖、马寅初、罗惠侨、皮宗石（皓白）、余文灿。

文预科主任：关应麟（兼）。

理预科主任：丁燮林（兼）。

以上名单中有少数人兼两系教授者。此单当然有遗漏与错误之处，尚希北大旧同事及本文读者予以指正。至于总务处各部主任，均系由教授兼任，亦就记忆所及，姑列名单如下：

庶务部主任：沈士远（兼）；注册部主任：罗惠侨（兼）；图书部主任：李大钊（兼）；仪器部主任：李麟玉（兼）；出版部主任：忘记系何人。

民国十二年一月间蔡校长离校，由蒋孟邻代理校长。后以余文灿兼任总务长；一九二六年夏蒋孟邻离校，由余文灿代理校务。又图书部主任一职，李守常之后，由皮皓白兼任。

顾孟余于民国十五年“三一八惨案”后离校，由徐旭生继任教务长。各系主任亦有若干变动，如周鲠生继任政治系主任，王雪艇继任法律系主任，李润章继任物理系主任，然均忘记由何时开始，又高仁山被杀后，教育系由何人主持，亦记忆不清。

当我初到北大时，东方语文系、教育系和生物系还没有。此三系都是后来设立的。其中生物系的设立，与我颇有关系。在生物系设立以前，北大已有三位生物教授，都是蔡先生聘请的。李石曾是蔡先生初长北大时便入北大讲授生物进化论；钟观光是中国一位老植物学家，民七被聘到北大担任采集植物标本；谭仲逵是以生物教授兼校长室秘书。大约民国十三四年之间的一天，李圣章及仲逵和我三个人谈天，偶尔涉及北大第二院。我对仲逵说：“北大应该有生物系，而且早已有三位生物学教授。但是李、钟两先生均不能为此事多所奔走，你应该把校长室秘书的事情减少或辞去，设法促成此系的成立。”仲逵很以我的话为然，他就开始进行，终于民国十五年生物系正式成立。[①]

总务处各部之下，分设各课，课中负责人仅称为事务员。例如庶务部庶务课负责人为事务员段宗林（子钧，民十七任河北省政府委员），会计课负责人为事务员黄幼轩（蔡夫人黄仲玉女士之弟，为人刚直负责，民十七年我约其任国立北平大学会计组组长，民十八年三月间在职中风去世）。

一〇

北大教授及高级职员自蔡先生以下都应该介绍其生平与贡献。本书限于篇幅，仅就已故教授选若干位略述于下。

蔡先生的生平及其贡献，已有许多专文，无需重述。蒋孟邻先生逝世不久。《传记文学》第五卷第一、二期载有“纪念专辑”，亦无需重述。朱骝先先生逝世后，《大陆杂志》社亦编辑逝世纪念册（一九六三年六月印行），本文亦不多赘。

关于文史方面，胡适之先生贡献特多，影响也最大。适之逝世后，我写过《胡适之先生生平及其贡献》长文一篇，载《大陆杂志》二十四卷十期（一九六二年五月三十一日出版）。现在把那篇文字的最后一段录下，

---

① 据薛攀皋先生考证，北大生物系于一九二五年成立，此谓一九二六年成立有误。参见薛攀皋《再谈北京大学生物系成立于一九二五年》，《中国科技史料》，二〇〇〇年，第一期。

作为适之贡献的撮要：

“总之适之一生，除了四年驻美大使外，全是从事教育学术文化方面的工作。他是一个实验主义的哲学家，承认一点一滴不断的改进，是真实可靠的进化。他是一个考据家，他的考证是用科学方法，拿证据作基础。对于中西文化比较，他称赞西洋文化，特别颂扬西洋科学。他倡导文学改良，主张白话文学，不数年白话风行全国，替代了文言；在这一方面，他的影响之大，简直是空前。他是一个自由主义者，主张思想自由与言论自由。对于政治，他一向主张要宪法，并且要遵守宪法，确定法治基础以保障人权。他的著作丰富，贡献特多，对于青年的思想影响甚大。他的著作有：中文书约二十种，英文书三种，中文论文约四百四十篇，英文论文约八十篇。”

北大国学教授沈尹默、沈兼士兄弟（长兄为士远，尹默行二，兼士行三，人称三沈）及马幼渔（与弟叔平及马夷初三人，被称为三马，然夷初并非幼渔之弟兄）、朱逷先、钱玄同，都是章太炎（名炳麟，一八六八—一九三六）在东京时的门弟子，专攻文字、声韵、训诂之学。他们都是浙江人，在民国初年已到北大。蔡先生长北大以后，聘陈独秀为文科学长，胡适之亦到北大任教授。适之、独秀提倡白话文学，尹默、兼士、幼渔、玄同等均赞成之，玄同主张尤力。幼渔和逷先分别主持国文系与史学系有年。

沈尹默为诗人，书法尤佳。北京大学第一院、第二院和第三院大门前所悬挂的长牌，都是尹默所书。他主持中法大学孔德学院和孔德学校（该院内部负责人为张凤举，该校内部负责人为马隅卿，系幼渔之弟）。从一九二六年至一九三六年他任中法教育基金委员会中国代表团主席。因此我与他接触很多，所以就很熟了。有一次我向他说：“你写的字恐怕是中国第一了。”他说：“我是世界第一。因为欧美非等洲的人全不会写中国字；如果是中国第一，当然就是世界第一。”民国十七年南北统一后，尹默任河北省政府委员。一九二九年北平大学区撤销后，他兼任河北省教育厅长，接管河北省教育行政。民国二十年他被任为北平大学校长。抗战时期，他在重庆就任监察院监察委员。胜利后他回到上海居住。

钱玄同（一八八七—一九三九）教授文字学有独到之处。他的书法亦很特别。他主张以拼音字代汉文。他是疑古的，所以自号“疑古玄同”。每日除授课外，大部分时间他在孔德学校马隅卿处度过。他和刘半农与师大教授黎锦熙（劭西）等曾组织中国大辞典编纂处。

沈兼士也是文字训诂专家，也写一笔好字。他主持北大研究所国学门有年，极有成绩。抗战前期，他留居北平任辅仁大学文学院院长，从事地下工作。嗣以在平不能继续居住，乃秘密离平赴渝。胜利后任教育部北平特派员，接收各学校及文化机关。民国三十六年某月日（记不清）我眼见他突患脑充血病因而逝世。彼时他住在东广胡同黎元洪的故宅（日本人所办之北京人文科学研究所设于该宅，抗战胜利后为中央研究院所接收，适之与兼士两家各住在该宅中之一部分）。适杭立武（当时任教育部次长）到北平，兼士在其寓所堂屋宴立武，并约我及适之与马叔平等多人作陪。入座以前兼士招呼客人甚殷勤，对客人谈话亦甚多。及甫入座吃饭，兼士忽称头痛，即以手置头部，步入堂屋旁卧室中，闻其大呼数声；不意不久即遽归道山。

北大文史方面的已故教授，我还要谈一谈刘半农（一八九一—一九三四）。半农，江苏江阴人，民六以后任北大预科国文教授。他也是赞成文学革命的。民国九年他由北大派往法国进修，他入巴黎大学文学院专研究语音学，民国十四年获得博士学位。是年八月间他回到北大任国文系教授，在北大创设语音实验室。他是北大以科学方法研究语言学的第一个人。他计划用该实验室的设备，研究全国的方言。民国十三年他兼任中法大学中国文学系主任。不意后来民国二十三年七月间，他因在内蒙古调查方言而得回归热病，卒于北平。

一一

关于自然科学方面已故的教授，我举出钟观光与葛利普二人。

钟观光（一八六七—一九四〇）字宪鬯，浙江镇海人。清季游日本，回国后创办科学仪器馆、实学通艺馆；复立理科传习所。壬寅（一九〇二）蔡孑民、蒋观云、叶浩吾、黄中央、王小徐等在上海发起中国教育会。时宪鬯在江阴南菁高等学堂为理化教员，课外密谈革命意义。蔡、蒋等电宪鬯约其赴会。开会时举蔡孑民为会长。教育会拟改编教科书，实一革命集团。嗣教育会募款组织爱国学社以收容南洋公学退学学生百余人。蔡孑民任爱国学社总理，吴稚晖任学监。壬寅冬教育会与学社利用《苏报》为机关报，以对抗当时之顽固派。癸卯（一九〇三）四月南京陆师学堂退学学生四十余人，亦加入爱国学社为社员。是年闰五月《苏报》案发，该报被封，爱国学社亦解散。章太炎、邹容入狱，吴稚晖走英伦，蔡孑民则于《苏报》案发生前已赴青岛。中国教育会在风雨飘摇中，由宪鬯等支持。公议辛丑（一九〇一）年蔡孑民、蒋观云、陈孟坡等所发起之爱国女学校仍继续办理，推宪鬯为义务经理（经理即校长，当时尚无校长名称）。日俄战起，蔡孑民已自青岛回沪。乙巳（一九〇五）中国教育会重行选举，蔡孑民当选为正会长，钟宪鬯当选为副会长。

民国成立，蔡孑民长教育部，钟宪鬯被任为参事。及蔡先生去职，宪鬯遂脱离政界，专心研究植物学。民国五年任湖南高师博物学教授。民国七年被聘为北大教授，担任采集植物标本。因遍游浙、闽、皖、赣、川、鄂、粤、桂、鲁、豫诸省。民八入云南，由昆明而西，步行十三日至大理，登点苍、鸡足诸山，转入漾濞。宪鬯在各省采集四年不辍。全世界高等植物二百八十余科，中国约占二百二十余科。中国植物书中所用科名，百分之九十以上为宪鬯第一次之译名。① 民国十五年北大生物系正式成立，宪鬯留校整理标本。民国十七年宪鬯被聘为浙江大学教授。一九三三年宪鬯被聘为北平研究院植物研究所专任研究员，致力于重订《本草纲目》。凡古书中草木之名赖其订正者甚多。公元一九二三年菲律宾大学植物教授麦尔瑞（Elmcr Drew Merrill，一八七六——一九五六，后为哈佛大学植物系主任）根据宪鬯所采之标本定一新属名为“Tsoongia”为马鞭草科植物，亦即纪念钟先生者。宪鬯于新旧学问，均有研究；其对于植物界的贡献，乃继往开来之人。刘慎谔（士林，北平研究院植物研究所专任研究员兼所长）、郝景盛均称其为“旧时代最后一人，新时代最初一人”，殊非虚语。民国二十六年北平沦陷，北平研究院迁昆明，宪鬯以年老未能赴滇，乃间关返宁波，于民国二十九年九月三十日逝世。国民政府曾明令褒扬。

葛利普（A. W. Grabau，一八七〇——一九四六）系美国古生物学家。公元一九〇五年至一九一九年任纽约哥伦比亚大学（Columbia University）教授。从一九二〇年起任北大地质系教授，讲授古生物学，居中国二十余年。对于中国古生物学的发展，影响很大。葛氏著有 *Principles of Stratigraphy*（1913），*Text Book of Geology*（2 Vols，1920，1921），*Silurian Fossils of Yunnan*（1920）等书。葛夫人安玛利（Mary Antin，一八八一——一九四

① 作者此说不确。

九）女士，生于俄国，一八九四年到美，在哥伦比亚大学师范学院及巴乃女子学院（Barnard College）求学；一九〇一年与葛氏结婚。葛夫人为一有名的作家，著作颇多。

中国地质调查与研究，从民国初年便已开始，是近代中国科学工作中发达最早的。中国古生物方面有重大发现与研究，尤以周口店中国猿人化石最为著名。周口店洞穴层的发掘，自民国十六年起，由北平地质调查所担任，步达生（Davidson Black，加拿大人）、杨钟健、裴文中等陆续担任研究及实地发掘。民十六年曾发现极完备的左下臼牙，步达生确定此种猿人为一新属，名之曰："中国猿人"（Sinanthropus Pekinansis 或 Peking Man），生于五十万年以前。民国十八年裴文中在周口店发现中国猿人完美之头骨。裴文中是北大地质系毕业生，当其获得此重大发现时，尚未到国外去过。

中国近代动植物调查研究的开始，比地质稍迟。中国用新方法研究植物分类，钟宪鬯实为中国人中之第一人。至于数学、物理、化学研究在国内开始，则较地质与生物为晚。

一二

关于社会科学方面的已故教授，我也举出两位：一是陶孟和，一是李守常。

陶孟和，天津人，原名履恭，字孟和，后以字行。初在天津严氏家馆（即严范孙先生家馆）受业于张伯苓，嗣游学日本，后转学英伦。回国后入北大任教授，讲授社会学；亦赞成新文化运动之一人。一九一九年巴黎和会时，他到巴黎观察和会动向，彼时我在巴黎首次会见他。民国十三年九月间中华教育文化基金董事会成立后，该会设立社会调查所于北京，以孟和为所长。民国二十三年该所合并于中央研究院社会科学研究所；抗战时期此所改称社会研究所，仍由孟和任所长。

李大钊（一八八八—一九二七）字守常，河北乐亭县人。永平中学未毕业即考入天津北洋法政学堂（北平大学区时代改为河北省立法商学院），与其同学白坚武（后为吴佩孚的政务处长）、郁嶷同被称为北洋法政三杰。民国三年李守常到日本留学，入早稻田大学习政治经济。民五夏回国，入北京《晨钟日报》任总编辑；嗣随孙洪伊做事。民五年十一月间孙洪伊因与国务院秘书长徐树铮交恶，被免去其内务总长职。孙去沪，守常亦去沪。民五年十二月下旬蔡孑民就任北大校长后，拟聘章士钊（行严）为北大图书馆主任，行严不就，转荐守常，守常遂被聘为图书馆主任兼政治系教授，每周授课两小时。

一九一七年苏俄十月革命后，李守常由日本文刊物上得知“布尔什维克”（Bolshevik）理论（据成舍我一九六〇年来美时面谈）。由民国七年（一九一八）起，守常便开始介绍“布尔什维克”主义。彼时他对于该主义并未信仰，以其新所以介绍。民八年守常为纪念“五一劳动节”写了一篇《我的马克思主义观》，登在《新青年》六卷五号与六号。同年当协约国庆祝第一次欧战胜利时，守常说：“不该为一边的武力把那一边的武力打倒而庆祝，应该为民主主义把帝制打倒，社会主义把军国主义打倒而庆祝。”所以民国八年守常已开始倾向共产主义。

民国九年春陈独秀去沪。他到沪后才倾向共产主义，组织马克思主义研究会，当时只是研究共产理论，并无实际行动。是时第三国际派胡定斯基（Gregori Voitinski）到中国。由于柏烈伟（也叫布鲁威，Sergei A.

Polevoy，原为白俄，苏俄十月革命后充当第三国际驻天津文化联络员，曾在北大教过俄文）介绍，在北京先认识李守常，然后到上海与陈独秀取得联系，而马克思主义研究会遂与第三国际发生关系（据沈云龙《中国共产党的来源》一与二）。民国十年七月中国共产党在上海正式成立，然全国各地党员总共不过五十人而已（据程天放 Tien Fong Cheng 著 *A History of Sino-Russian Relations*，p. 120）。

李守常于中山先生蒙难居沪时（民十一年八月至民十二年一月），由张继（溥泉）介绍加入国民党，乃是共产党员最先加入国民党者。民国十三年一月守常被选为中国国民党第一届中央执行委员。民十三年夏，他曾到苏联，回国后仍回北大。

李守常是乐亭县人，我是昌黎县人。还有一位庐龙县人白眉初，原是永平中学地理教员，我到北大时，眉初已在北京高师（后改为师大）任地理教授。乐亭、昌黎、庐龙三县，原来全是属于永平府；三县的人在北京算是大同乡。因此李、白与我三个人有时偶然往来。但是守常还没有向我们宣传过共产主义。他从苏联回国后，只听见他说过苏联“新经济政策很好”而已。他死后的遗体还是眉初收殓的。

本文所记是我在北大七年中所可回忆的经过情形。我初到北大的那几年，若干部分的基本课程水准，已渐提高，为研究工作铺路；且国学与地质等方面，已开始走向研究方向；这确是一种进步。中间稍后几年，因教育经费困难，且军阀政治强暴，致若干教授离京他去；又呈退步现象。北平大学区时代，教育经费已恢复正常，然为时过短，许多计划尚未能全部实现，即已撤销大学区制。清末京师大学堂规模很大，后演成为北京国立八校或九校时，是由合而分。北大仅有文、理、法三部分，为规模最小的时代，然贡献却很大。北平大学区时代的国立北平大学，则合北京国立九校与天津北洋大学为一个大学，是由分而合，为规模最大的时代。大学区制撤销后，国立北平大学又分为北大、师大、平大与北洋四个大学，是又由合而分了。这是三十年间北方国立高等教育机关分合的经过情形。

一九六四年十一月二十三日草完于纽约。

一九六六年十月校对修正。

（原载《传记文学》第六卷第二~三期）

我们推行北平大学区制，本抱有很高的理想：我们以为首都既在南京，北平应为教育与学术重心。推行大学区制的目标，即以北平国立学校与天津北洋大学原有人才和设备，加以充实与扩大，使成为一个完善而合理的大学，负起大学教育与学术研究的责任。

第4章 一年北平大学区

一

先谈北平大学区成立以前北京与天津高等教育的大略情形：

民国十一年九月我初到北大任教。彼时北京有八个国立学校，简称“国立八校”，即北京大学（北大），北京高等师范学校（高师），北京女子高等师范学校（女高师），北京法政专门学校（法专），北京农业专门学校（农专），北京工业专门学校（工专），北京医学专门学校（医专），北京美术专门学校（美专）。

民国十一年十一月北京农专改为国立北京农业大学（农大）。是年冬北京工专改为国立北京工业大学（工大），北京法专改为国立北京法政大学（法大）。民国十二年二月北京高师改为国立北京师范大学（师大）。民国十三年一月北京医专改为国立北京医科大学（医大）。民国十三年五月北京女高师改为国立北京女子师范大学（女师大）。民国十四年八月增设国立北京女子大学（女大）。至是北京的“国立八校”变为“国立九校”了（根据丁致聘编《中国近七十年来教育记事》，并参看《传记文学丛书》之八《碣庐集》中《七年北大》）。

民国十六年六月张作霖在北京就大元帅职，以刘哲为教育总长。是年八月北京国立九校改组归并为国立京师大学校，刘哲自兼校长，分设各科，每科设学长一人。

天津国立北洋大学成立于清光绪二十一年乙未（一八九五）。是年津海关道盛宣怀倡议由津海关划拨解部库款设中西学堂于天津，经直隶总督北洋大臣王文韶于是年（光绪二十一年）阴历八月十二日即阳历十月二日转奏获准。分头等学堂（大学本科）与二等学堂（大学预科）。聘美国人丁家立（Charles Tiney）为总教习。校址在天津海大道小营门外。此校改为中国设立最早之新式大学，比京师大学堂（后改为北京大学）之设立早三年，比南洋公学（后改为交通大学）之设立早二年。

清光绪二十六年庚子（一九〇〇），天津中西学堂因义和团之变停办，校舍为德军占领。翌年《辛丑条约》划天津小营门外为德国租界，校舍遂沦为租界之一部分。清光绪二十八年壬寅（一九〇二）阴历八月十四日直隶总督袁世凯恢复天津中西学堂，改以天津西沽武库为校址。光绪二十九年四月一日正式开学，改名为北洋大学（根据《教育记事》）。

直隶省立各高等专门学堂，清末原分设于津、保两地。设于天津者，有北洋法政学堂（清光绪三十一年开办）、直隶高等工业学堂（光绪三十二年开办）。设于保定者，有直隶高等学堂、直隶高等农业学堂（光绪二十八年开办）、法政学堂（光绪三十一年开办）、优级师范学堂（光绪三十二年开办）。民元，学堂改为学校，取消高等学堂，高等专门学堂改为专门学校。民国十二年保定有河北大学的设立，分文、理、农各科，然未及数年即停办。当清末谈到北方教育中心时，常常是京、津、保并称，至民国十七年北平大学区成立时，保定已无高等教育机关的存在。

二

其次谈中央大学区与浙江大学区的成立：

民国十四年七月一日国民政府在广州成立。民国十五年二月国府设立教育行政委员会，掌管中央教育机关，并指导监督地方教育行政，特派陈公博、甘乃光、许崇清、金曾澄、钟荣光为该委员会委员。嗣又加派褚民谊、韦悫、经亨颐为委员。民国十六年四月十八日国民政府在南京成立后，更加派蔡元培（孑民）、李煜瀛（石曾）、吴敬恒（稚晖）三人为教育行政委员会委员。

民国十六年六月七日中央政治会议咨国民政府为蔡元培呈请变更教育行政制度，以大学区为教育行政之单元，区内之教育行政由大学校长处理之。同年六月二十三日国府教育行政委员会对于奉令筹划大学区案，议决呈国府先在江浙两省试办。七月六日国府秘书处函中政会秘书处为大学区新制度准先在江浙两省试办。

民国十六年六月二十七日，中央政治会议通过蔡委员元培等提议组织中华民国大学院为全国最高学术教育行政机关。同年七月四日国民政府公布大学院组织法，设院长一人，大学委员会委员五人至七人。

民国十六年夏，国府教育行政委员会议决江苏省国立各大学及各专门学校（计东南大学、河海工程大学、上海商业专门学校、南京工业专门学校、江苏法政大学、上海商科大学、江苏医科大学、南京农业学校、苏州工业专门学校等九校）合并改设国立第四中山大学。

民国十六年七月十一日国民政府任命蒋梦麟（孟邻）为第三中山大学校长，张乃燕（君谋）为第四中山大学校长。旋江苏教育厅裁撤，第四中山大学成立。是年八月一日浙江省立甲种工业专门学校、浙江省立甲种农业专门学校，改组为国立第三中山大学工学院、农学院，另筹备文理学院，合三院组成国立第三中山大学，同时成立第三中山大学区。

民国十六年十月十二日国民政府特任蔡元培为大学院院长。旋大学院布告前教育行政委员会即行结束，本院开始办公（在南京成贤街中央党部旧址）。

民国十七年二月六日大学院改定第三中山大学名称为浙江大学（七月一日改称国立浙江大学）。二月十日大学院改定第四中山大学名称为国立江苏大学。第三中山大学区改为浙江大学区，第四中山大学区改为江苏大学区。民国十七年六月国立江苏大学改为国立中央大学，江苏大学区改为中央大学区（根据《教育记事》）。

三

现在谈谈北平大学区的成立与经过：

民国十七年六月三日张作霖离北京回奉天，四日回奉专车在皇姑屯被炸，张作霖受重伤旋殒命。八日国军接收北京。二十日中央政治会议议决：直隶省改为河北省，旧京兆区各县并入该省；北京改为北平；北平、天津为特别市。

民国十七年七月三日蒋总司令抵北平，吴稚晖、戴季陶等同来。吴、戴两先生抵平后，连日赴各学校讲演，甚为忙碌。

民国十七年七月十一至二十日，大学院派高鲁（曙青）接收前北京国立学校及天津北洋大学。我为襄助接收之一人。

民国十七年七月十九日国民政府会议议决国立北平各校合组为国立中华大学，以李煜瀛为校长。

民国十七年九月二十一日，国民政府会议议决国立中华大学改称国立北平大学，并通过北平大学区组织大纲。此大纲草案由李石曾先生代表大学院大学委员会列席国府会议加以说明；并说明北平大学预算，每月经费定为国币三十万元，暂以十分之一为研究院经费。于是研究院遂随北平大学通过于国民政府会议。嗣国府任命李煜瀛为国立北平大学校长，李书华为副校长，合并前北京国立学校及天津国立北洋大学为国立北平大学，设大学委员会北平分会为国立北平大学最高审议机关。

北平大学区原议管辖河北、热河两省，与北平、天津两特别市。后来热河省及北平、天津两特别市未划入北平大学区内，仅河北省教育行政改由北平大学区管辖（河北教育厅裁撤）。至是全国有三个大学区，即中央大学区、浙江大学区与北平大学区。

民国十七年十月三日中央政治会议议决准蔡元培辞大学院院长职，特任蒋梦麟为大学院院长。不久改大学院为教育部，以蒋梦麟为教育部长。十月二十七日大学委员会议决改名为教育部大学委员会；大学委员会北平分会委员定为蔡元培、易培基（寅村）、张继（溥泉）、沈尹默、李麟玉（圣章）、萧瑜（子升，现旅居乌拉圭）；国立北平大学正副校长为当然委员。

民国十七年十月底我由南京到北平，即在北平中南海怀仁堂西四所组织国立北平大学校长办公处。设秘书处、高等教育处、普通教育处与社会教育处。聘成舍我（现在台任立法机构委员，兼世界新闻专科学校校长）为秘书长，王凤仪（来庭）为高等教育处处长，何德辉为普通教育处处长，李蒸（云亭）为社会教育处处长。数月后何德辉因年老辞职，改聘张谨（仲苏，曾任直隶省教育厅长）继任普通教育处处长。

秘书处之下，设文书、会计、庶务三组。文书组组长陈颂平为吴稚晖先生南菁书院之老同学，曾任南洋公学三位学长之一。会计组组长黄幼轩为蔡孑民夫人黄仲玉女士之弟，曾任北京大学会计课负责人多年，不幸于民国十八年三月间在职中风逝世。庶务组组长王某，他的名字现已记忆不清。

民国十七年十一月初，大学委员会北平分会开成立会，由校长李石曾主持，并讨论北平大学本部各学院的组织。此问题经过若干波折，最后大学本部设立十一个学院：北京大学改为北大学院（参看《碣庐集》《七年北大》），北京师范大学改为第一师范学院，北京女子师范大学改为第二师范学院，北京法政大学改为法学院，北京工业大学改为第一工学院，天津北洋大学改为第二工学院，北京农业大学改为农学院，北京医科大学改为医学院，北京女子大学改为女子学院，北京美术专门学校改为艺术学院，北京俄文法政专门学校改为俄文法政学院。每学院设院长一人，秘书一人，辅助院长处理各该院事务。

国立北平大学分别聘请各学院院长，计聘陈大齐（百年，现在台任政治大学教授）为北大学院院长，黎锦熙（劭西）为第一师范学院院长，徐炳昶（旭生）为第二师范学院院长，谢瀛洲（仙庭，现在台任职司法主管部门）为法学院院长，俞同奎（星枢）为第一工学院院长，茅以升（唐臣）为第二工学院院长，董时进（现旅居美国）为农学院院长，徐诵明为医学院院长，徐悲鸿为艺术学院院长，段其伟为俄文法政学院院长，张凤举（现旅居美国）与经利彬（燧初）分别主持女子学院文、理两部。

大学本部成立后，设校务会议，出席者：正副校长、秘书长、高等教育处处长、各学院院长，审议大学本部及各学院间重要事项。

民国十七年十一月筹备北平大学研究院，由正副校长任筹备之责。民国十八年春设筹备委员会，李石曾任筹备主任，蔡孑民、张静江等为筹备委员。

我到校不久，复奉令以副校长代理校长，并出席河北省政府委员会会议。时河北省政府委员如下：商震（启予，兼主席，现旅居日本）、孙奂轮（药痴，兼民政厅厅长）、李鸿文（子范，兼财政厅厅长）、温寿泉（兼建设厅厅长）、严智怡（慈约，严范孙先生之第二公子）、沈尹默、段宗林（子钧）、李培基（涵础）、丁春膏、李筱苍（后来兼农矿厅厅长）、吕咸（著青，后来兼工商厅厅长）。

北平大学区对于河北省高等教育曾详加研究，作成整个计划，分为三个学院：以原来在天津的工专改为河北省立工业学院，以原校校长魏元光（明初）为院长。以原在天津的北洋法专改为河北省立法商学院，以顾德铭为院长（新任）。以原在天津的省立女子师范学校改为河北省立女子师范学院，以原校校长齐国梁（璧亭）为院长。此项计划，经提出河北省政府委员会通过后，付诸实行。

四

当徐旭生被聘为第二师范学院院长时，他正与斯文·赫丁（Sven Hedin，一八六五——九五二）率领中瑞合组西北科学考察团在西北考古。我打电报催他迅速回平，一直到民国十八年一月他才回到北平，就第二师范学院院长职。在旭生未到院以前，我暂行兼代该院院长职务，聘该院教授高步瀛兼任该院秘书，代我处理日常事务。

高步瀛（一八七三——九四〇），字阆仙，河北霸县人，生于清同治十二年（一八七三）。中试光绪二十年甲午科（一八九四）举人。旋入保定莲池书院从桐城吴汝纶（挚甫）山长学。嗣充任直隶高等学堂及直隶优级师范学堂教员，后赴日本游学，习师范。归国后任学部主事。民元任教育部社会教育司司长。前后在教育部十余年。民十以后，历任北京高师与师大教授，复任北京女师大教授。先后撰成经史诸子研究等著作，贡献甚多。卢沟桥事变后，阆仙杜门不出。民二十八年被聘任教辅仁大学，主讲“三礼”等课。民二十九年（一九四〇）卒于北平，享年六十有八岁（根据《高步瀛先生事略》，《大陆杂志》第二十五卷第九期，一九六二年十一月出版）。

艺术学院院长徐悲鸿当时在南方，亦未能即行到院。院长职务亦由我暂行兼代。聘该院教授严智开（季冲，严范孙先生之第七公子）兼任该院秘书，代我处理日常事务。数星期后悲鸿到平就职。因我暂行兼代该院院长职务的关系，认识了该院中国画教授凌文渊、齐白石（璜）等。后来且与白石老人颇有往来。

齐璜（一八六三①——九五七），原名纯芝，号濒生，别号白石山人，略去山人两字称白石，又别号萍，湖南湘潭县人，生于清同治二年（一八六三）。八岁就读私塾，不满一年，此时已喜绘画。嗣因家贫，在家砍柴、牧牛。十二岁习木工。到二十七岁在家乡雕花工，乡人称他为“芝木匠”。

---

① 齐白石生于一八六四年一月一日，享年未到九十五岁。

这时得到同乡为师指点他习画与读书。他做了十余年木工，才学画像，改业做画匠，为人画衣冠像或写真。他三十四岁时，因在同县黎松安（黎劭西的父亲）家画像，得学初步刻印。他三十七岁时拜了湘潭名士王湘绮为师。他在诗、书、画、刻各方面，全有独到之处。他三十九岁以前的画，以工笔为主。四十岁至四十六岁离湘远游四方，他的画走上大写意的花卉翎毛一派。民六，他五十五岁，开始定居北京。听信画家陈师曾的劝告，创红花黑叶两色花卉，与浓淡几笔的虾蟹，名声大噪。一九二六年，他购置北京跨车胡同十五号住房一所，迁入居住。一九二七年任北京美专中国画教员。民十七年美专改为国立北平大学艺术学院，他改任该学院教授。七七事变后，他辞去教职，闭门家居（详见《白石老人自述》，《传记文学丛书》之十二）。一九五七年病逝北平，享年九十五岁。

我去过跨车胡同十五号，数次往访白石老人。他的住宅门房有一位尹春如者，原是清宫太监，据说曾分配到肃王府当差，侍候过肃王善耆。每次我到白石老人处，老人总是很客气地以茶水、饼干、花生等招待，而且这些食物和茶叶全是老人自己用钥匙开木柜亲手取出。我请白石老人吃过两次饭，民三十六年最后一次请他吃饭，他的看护夏文珠女士陪伴他同来。

我认识的人活到九十五岁或以上的，仅有三个人：第一个是马相伯（良）先生，清道光二十年（一八四〇）生于江苏丹徒（镇江），民国二十八年卒于谅山（马相伯先生原住上海徐家汇，七七事变后上海沦陷，迁居桂林，民二十七年由桂林迁至谅山），享年一百岁（一八四〇—一九三九）。第二个是钮惕生（永建）先生，清同治九年（一八七〇）生于江苏上海，一九六五年卒于美国纽约（因病由台到美治疗），享年九十六岁（一八七〇—一九六五）。第三个便是白石老人，享年九十五岁。

五

北平政治分会主席一职，中央政治会议曾于民国十七年六月二十五日决议以李石曾充任，未到任以前由阎锡山（百川）代理。嗣以李石曾坚辞不就，后乃改以张溥泉任北平政治分会主席。溥泉先生同时为大学委员会北平分会委员，对于北平大学区教育设施，赞助甚多。

清华学校原隶属于外交部。民国十四年改为清华大学。民国十七年国民革命军北伐成功后，该校改归外交部与大学院共同管辖，设立清华大学董事会，由董事十余人组织之，我被聘为董事之一。几星期后大学院改为教育部，清华大学完全改隶于教育部，与其他国立大学相同，该校董事会旋即取消。实际上董事会未曾开过成立会便被取消。这段故事，恐怕现今知道的人已经不多。

民国十八年三月十五日严范孙（修）先生在天津逝世。开吊之日，我特由平赴津亲往吊唁。

严修（一八六〇—一九二九），字范孙，天津人（原籍浙江慈溪，后迁天津）。清咸丰十年庚申（一八六〇）生于直隶三河县（根据一九六七年四月二十五日严智钟——严范孙先生之第五公子，现任台大医学院教授——来信称：当时全家逃难避居乡间。按“逃难”指逃“英法联军陷据津沽”之难）。清光绪九年癸未科（一八八三）二甲第十名进士（是科状元陈冕，顺天府宛平县人；探花管廷献，山东莒州人。根据哈佛燕京学社《增校清朝进士题名碑目附引得》、翰林院编修）。光绪二十年甲午（一八九四）阴历十二月起至光绪二十三年丁酉十二月止，任贵州学政三年（根据严修撰《蟫青馆使黔日记》）。光绪二十三年十一月请添设“经济特科”。光绪二十五年倡办新教育，特请张寿春（伯苓）在天津严氏住宅设私塾，以算术理化诸科教其子侄五人，号“严馆”。光绪三十年（一九〇四）与张伯苓赴日本考察教育，回国创办敬业中学，复改称私立第一中学堂。光绪三十四年（一九〇八）私立第一中学堂迁入新校舍，因地名南开，遂改称南开中学。光绪三十年任直隶学务处总办，当时学务处，乃总理全省学务之机关。光绪三十一年清廷设立学部，被任为学部右侍郎，翌年九月起改任学部左侍郎，直至宣统二年三月为止（根据清史《部院大臣表》）。在部四年余，建树甚多，宣统三年辛亥（一九一一）九月被任为度支部大臣，未就。一九一八年与张伯苓、范源濂（静生）考察美国教育，回国后开始筹备大学。民国八年（一九一九）九月正式成立南开大学，设文、理、商三科。民国十八年（一九二九）三月十五日病逝天津，享年七十岁。胡适著《张伯苓传》，称严范孙“为北方学术界重镇，竭力提倡新思想新学说，不遗余力，而且德高望重，极受津人的景仰”。诚非虚语（见一九五六年南开校友会印《张故校长伯苓先生八旬诞辰纪念册》）。

北平大学区时代，是我一生最忙的时期，然而我仍然每周到北大学院物理系讲授“近代物理”（游子、电子、阴极射线、阳射线、X光、放射学、原子构造等）两小时。一直到一九二九年夏，大学区制撤销，筹备成立国立北平研究院时，我才离开北大。

六

民国十八年六月十七日第三届中央执行委员会第二次全体会议第四次

会议议决：由教育部定期停止试行大学区制。七月五日教育部令北平、浙江两大学区，限于本年暑假内停止，中央大学区限于本年底停止。八月七日行政院会议议决：国立北平大学研究院改为国立北平研究院，国立北平大学北大学院改为国立北京大学，国立北平大学第一师范学院改为国立北平师范大学（后来合并第一与第二师范学院为师大），国立北平大学第二工学院仍令划出独立，并组织国立北洋大学筹备委员会（在国立北洋大学筹备期间，称国立北洋工学院）。国立北平大学本部各学院，除上列划出独立者外，所余各学院合组为一个新的国立北平大学（平大）。北平大学区撤销后，仍恢复河北省教育厅，接管河北省教育行政。

我们推行北平大学区制，本抱有很高的理想：我们以为首都既在南京，北平应为教育与学术重心。推行大学区制的目标，即以北平国立学校与天津北洋大学原有人才和设备，加以充实与扩大，使成为一个完善而合理的大学，负起大学教育与学术研究的责任。同时使河北高等教育与北平高等教育发生联系，一面使北方普通教育与高等教育亦得以彼此衔接。然北平大学区制自实行至撤销，为期甚短，不足一年；而反对与怀疑者且时有其人。因之北平大学区的计划，虽大部分付诸实施，然未能达到理想的目标。大学区制撤销后，国立北平大学发表了一本详细报告，各方获悉后认为北平大学区的成绩不错，当时收到许多赞许的信，从前反对者和怀疑者至是亦完全了解。

一九六七年七月十日草完于纽约。

“三一八惨案”后，因中法大学没有校长，我遂迅速到校执行校长职务。“三一八惨案”发生时，服尔德学院有一个学生殉难。当我到校的第一天，正是大学各学院学生为此殉难同学开追悼会，我就首先到会讲了一套话。

第 5 章 两年中法大学

一

北京中法大学民国十七年改为北平中法大学，成立于民国九年，为吴稚晖、蔡孑民、李石曾诸先生所创办。李先生任董事长，蔡先生任校长。设大学本部各学院，以法文为第一外国语。附设中学、小学、农场、疗养院各数所。在上海设立中法大学药学专修科。与北平研究院合作，设立镭学研究所与药物研究所，从事科学研究。又设有海外部，即法国里昂中法大学，亦称里昂中法学院，资送大学本部各学院优良学生到法深造。北平中法大学是一所私立大学，但其范围颇广，是一个小型的大学区制。从民国十四年以后，得到中法教育基金委员会的补助，发展更为迅速。

大学本部各学院，原设有服尔德学院、孔德学院、居里学院、陆谟克学院。服尔德学院设中国文学系、法国文学系，后来增设经济系。孔德学院设哲学系，计划添设心理系终未成立。居里学院设数学系、物理系、化学系。陆谟克学院设生物系。大学初成立时，择定北平西山碧云寺为校址。民国十四年在北平城内东皇城根购地建筑新校舍。民国十五年初大学办事处及服尔德学院即迁入新址。居里学院之数、理、化各系，及陆谟克学院之生物系，则迁至北平城内后门外吉祥寺。一两年后东皇城根增建校舍，数、理、化与生物各系，亦迁至东皇城根。

孔德学院成立于民国十四五年间，设于北平阜成门外成达学校旧址。先是一九一五年徐树铮（字又铮）任陆军部次长时，创办正志中学。民九直皖战争后，徐又铮退闲，直系军人王怀庆接办正志中学，更名成达中学。民国十四五年间成达中学董事长周作民（金城银行总经理）交由沈尹默等接办成达中学。大约成达续办至民国十七年北伐成功后停办。这是成达中学校舍为孔德学院所利用的经过。

民国十八九年，依照教育部法令，中法大学本部各学院改为文学院、理学院、医学院；孔德学院则仍旧。医学院仅设医预科，预科毕业后资送里昂中法大学，转入法国国立里昂大学医学院本科肄业。

北平中法大学附设中小学数处，其中最早成立的是孔德学校，初设于北平北河沿，后迁入宗人府旧址。孔德学校设有初小、高小、初中、高中各年级，外国语则分为法文与英文各班。民国十四年孔德学校高中生首次毕业。温泉中学（男中）设于宛平温泉村西之黄谷园。温泉女子中学设于温泉村。西山中学（男中）则是大学本部由碧云寺迁到城内后，就碧云寺原有校舍所设立者。温泉中学、温泉女子中学和西山中学都是初中，外国语习法文。民国十八九年时，在大学本部开办高中，为各初中升学之所，同时亦招考校外初中生。附设之小学，除孔德学校之小学外，还有碧云寺之西山小学，与温泉村之温泉小学。

北平中法大学学生连同孔德学校与各附属中学学生总数，约有一千余人。

附设之农场有三处：第一农场在碧云寺，第二农场在温泉村，第三农场（实际是林场）在西山北之金仙庵。

附设之疗养院有两处：一为碧云寺之西山疗养院，一为温泉村之温泉疗养院。

中法大学药学专修科设在上海，成立稍晚于北平中法大学，造就了很多的药学专门人才。

民国廿一年中法大学与北平研究院合作，设立镭学研究所与药物研究所。镭所专研究镭与放射性物质（所长严济慈），药所则以科学方法研究国药（所长赵承嘏）。民国三十七年北平研究院改组镭所设立原子学研究所，中法大学仍定单独继办镭学研究所。

抗战时期，中法大学迁往昆明继续办理大学本部文、理两学院，并在昆明创办无线电训练班及成立昆明中法中学。见《二十年北平研究院》第六节，现不多赘。

法国里昂中法大学，亦称里昂中法学院，简称里大，乃北平中法大学的海外部，系一九二〇年李石曾、吴稚晖、蔡孑民、赫里欧（Herriot）、雷宾（Lépine）诸先生所创办。设立里昂中法大学协会，即里大的董事会。中国会长为蔡先生，法国会长为雷宾。后来雷氏退休，由季伯尔（Gilbert）担任。协会秘书原系古恒（M. Courant）教授，后来古恒病故，由狄巴尔别（G. Dubarbier）教授继任。一九二一年吴稚晖先生亲自率领由北京、上海、广州招考录取之第一批学生一百余人到里昂入学。吴先生并担任里大第一任校长。后来中法教育基金委员会对于里大予以补助。北平中法大学各学院每院毕业生前五名满七十五分以上者送往里大深造。至一九四七年里大因无经费陷于停顿。由一九二一年至一九四七年二十余年，里大为中国造就专门人才总数约有五百人。里大情形特殊，恐为教育史中仅有之一例。详见《十年留法》第七节，不再重述。

里大停顿后，其校舍由法国国立里昂大学接管，改为法国学生宿舍，仍留三间房存放原有中国图书。现由蔡镜辉（台湾省人，留学里昂之医学学生）分门别类整理就绪，仍由狄巴尔别教授负责管理中国部分事务（据钱直向一九六六年九月廿日来信）。

二

民国十二年蔡孑民先生离开北京以后，李石曾先生以董事长兼代理校长。大约在民国十五年初石曾先生约我任服尔德学院院长，兼在居里学院任物理功课每周三小时。同时石曾先生复约李麟玉（圣章）任居里学院院长兼授化学功课每周数小时。当时我与圣章全是北大教授。此时北大教授沈尹默已经任孔德学校校长，同时也是孔德学院院长。

“三一八惨案”（民国十五年三月十八日惨案）后，段祺瑞下令通缉徐季龙、李守常、李石曾、易寅村、顾孟余五人。石曾先生遂移居东交民巷法国医院。中法大学董事长一席，由校董会改推孙宝琦（慕韩）暂代，嗣又改推熊希龄（秉三）代理。校长事务改推我代理。同时石曾先生提议由校派李圣章前往法国接洽文化合作及里昂中法大学各事宜。

熊秉三，湖南凤凰厅人，清光绪二十年甲午科翰林。戊戌前后参加维新运动，曾以在籍翰林加入湖南南学会讲演新学，遂受革职交地方官严加管束之处分。赵尔巽为东三省总督时，任熊为屯垦总办。后来熊赴日本考察，嗣又随五大臣赴欧洲考察宪政。一九一二年在唐绍仪内阁任财政总长。唐内阁解体后，熊被任为热河都统。旋奉命组阁，称为“第一流内阁”。民三年二月熊辞职后在北京香山创办香山慈幼院，与碧云寺中法大学为邻，对于中法人学时常帮忙。

“三一八惨案”后，因中法大学没有校长，我遂迅速到校执行校长职务。“三一八惨案”发生时，服尔德学院有一个学生殉难。当我到校的第一天，正是大学各学院学生为此殉难同学开追悼会，我就首先到会讲了一套话。此时期校中有少数学生，包括陈毅在内，被京师警察厅注意。不久这批少数学生便离校他去了。

在“三一八惨案”以前，东皇城根新校舍，已经建筑了若干房屋。我到校以后，继续增建新房屋。这些建筑都是数学系教授兼建筑师彭济群（志云）所设计的。

民国十七年以后，中法大学的新建筑，则是法国文学系教授兼建筑师汪申（申伯）所设计者。

民国十五年至十七年我增聘了不少新教授。物理、化学、生物各实验室的设备，大量扩充，后来成为各大学设备优良的实验室。图书馆的中法文书籍亦大量增加；中文图书大部分是中国文学系主任刘半农所开的书单；法国文学图书是法国文学系各教授所开的书单；理化生物图书，是由理科各系教授所开的书单。后来增设经济系，图书馆又增加了很多中法文社会科学书籍。中法大学图书馆便成了各大学重要图书馆之一，特别是法文书籍极为丰富。

在我代理校长时期，曾约请许多中法学者到校演讲，很引起学生的兴趣。其中白兰（Edward Belin）演讲，尤其是破天荒的一次。民国十五年十月十四日法国电传图像发明家白兰在北平中法大学演讲“电传图像”

（La Télégraphie des Images），并假北大物理实验室利用北京沈阳间长途电话线试验电传字书及电传照相，成绩甚佳。第一次电传字书，是我亲笔写给东北大学张翼军教授的一封信，照原笔迹由北京用电话线传递至沈阳。这是中国电传图像的第一次。白兰在中法大学法文讲演全文，我译成中文，刊入《中法教育界》（*L' Education Franco-Chinoise*，一九二六年十月）。《中法教育界》是中法大学出版的月刊，由萧瑜（子升）编辑。

当时中法大学校医是贝熙业大夫（Dr. Buissière，法国人），他是北平法国医院医生，也是当时北平的名医，民初曾任总统府医官。贝熙业与铎尔孟（André d'Horomn，亦法国人）都是中法大学董事。铎尔孟民初任北京政府顾问，民元任留法俭学会留法预备学校法文教员，中法大学成立后任法国文学系教授，对于“汉学”（中国学问）很有研究。贝、铎二人在北平居住四五十年之久（后来一九五二年两人始回法国）。

民国十五年法国政府以“Officier de la légion d'Honneur”勋章赠我，由驻华法国公使马德尔（de Martel）代表法国政府给我佩戴。

民国十六年三月国民革命军占领南京，四月国民政府在南京成立。六月张作霖在北平就大元帅职，并组织军政府内阁。是时北平教育界同情于中国国民党与国民政府，常为北方少数军人所不满。中法大学因创办人均属国民党人物，故尤被注意。而且中山先生逝世后，其灵柩停放于碧云寺石塔内，碧云寺则为中法大学校舍之一部分，因此中法大学校内同人特感关切。然两年多终能平安度过，并无意外！

民国十七年夏李圣章由法回国。是年秋我被派任职北平大学区，因辞去中法大学代理校长职务；而蔡先生当时正任大学院院长，因亦坚辞中法大学校长名义。中法大学校长一职，遂由李圣章继任。

三

我代理校长时期的各院长和各主任等的姓名，大致我还记得，现在略记于后。

校长：蔡元培；代理校长：李书华。

大学办事处总务主任：齐致（云青），后改杨梦游。

服尔德学院院长：李书华；办公室主任：范廉青。

孔德学院院长：沈尹默；教务主任：张凤举。

居里学院院长：李麟玉；办公室主任：安干忱。

陆谟克学院院长：李石曾。

数学系主任：吴文潞（弼刚）。

物理系主任：朱广才。

化学系主任：李麟玉（兼）。

生物系主任：陆鼎恒（惟一）。

中国文学系主任：刘复（半农）。

法国文学系主任：李宗侗（玄伯），后改汪申（申伯）。

哲学系主任：童禧文。

后来各学院改为文、理、医三个学院后，

文学院长：王凤仪（来庭）；理学院长：李麟玉；

医学院长：朱广相。

经济系成立后，主任：王凤仪（兼）。

高中成立后，主任：宗真甫。

上海药学专修科主任：宋梧生。

孔德学校校长：沈尹默；校务主任：马廉（隅卿）。

温泉中学主任：李复生。

温泉女子中学主任：李复生（兼）。

西山中学主任：齐文书（守郎），后改陆鼎恒（兼）。

第一农场（碧云寺）主任：高明阁；

第二农场（温泉村）主任：尹铭槐；

第三农场（金仙庵）主任：胡××（忘记其名）。

西山疗养院（碧云寺）主任：何绍文；

温泉疗养院（温泉村）主任：王集生。

上列名单中已故而为我所知者，有蔡校长、沈尹默、刘半农、陆惟一、马隅卿诸先生。蔡先生生平，世人皆知，无需重述。尹默与半农的生平，见《七年北大》第十节，惟一生平则略述于《二十年北平研究院》第九节。现仅简列隅卿的生平：

马廉字隅卿，浙江鄞县人，马裕藻（幼渔）、马鉴（季鸣）等之第九弟，孔德学校校务主任，即实际负责办理该校者。该校为北平城内优良中小学之一，北大教授子弟多在该校读书。隅卿对于中国小说及戏剧，极有研究。周树人（豫才，笔名鲁迅）离开北大以后，继由隅卿担任北大“中国小说史”课程。一九三五年二月十九日隅卿以脑溢血死于讲堂上。

又半农逝世后，有遗著《赛金花本事》一书问世，略述其经过于下：

按赛金花（一八七四—一九三六）之名，曾遍传全国。后来她嫁了一个江西人魏某，不久魏某去世，她的晚年生活甚苦。民国二十二年半农要研究赛金花，以便写一本小书。彼时赛金花同一位老女仆顾妈，住在北京南城天桥附近居仁里内，仅一间破烂的房屋，已是贫病交加。半农托人代约赛金花于某日在北京南城一个饭馆便饭，借以晤谈。赛金花偕顾妈莅临，她彼时已经是六十多岁的老太婆。在座的除半农外还有我及李玄伯、袁守和等数人。我们谈话有数小时之久；大家发问甚多，赛金花答复中的材料有趣味者固多，然模糊之处亦不少。后来半农又找赛金花谈过若干次。一九三四年七月半农病故后，半农的学生商鸿逵（中法大学中国文学系毕业）替他完成那一本小书并出版问世。其书名《赛金花本事》，刘复、商鸿逵合撰，民国二十三年北平星云堂书店铅印本，共一百七十二页。半农一生著作甚多，但此书为其最后之特别作品。

一九六六年十月稿。

（原载《传记文学》第十卷第一期）

我们办独立研究院最初的目标，就是要发展中国的科学研究。先使中国科学研究由“无”变为“有”，再进一步由“少”变成“多”，由“粗”变成“精”。

第6章 二十年北平研究院

一

北平研究院筹备于民国十七年，成立于民国十八年，而暂停于民国三十八年。由民国十八年至三十八年，除民国二十年我在教育部服务一年外，我继续服务于北平研究院者约二十年。此二十年中可分为创设发展时期（民一八至二六）、抗战迁滇时期（民二六至三四）、与复员至暂停时期（民三五至三八）。

先是民国十六年五月十九日中央政治会议采纳蔡元培（孑民）、李石曾（煜瀛）、张人杰（静江）等之建议，设立中央研究院，以蔡、李、张为筹备员。又李筹备员在中央政治会议报告地方研究院之拟议，并定中央研究院每月经费国币十万元，地方研究院每月经费国币五万元。

民国十七年九月二十一日李石曾代表大学院大学委员会列席国民政府国务会议，说明国立北平大学组织与预算，每月经费定为国币三十万元，暂以十分之一为研究院经费。研究院遂随国立北平大学通过于国府会议。民国十七年十一月开始筹备，初由北平大学校长和副校长负筹备之责，继于民国十八年五月设筹备委员会，由李石曾任筹备主任，蔡孑民、张静江等为筹备员。

民国十八年八月六日行政院会议通过设立国立北平研究院，由教育部聘李煜瀛为院长，复由院长聘李书华为副院长。民国十八年九月九日国立北平研究院正式成立。后来聘崔敬伯为秘书。

北平研究院组织规程，于民国十八年十月二日由筹备委员会通过，当时未经立法程序。民国三十四年夏教育部将国立北平研究院组织条例草案呈送行政院转送立法院通过；民国三十四年十月十七日国民政府公布。旋国府依照组织条例重新简任李煜瀛为国立北平研究院院长，李书华为副院长。

北平研究院经费有限，且以中国自然科学尚无基础，故特别注重自然科学研究，然同时亦从事其他应用科学、人文科学与社会科学之研究。总办事处设于北平中海怀仁堂西四所，物理学研究所与化学研究所设于北平东皇城根，自行购地建楼。民国十九年初理化楼建筑完成。最初我兼任物理所所长，李麟玉（圣章）代理化学所所长。稍迟聘请严济慈（慕光）为物理所专任研究员兼所长；物理所研究工作注重光学与地球物理。后来化学所所长亦改由专任研究员周发岐（康之）、刘为涛（洪波）前后担任。化学研究所工作，纯粹化学与应用化学并重。生理学研究所、动物学研究所与植物学研究所均设于北平西直门外天然博物院（即三贝子花园）内。生理所所长聘由专任研究员经利彬（燧初）充任；生理所研究工作着重药物生理与实验细胞学。动物所所长聘由专任研究员陆鼎恒（惟一）充任；动物所研究工作，以水产动物与昆虫为主。植物所所长聘由专任研究员刘慎谔（士林）充任；植物所研究工作，以植物分类为主，兼及植物地理。民国二十三年在天然博物院内所建之生物楼（即陆谟克堂）完工，植物所全部，及生理所与动物所各一部分迁入。民国三十二年经燧初辞职，生理所工作暂停。抗战胜利后，生理所恢复，聘朱洗（玉温）为专任研究员兼所长，并改设于上海福开森路世界社内。抗战前期陆惟一病故，由专任研究员张玺（尔玉）继任动物所所长。地质学研究所与农矿部地质调查所（后改为经济部地质调查所）合作，设于北平西城兵马司；研究所与调查所所长，均为翁文灏（咏霓）。地质研究所从事地质调查及古生物、土壤、燃料等研究与地震记录。

研究所之外，设有若干研究会，如史学研究会、水利研究会、字体研究会、经济研究会等，均设于怀仁堂西四所。史学研究会为吴敬恒（稚晖）先生所创办，会员有陈垣（援庵）、沈兼士、马衡（叔平）等十余人，吴先生任常务会员。史学会从事历史与考古研究工作，分为历史组与考古组，历史组主任顾颉刚，考古组主任徐炳昶（旭生）。史学会后于民国二十五年改为史学研究所，由徐炳昶任所长。水利研究会会员有徐世大、李书田（耕砚）、高镜莹等。字体研究会干事卓君庸。经济研究会干事崔敬伯。此外北平研究院附设有博物馆与气象台。

民国十九年八月间北平发生“扩大会议”的变乱。不久张学良派兵入关，“扩大会议”遂经由石家庄迁往太原，至十一月间宣告结束。北平研究院因“扩大会议”之故，亦遇到若干麻烦，北平中海怀仁堂原为北平政治分会办公处。政治分会撤销后，平研院受国府委托代为保管怀仁堂；平研院博物馆即设于该堂内。“扩大会议”择定该堂为办公处，并强迫平研院总办事处及史学研究会等迁出西四所。不得已乃迁往理化楼办公，及“扩大会议”离平后，平研院方得恢复原状。此一变乱，平研院虽未根本动摇，然迁移损失亦不小。

民国十九年平研院各研究所已开始从事研究工作。前后订购大批图书仪器，民国二十年均已陆续到齐，全部研究工作顺利展开。民二十一年增设两个特别研究所：一为镭学研究所，一为药物研究所，两所均与中法大学合作。镭所所长由严济慈兼任。镭所专研究放射性物质及 X 光。放射性物质的研究，亦即早期原子核物理（Nuclear Physics）的研究。镭所初设于理化楼内，民国二十五年迁至上海福开森路（后改为武康路）。

后来民国三十七年镭学研究所改为原子学研究所，设在北平东皇城根并改聘钱三强为所长（见后）。药物研究所成立时，即聘赵承嘏（石民）为专任研究员兼所长。药物所初设于北平理化楼内，嗣迁至上海中法大学药学专修科内，民国二十五年亦迁至上海福开森路。药物所乃以科学方法研究国药为目标。

北平研究院初成立后，即有物理、化学、生理、动物、植物、地质等六个研究所；民国二十一年增设镭学与药物两个研究所；民国二十五年复将史学研究会改为史学研究所；至是共有九个研究所。

各研究所研究人员分为研究员、副研究员、助理研究员与助理员。研究员以专任为原则，专任研究员在院外兼课须先得院方同意，每周不得超过四小时。兼任研究员则为数极少。副研究员与助理员则均为专任。

二

民国十九年至二十六年，北平研究院发展甚速。在此时期各研究所同人研究兴趣极为浓厚。每人均努力前进，使其工作早有结果或早日完成，必便提前发表，为其最大目标。各所研究人员在此一时期完成研究论文最多，可称为平研院鼎盛时期。本来在此时期，中国各方面都有进步，科学教育与科学研究在此时期进步更大。

当时国内少数大学教授，已经达到外国著名大学教授的水准。抗战以前，国内几个少数大学的设备，也可以同外国著名的大学比较比较了。

关于科学研究，中国发达最早的是地质。地质的调查与研究，从民国初年就开始。我在《七年北大》中已经提及。中国地质家调查全国各处地质，绘制地质图。在古生物方面有重大发现与研究，如北平西南周口店中国猿人化石，新疆兽脚类化石，云南禄丰恐龙与原始哺乳动物化石等发现与研究，全是很重要的。自民国十六年起周口店洞穴层的采掘，由中国地质家担任。至民国二十六年十年间共得猿人头骨及牙齿等件分属于三十八个猿人，并发现大批石器及用火遗迹。中国猿人的发现，实为世界科学中一件大事。

当民国二十六年日军占领北平时，北京人化石因存于北平协和医学校（Peking Union Medical College）暂得安全。在“珍珠港事变”不久以前，中美双方议定将此项化石运存美国，遂将北京人及有关化石共装三箱，交美国海军陆战队带往美国。该队由秦皇岛乘美国 American Dollar Line 邮船 President Harrison 号回美。民国三十年十二月八日在上海附近该邮船上之美国海军陆战队被日人俘获，而三箱之北京人化石等物亦遂遗失。

生物的调查与研究，比地质工作开始稍迟。但动植物的采集已遍布全国，即蒙古、新疆、西藏，亦有中国学者前往工作。无论陆地动植物与海产生物各方面，均有很多贡献。生理学方面亦有中国学者注意研究。

数学、物理与化学的研究，是民国十八九年才开始的。物理方面如光学、X 光、无线电、近代物理、理论物理、地球物理等研究，均有重要的贡献；化学方面如中国药物、内分泌、维生素、营养、有机化合物的合成，及物理化学等研究，均有显著的成绩；中国古代数学，本来相当发达，但中国近代数学的研究，开始较迟，然而数学方面的贡献，当时亦占重要位置。

至于人文科学如历史考古等，因为甲骨文、汉简及内阁大库档案的出现，与发掘所得各种材料，更属黄金时代。史料整理的工作，确有很大的进展。

各专门学会如中国天文学会、中国物理学会、中国化学会、中国地质学会等组织，对于科学工作的推进，也有很大的影响。

七七事变前七八年当中是中国科学研究很进步的时期，北平研究院同人努力很多，贡献也很大。（平研究院研究工作，略述于后。）

三

民国十八年冬祖母病逝于昌黎城内北街，祖母姓刘，生于清道光二十五年乙巳（一八四五），享寿八十五岁。先是民国十六年稍后因地方不靖，父母亲奉祖母移寓昌黎城内。祖母病逝后在昌黎开吊出殡，临时葬于昌黎城北杏树园。民国十九年移葬于柏各庄祖坟。

民国二十一年一月间我由南京回北平，仍专任北平研究院的职务。但我是二届立法院立法委员，由民国二十年一月起任期两年，至一九三二年年底始得摆脱。由民国二十年起我已被任为管理中英庚款董事会董事兼教育委员会主席。民国二十一年四月七日至十二日国难会议在洛阳开会；该会委员共一百四十四人，我被约为委员之一；会议由行政院院长汪兆铭

(精卫)主持。是年(民二一)我被约充任中法大学校董事会董事。自民国二十一年起,逐年我所担任的义务职务有各种如下:

民国二十一年中国物理学界发起组织中国物理学会,我亦为发起人之一。成立后,我被推为第一届理事会和第二届理事会理事长。会章规定一人不能连任理事长两届以上,但曾任理事长者,得永久出席理事会。因此我由民国二十一年中国物理学会成立起至民国三十八年,我始终参加中国物理学会理事会。嗣我同时被推为中国天文学会理事会理事长一年。

天然博物院乃民国十七八年间以北平西直门外三贝子花园农事试验场改组成立者。民国二十二年该院主持人萧瑜(子升)出国赴欧。我以该院理事被推兼代该院院务。当时该院内房屋年久失修,动物园动物死亡过半,花园亦凋零。我设法修理房屋及各种建筑,购买各种猛兽及他种动物,恢复花园盛况,全院因以复兴。又以院内四烈士墓日渐毁坏,我乃约集在平之商震(启予)、张厉生诸先生倡议捐款重修。四烈士墓者乃张先培、黄之萌、杨禹昌、彭家珍四烈士之墓。张、黄、杨乃民元正月十六日在北京东华门大街投弹炸袁世凯当场被捕而被斩决者;彭家珍则系于民元正月二十六日在北京红罗厂投弹炸良弼被碎石裂脑以殉者。事后合葬于三贝子花园内称四烈士墓。当倡议捐款重修时,张厉生主张应由中国国民党中央党部捐款重修。后来中央党部捐款到后,即兴工重修,由是四烈士墓遂得焕然一新。

民国二十三年冬闻日人要求扩充华北种棉;行政院驻平政务整理委员会委员长黄郛(膺白)请以天然博物院拨交北平市政府作为农场试验种棉,行政院嘱移交,我遂将该院移交北平市政府接管。但平研院之生理、动物、植物三研究所仍照旧在原地点工作。

民国二十三年四月故宫博物院理事会改组,以蔡元培(孑民)为理事长，翁文灏（咏霓）以理事兼秘书，我被任为理事之一。

民国二十三年春天津《大公报》主持人张季鸾、胡霖（政之）两先生约我及二弟书田（耕砚）与雷宝华（时耕砚任北洋工学院院长，雷宝华为该院总务长）为该报编辑《科学周刊》。我们编辑了约有一年之久。

民国二十四年九月中央研究院第一届评议会成立，我被选为第一届评议员。是年总干事丁文江（在君）协助蔡孑民院长设立了评议会，决定中研院研究学术方针，遇院长出缺时评议会选举院长候补人三人，呈请选其中一人为院长。第一届评议员由国立大学校长及研究院院长选举三十人为聘任评议员，中研院院长、总干事及各研究所所长为当然评议员。聘任评议员每三年改选一次。我连选连任至去台后数年为止。

民国二十三年秋我充任中法教育基金委员会中国代表团教育部代表。民国二十五年二三月间我被推继任沈尹默为该委员会中国代表团主席，同时亦即该委员会中国主席。

先是民国十四年四月北京政府与法国驻华公使马德尔（de Martel）成立解决法国庚子赔款余额协定。设立中法教育基金委员会于北京（会所在北京西交民巷甲四十号），由中国代表团与法国代表团合组而成；管理中法教育基金，用以办理中法教育及慈善事业；表决时中法两代表团各有一权。中国代表团由外交、财政、教育等部代表及四个大学代表组成，互推一人为主席。李石曾先生被推为中国代表团主席，外交部代表刘锡昌（佐卿）被推为秘书。法国代表团主席由法国驻华公使（后改为驻华大使）兼任（第一任主席为法使马德尔，秘书亦系法国使馆职员兼充［第一任秘书为法国使馆参赞韩德威（David Rhein）］。

按照中法协定，法国退还庚款余额，折合美金，逐年垫借于中法实业银行（Banque Industrielle de Chine），作为该行发行五厘美金债券之基金。

该行将此项美金债券充作：（一）换回该行远东债权人所有之无利债券（Bons de répartition）（即救济该行复业），（二）办理中法间教育及慈善事业，（三）代缴中国政府未缴清之股本余额，（四）拨还中国政府所欠中法实业银行债务等。其中用以办理中法教育及慈善事业之部分，尚不足全部百分之八。

民国十五年“三一八惨案”后，李石曾被执政段祺瑞下令通缉，不能执行职务，中法教育基金委员会中国代表团主席一职，改推沈尹默继任。

中法教育基金委员会历年收入之年款，按年由中法两代表团共同开会决定，全数分配于各受补助机关，并无基金存储。抗战初期，所有庚款因受关税摊存影响，政府概于民国二十八年起停付。从此中法教育基金委员会遂渐无形停顿。

当我任中国代表团主席时，中国代表团组织稍有变更。各代表经各机关推举后，由教育部聘为委员，呈行政院备案，各委员任期三年，每年改聘三人或四人，连举得连任。当时中国代表团各委员为：李书华（兼主席，教育部代表）、翁文灏（行政院代表）、陈剑修（庚款机关联席会议代表）、郑白峰（外交部代表）、李傥（财政部代表）、谭熙鸿（经济部代表）、罗家伦（中央大学代表）、邹鲁（中山大学代表）、蒋梦麟（北京大学代表）、李麟玉（中法大学代表）。法国代表团组织仍旧，其主席仍为驻华法国大使。

民国二十二年四月教育部设立中央博物院于南京。该院建筑费由管理中英庚款董事会补助国币一百五十万元，分期拨付。民国二十五年四月该院理事会成立，我被聘为该院理事之一。

此外我还被推举为北平中央公园董事会董事，北平欧美同学会干事会干事，然均已忘记由何年开始。

四

我喜欢旅行，尤好游览山水名胜古迹。民国十五年至十九年之间，常常游览北平西山一带的名胜古迹。民国二十年全年每星期日常随吴稚晖先生游览南京附近名胜古迹。民国二十一年至二十六年之间，暇时所游国内山水名胜尤多。距北平稍远的名胜古迹，如潭柘寺、戒台寺、妙峰山、八达岭、居庸关、长城、盘山等处，全都到过一次或数次。杭州西湖一带各名胜，游过数次。到过绍兴东湖及大禹墓等地。游过普陀山。登过庐山。游过开封与洛阳、济南与青岛、太原与太古各地。参观过十三陵（明陵）及西陵（清陵）。看过龙门及云岗造像。游过宜兴、吴兴、无锡、常熟等地，包括太湖一带。参观过张渚（宜兴）善卷洞与国山碑。

此外有几次较大的旅行，略述于下：

民国二十一年夏间游浙江东天目山。当时经济学社（社长马寅初）在杭州开年会。我本非社员，然随同该社社员一同游东天目，同游者有王云五先生等数十人。

民国二十一年夏秋间与成舍我同游曲阜，仰瞻孔庙与孔林，住衍圣公府一夜，晤见孔德成先生。又与舍我同登泰山至山顶住一夜，看日出始下山。

民国二十二年六月中旬与吴稚晖先生及褚民谊同游南岳衡山。先此吴先生来信说：

“……弟与民谊将于（六月）七八号同去长沙（渠为何键约往讲太极操。弟则何于从前已约过几回）顺便一登衡岳。先生有意五岳归来不看山乎？则惠然肯来，一同去湘。且接下去有胡博渊者愿同游黄山，得先生而

三，亦成一好伴侣矣。万方多难独登临，亦足破涕为笑。”（原信照片见周法高辑印《李润章先生藏近代名贤手迹》页九）

我等一行由南京乘招商局轮船至汉口，再由武昌搭火车到长沙。寓居何键先生公馆。稍迟由长沙乘汽车至衡山，登至山顶而返。吴先生与褚民谊回南京，我则到武昌由王抚五、周鲠生等招待参观武汉大学后，至汉口乘火车回北平。

我由北平至房山县游西域寺、石经山、上方山、云水洞，凡二次。第一次是民国十九年十月下旬与徐森玉、徐旭生、顾颉刚、马隅卿、魏建功、庄尚严、常维钧同游。第二次是民国二十四年十月三十一日至十一月五日与汪申伯、白经天同游。

游浙江西天目山系在民国二十二年十一月下旬，与吴稚晖先生及胡博渊同游。西天目满山有高大之杉树，树干圆周多数围，高约七八丈不等。其中有一古老之杉树称为“大树王”。

游安徽黄山，吴稚晖先生曾约我数次同游，然终因事彼此未能如愿。民国二十四年四月二十九日至五月五日我一人独往遍游全山。黄山有莲花峰与天都峰两个高峰，各种记载中，多以天都高于莲花。我曾作了一个小小的测量，证明莲花高于天都：我以高度表测天都峰顶点的高度为一七七〇公尺（meters）；我在此顶点置一大碗，碗中满盛白水，使一眼在碗后与水面齐，沿水面之延长线（水平线）对准莲花峰顶点测视之，则见莲花峰顶点尚高出于此水平线一段，以是知莲花峰必较天都峰为高。此本中国土木工程定水平的老法，虽极简单，然极合乎科学。嗣登至莲花峰顶，以高度表测其高度，得一八二〇公尺，较天都峰高五〇公尺，复用水碗满盛白水，顺水面测视天都峰顶点而不能见，尤可证明莲花峰最高。后来赵元任等游黄山时复测两峰高度，证明我的结果正确。

李书华游黄山时的题刻（樊洪业摄）

民国二十五年四月二十七日至五月六日游浙江天台山与雁荡山，同游者有蔡孑民先生与夫人，及吴稚晖、徐季苏（名锡骥，乃烈士徐锡麟之介弟）、陈仲瑜（名政）三位先生。游毕，稚晖先生对于国内名山作一综合比较之批评。稚晖先生说：

“散而为雁荡；

聚而为黄华；

列而为三峡；

蹲而为桂林。”

稚晖先生又详言诸山之胜，他说：

“奇峰怪石，不可胜数，散布于平畴杂岭之间，占广大之区域者，雁荡是也。”

“奇峰怪石，不可胜数，高下错峙，翕聚而为崇高之大山者，黄山与华岳是也。”

“奇峰怪石，不可胜数，夹江列阵，亘数百里，如岳家军之不可撼者，三峡是也。”

“奇峰怪石，不可胜数，如泰西之象戏，植高蹲之子棋，布局于郊原者，桂林阳朔是也。”

“关外与滇边不与焉。域中山邱之至奇者，尽于此五处矣。”

“若夫号称名山者，固莫不有其一得之奇，如天台、石梁之崩泻，匡庐、五老之屹峙，峨眉之蛇倒退，房山之云水洞，诸如此类，在他山亦不能有两，然皆不能称为‘奇峰怪石，不可胜数’也。”

以上两段形容山势文字，当时稚晖先生亲笔写入我的日记中，惜我的日记全部遗失，幸该两段录入拙著《雁荡山游记》中，故尚能转录如上。稚晖先生这两段文字，足以道尽诸山之灵妙，真千古不易之论！

游雁荡后，我等一行回至拔茅，蔡先生偕夫人与徐季荪、陈仲瑜径回杭转沪，我则随吴先生赴溪口游雪窦山，再转宁波搭船回沪。

我游陕两次：第一次是一九三四年一月间，我和徐旭生、翁咏霓到西安代表北平研究院同出席平研院与陕西省政府合组之陕西考古会第一次会议，在陕留九日住省政府内。第二次是民国二十五年十一月间我和徐旭生、顾颉刚、刘士林到西安同出席陕西考古会第三次会议，复同到武功参加平研所与西北农林专科学校合组之中国西北植物调查所开幕典礼，在陕留八日住陕西考古会内。两次在陕除开会外，所游各地有西安及其附近各名胜古迹，又有华清池、始皇陵、终南山、汉武帝茂陵、卫青墓、霍去病墓、唐太宗昭陵等处；参观泾惠渠；惜登华山因时间不足未能达到绝顶为憾。

本想把所游的地方，用科学方法，各写一篇游记，附地图及照片、注意方向、位置、距离与海拔，不只描写风景，有时还要作些考证。这是古人写游记所不注意的地方，现在可以改善了。但因我无暇执笔，仅发表了《游西陵记》（《国闻周报》十二卷七期，民二十四），《黄山游记》（《禹贡》三卷十期），《房山游记》（《禹贡》五卷二期），《天台山游记》（《禹贡》六卷一期，民二五），《雁荡山游记》（《禹贡》六卷二期，民二五），《陕游日记》（《禹贡》七卷第一、二、三期合刊，民二十六）等文。其中以《房山游记》考证及记载均较详，并由《禹贡》半月刊印有单行本，颇引起国人及日本人的注意。

民国二十年三月次女幼贞生于北平。

民国二十五年夏长女继贞毕业于北平中法大学经济系后，与龙吟（学若）结婚。学若乃广东海南岛人，亦北平中法大学经济系毕业，嗣入法国里昂大学继续习经济学，得博士学位；后来任天津南开大学经济系教授。

五

民国二十五年与二十六年之间，因北方形势日趋严重，北平研究院乃先将植物学研究所图书标本仪器及工作人员全部迁往陕西武功中国西北植物调查所内。史学研究所一部分亦迁往西安陕西考古会内。物理研究所与化学研究所一部分图书仪器迁沪。迁出各部分照常工作。此卢沟桥事变以前之大概情形。

民国二十六年七月七日突发生卢沟桥事变。二十八日南苑被日军攻陷，北平随即沦陷。我不得已移往东交民巷法国医院暂住。不久齐如山与段子钧亦到该院暂避。三人时常长谈，彼此叹息。时法国医院贝熙业大夫（Dr. Buissière）原系中法大学董事，对我特别招待。

我素主张坚决抗日。抗日即是反抗日本军阀。因为日本军阀侵略无止境，欲吞并我全国，非全国起而反抗，别无他法。因此敌军占领北平后，对我的行踪极为注意，曾令伪警察到八面槽椿树胡同二十三号我家中查询。时我妻万贞元女士与二女一男仍居家中，答以不知去向。嗣贞元携子女迁往锡拉胡同居住，后来又搬往天津。

我居法国医院两月余。我在该院屡与北平研究院同人商讨将平研院在平各部分设法迁往昆明，并将理化两所已运沪之图书仪器，再由沪迁昆备用；又商定我先乘机离平南下，布置一切。计划商定后，我遂于十月半与法国友人韩德威介绍之另一法友马塞尔（Marcel）先生同乘火车赴津。在津留一星期后，告别父母乘英商太古公司船赴上海。过烟台时曾登岸略游览。到上海时正值上海战事剧烈，欲搭乘汽车绕道赴南京而路不通。不久大场沦陷，继则真茹守军亦后撤。时国共合作抗日，郭沫若由日本潜行回国已抵上海，沈尹默与张凤举约彼与我晤面谈过一次。

上海日军于“八一三”开始进犯，国军抵抗日军三个月，十一月上旬始撤退。至十二月十三日国军退出南京。国民政府已开始在重庆办公，蒋委员长及行政院与各部会则留驻武汉。

民国二十七年一月我由上海乘船赴香港，与蔡孑民先生夫妇同船。一月底我由港乘机赴汉口，向政府接洽北平研究院经费及筹划迁往昆明继续工作，住汉口明德饭店。魏道明（伯聪）、朱家骅（骝先）等许多熟人均住此饭店内。我曾遇敌机夜袭武汉数次。留武汉十余日复飞返香港，在香港亚力山打行五楼七号组织平研院临时办事处，等候一部分工作人员集港。

时李石曾先生在法，吴稚晖先生已随国府去重庆，蔡孑民与张静江两先生则均留港。张静江住香港六国饭店，因身体不好，后来便由港赴瑞士转往美国治病。蔡孑民住九龙尖沙咀。蔡先生有意经海防、河内赴昆明，托我代办安南过境的签证。于是我替蔡先生向驻港法国领事馆代办了此项签证。然蔡先生一时未能即去，后于民国二十九年三月五日病逝于香港九龙。蔡先生生于清同治六年丁卯阴历十二月十七日，即公元一八六八年阳历一月十一日，享寿七十四岁。

民国二十七年三月半我与平研院第一批迁滇人员严慕光等约二十人由香港乘法船赴海防，经河内转往昆明，同船者尚有云南建设厅长张邦翰（西林）。事前我在港适遇驻华法国大使那嘉（Naggiar），彼特电安南总督卜威尔（Bouvier）介绍。及船抵海防，卜总督派人迎接我至河内，安顿于旅馆中，即在总督府设宴款待，连日并派人引导参观河内各学校及文化机关。留河内三日均由总督府招待。我与严慕光等旋由河内乘滇越铁路火车至昆明。

一九三八年四月初，北平研究院设昆明办事处于昆明黄公东街十号。该处房屋系由富滇新银行缪云台行长帮忙向该行租用者。总办事处及物理学、化学、生理学、动物学、史学各研究所陆续迁滇。一部分图书仪器，均先后抢运至滇应用。其抗战前由北平迁出其他各部分，仍各照旧工作。

北平研究院抗战期间的工作，特别注重应用方面的研究，如应用光学包括制造显微镜及其他光学仪器、应用化学、国药研究等。同时注重有学术性质或经济价值之调查与研究，如：植物学研究所从事西北与西南的农业调查；动物学研究所从事云南水产与昆虫等调查与研究；物理学研究所用地球物理方法从事西南的金属矿产的探测；史学研究所调查云南古迹遗址等。

北平研究院地质研究所于民国二十四年随同北平地质调查所由北平迁往南京，仍留一部分人员在北平。民国二十六年十一月自南京迁长沙，二十七年七月复由长沙迁四川北碚。

嗣因敌机轰炸昆明，北平研究院总办事处及物理、化学两研究所迁至昆明北郊黑龙潭附近，自行购地建筑房屋作为研究室、办公室及职员宿舍。史学研究所迁至黑龙潭附近租民房作所址。生理与动物两研究所则迁至昆明西山下昆明湖边自行购地建筑草房作研究室及职员宿舍。

六

抗战时北平中法大学校长李圣章未能离平南下；该校董事长李石曾出国后，我任代理董事长。七七事变后，中法大学抢运一部分图书仪器迁往昆明，假昆明南菁学校复校。嗣在昆明城西黄土坡购地建筑校舍，容纳中法大学及中法中学，并在城内购置教职员宿舍一所。

中法大学迁昆明后，重要教职员为总务长徐廷瑚（海帆）、教务长周康之（兼）、训导长罗喜闻、文学院长徐旭生（兼），理学院长周康之（兼）、中国文学系主任罗膺中、法国文学系主任陈麐（仓亚）、数学系主任吴文潞（弼刚）、物理系主任兼无线电训练班主任张文渊、化学系主任周康之（兼）、生物系主任夏康农、中法中学校长庄子毅。校务由总务长、教务长、训导长及文理两学院院长共同维持。我则筹划经费，帮同照料一切。当时中法大学校友范秉哲、姚碧澄、赵明德、刘学敏（女）、李枢、杜棻等，均任教于云南大学医学院，对于中法大学帮忙甚多。

民国二十八年三月初旬，在重庆举行第三次全国教育会议，系由教育部长陈立夫主持，我曾被约参加。全国教育会议闭幕后，我曾由渝往游成都。惜因交通关系，未能一游灌县青城山及峨眉山。

民国二十八年五月间，妻万贞元女士病逝于天津，葬于天津英租界公墓。贞元生于清光绪十三年丁亥（一八八七），享年五十三岁。事后我在昆明得讯极伤感。时男小润、次女幼贞尚未成年，均由长女继贞照料。一九五五年因天津市区扩展，贞元灵柩复迁至北仓公墓。

滇缅公路初筑成仅勉强通车时（忘记确期，大约在民国二十七年十二月间），我曾乘大卡车由昆明经大理，过澜沧江而至保山，往返旅行一次。

民国二十九年秋我与陶孟和、李济（济之）、罗隆基夫妇等由昆明乘长途汽车往重庆。路过四川江津时，遇见陈独秀（一八七九—一九四二），时陈独秀正住在江津。按陈独秀与彭述之于民国二十一年十月因被人告密，同时在沪被捕入狱。民国二十三年七月以危害民国罪被最高法院判决各减处有期徒刑八年，执行刑期三分之一。民国二十六年八月被释放。出狱后初居南京，嗣住武昌，后又移居江津。一九三七

李书华一九四〇年在中研院首届评议会第五次会议期间（重庆）。前排左起：叶企孙、李书华、朱家骅。后排：汪敬熙（左一）、陈寅恪（左二）、竺可桢（右一）

年十一月，他写信给朋友说，他“已不隶属任何党派，不受任何人的命令指使”。民国三十一年五月二十七日病逝四川。

民国三十年六月十四日李石曾先生由欧洲经香港飞抵重庆。旋到昆明一次。在港、渝、滇三处共勾留半年。十二月上旬由港飞美。十二月八日途经檀岛，适日本大批飞机轰炸珍珠港，开始爆发了太平洋战争。

民国三十二年夏，中央研究院总干事叶企孙辞职，仍回昆明清华大学任教（时清华、北大、南开合组为西南联合大学）。中研院代理院长朱骝先突约请我任总干事。中研院历史语言研究所所长傅斯年（孟真）亦来信敦促，情辞极为恳切。我以不能离开北平研究院辞谢。中央研究院方面仍极望我兼顾两个研究院。我当时曾坦白告知傅孟真说“蔡先生乃党国元老，且年事已高。蔡先生任中央研究院院长，需要一位总干事如杨杏佛、丁在君（文江）、任叔永（鸿隽）一类的人为院奔走及照料一切。骝先正年富力强，且任党政要职，各方面均极接头，与蔡先生情形完全不同。骝先任代理院长，不需要一个总干事，只需要一位秘书，助其办理例行事件即可”云云。孟真说“中研院设总干事一职，本是‘内阁制’，且中研院现时确有若干困难，非你来帮忙解决不可。你既为中研院评议会评议员，对于中研院的困难，亦有解决义务”云云，极为恳切。我遂允于主持北平研究院之外，临时帮中研院之忙，处理总干事的事务，并设法解决若干困难。

民国三十二年夏至三十四年秋，我一方面仍旧担任北平研究院副院长；一方面兼办中央研究院总干事的职务。民国三十四年秋因我不能继续兼任，中研院始改聘萨本栋任总干事。我在中央研究院帮忙前后约两年，每隔数月便往来渝昆一次。我在重庆时，住上清寺（国府路）聚兴村二十二号中研院职员宿舍内。我以公正的态度，合理的办法，处理中研院事务及对待各研究所所长与同人，各所均得相安。我所解决的重要问题有：傅孟真与陶孟和的冲突，社会研究所的名称，预算的分配，总办事处在上清寺建筑办公楼，召开评议会的筹备，召开院务会议的筹备等事项。

民国三十二年商务印书馆王云五函托我编辑《复兴丛书》中的《科学概论》一书。我认为此书应包括天文、物理、化学、生物、地质各部门的基本原理、主要问题、发展情形（《数学概论》，当时已另有专书）。一人编辑困难殊多，而且我俗务匆匆，无暇执笔，于是我代觅专门学者分门撰述。《天文篇》请张钰哲担任；《物理篇》请钱临照担任；《化学篇》请曾昭抡担任；《生物篇》请郝景盛担任；《地质篇》请杨钟健担任。一九四四年五月集稿以后，付印以前，我为该书作了一篇序文。

民国三十二年十二月二十日，我与王文田女士在重庆结婚，由吴稚晖先生证婚。文田天津人，王公芝三之三女，曾肄业于天津南开大学，嗣赴德留学入柏林大学习经济，回国后任教于河南大学；旋任重庆南开学校女中部训导主任有年，结婚后始辞去主任职务①。

民国三十三年为吴稚晖先生八十岁。中央党部与教育部拟为吴先生出一本纪念刊。我草就《吴稚晖先生生平略述》一篇。民国三十三年以前的一二年间我常往访吴先生于其陪都上清寺街七十三号寓所（吴先生到重庆后，原住曾家岩“中四路”一四三号，民国二十九年六月十一日敌机一百余架分批猛袭重庆，该房被炸毁，故迁至上清寺街七十三号），辄闻吴先生谈其早年参加革命史实，问及其个人生平经历，归常笔之日记。我所写的《吴稚晖先生生平略述》一文，大部分系选录吴先生的谈话。当时中央党部与教育部各索去原稿抄件一份。惜该纪念刊终未出版。后来一九五一

---

① 王文田于2001年7月4日在纽约去世，享年98岁。她将她与李书华的全部积蓄172万余元（折合人民币）捐献给南开大学设立王文田奖学金和李书华奖学金，分别奖励文科和物理学院优秀学生。

年台湾省国语推行委员会为纪念吴先生八十七岁编印《吴稚晖先生的生平》一书，我七年前在重庆所写的文字，始在此书中发表。

在抗战期间，我所发表关于科学的文字有《中国科学输入与演进》（民国三十年一月五日《重庆扫荡报》星期论文），《中国科学研究过去与未来》（民三十二年三月十五日《东方杂志》三九卷复刊号），《对于科学应有的认识》（《重庆扫荡报》民三十四年元旦特刊）等篇。

民国三十四年五月五日至二十一日中国国民党第六届全国代表大会在重庆开会。二十日公布第六届中央执行委员及中央监察委员当选名单。我被选为第六届中央执行委员。

民国三十四年八月十日日本请求投降，十一日中、美、英、苏四国接受日本投降之建议。至此第二次世界大战终了。

七

抗战胜利后，以滇、黔山路崎岖，铁路、公路均乏交通工具，飞机票位又不易觅得，平研院不得已乃采取陆续复员办法。民国三十四年十月间先派研究员钱临照、副研究员苏秉琦经教育部代觅机位飞往北平，着手接收原有房屋及图书、仪器、家具等项；并规定战后之镭学、药物、生理三个研究所设在上海，其余总办事处及其他各研究所，则均复员回平。

民国三十四年（一九四五）十一月间，英、法两政府联合召集伦敦会议，集合各国代表讨论创设联合国教育科学文化组织，我被派参加中国代表团前往伦敦出席该会议。民国三十五年二月始回国。后来该组织成立后，我复被派参加该组织大会数次。

民国三十五年四月初，我在昆明接到天津电报，告知母亲在津患病甚重，我便偕文田急飞重庆，转飞北平，再往天津。比及到津，母亲已先两日病故。母亲姓唱，生于清同治九年庚午（一八七〇），享寿七十七岁。我痛哭失声，嗣见父亲身体甚健，复稍慰。因抗战与父母分离已八年有半，乃胜利后竟未能与母亲再见一面。时二弟耕砚在西安任职黄河水利委员会副委员长，亦由陕回津。旋奉父命为母开吊一天，翌日葬母于天津万国公墓（墓之号数为四九七）。我葬母完毕后仍偕文田到平，飞返昆明。

平研院成立后，除设立各研究所外，曾组织各研究会并拟组织各学会，分别延聘院外专家定期开会。民国三十四年春筹备改组各研究会及拟议中之学会为学术会议，计议推举学术专家为会员。开会时讨论学术问题与有关平研院重大问题，并宣读研究论文。抗战胜利后，院长李石曾由美经法回国。民国三十五年三月，石曾先生由渝赴昆召集平研院学术会议第一次大会。是年三月十八、十九及二十日在昆明北郊平研院总办事处开会三天。当时本拟定于民国三十六年以内在北平召开平研院学术会议第二次大会，并扩大其组织；因复员工作未完成，未能举行。

民国三十五年平研院陆续复员。北平原办公室房屋多被其他机关占用，经与各方接洽始得陆续收回。图书（总办事处与各研究所均各有图书室）、仪器、家具被敌伪破坏者甚多；接收时又复被各机关先期占用，致有一部分图书与许多家具迄未能收回。原有房屋分别整理修补，并修理水管、煤气管和电线，补充各研究室设备。史学研究所并补充大批书籍。院方复为全院职员购买职员宿舍两所。在昆职员陆续回平，遂得前后恢复原有工作。在昆图书、仪器、药品等项约重一百余吨，其中必须急运物品共装二百四十余箱，于民国三十五年十一月离昆，三十六年一月底始运抵平。在昆图书、仪器较大之箱件一百八十余箱，于民国三十六年十二月始运抵平。又由渝运平植物标本四箱，于三十六年八月运到；由陕运平图书与植物标本约四十箱，于三十六年下半年与三十七年上半年始运到。此外存陕之图书、标本，存沪之图书、仪器、药品，则始终未能运回北平。民国三十五年以化学研究所专任研究员杨光弼（梦赉）为平研院秘书。

民国三十七年三月间，中央研究院举办第一次院士选举。先是民国三十五年十月中研院第二届评议会第三次会议决定选举院士为中研院基本组成分子。第一次院士选举，系由评议会选举，当选院士八十一人。我被选为中研院院士。以后的院士，由院士会议选举。民国三十七年九月在南京举行第一次院士会议。

民国三十七年三月二十九日第一届国民大会在南京开幕，五月一日闭幕。我曾被选为国民大会代表，至是赴京参加大会。国大开会主要任务是选举总统与副总统。蒋先生顺利地被选为总统。竞选副总统的，则有孙科（哲生）、李宗仁（德邻）、于右任、程潜数人；特别是孙哲生与李德邻竞争甚烈，而李德邻卒被选为副总统。

国大闭幕后，我往游台湾。五月六日由上海龙华机场飞抵台北松山机场，住圆山台北招待所。时魏道明（伯聪）任台湾省政府主席，承伯聪招待一切，甚感。

我在台北曾参观台湾大学、台北图书馆、南方资料室、台北博物馆、台湾省海洋研究所、台湾烟酒公卖局松山烟厂、台湾园艺实验所士林支所、台大医学院附属医院、台大热带病研究所、血清制造所、台湾樟脑局等处。又游览了台北附近草山、北投温泉及北投公园、顶北投温泉等地。

嗣到台中游日月潭（海拔八八〇公尺），住涵碧楼一宵，至石印社观高山族跳舞，复参观大观发电厂。

旋至嘉义乘阿里山林场汽油机车沿小铁路登阿里山，路过神木站，下车看神木。神木系红桧，高五十三公尺，地面上树干周围三十四公尺；据云树龄三千年。神木可与西天目山之大树王比较：一为“神”一为“王”，正可遥遥相对。到阿里山（海拔二三〇〇公尺），住阿里山俱乐部一宵。其地附近多古红桧树。阿里山为台湾三大林场之一，伐木均用机器。

回嘉义后，改乘火车赴台南，仰瞻孔子庙、赤崁楼、文昌楼、延平郡王（郑成功）祠，参观台南台湾省立工学院，又往参观嘉南大圳。

抵高雄，游览高雄港，参观铝厂、屏东糖厂、中国石油公司高雄炼油厂。

回台北。五月二十日由基隆乘华联轮回上海转回北平。

八

民国三十七年九月九日为北平研究院十九周年纪念日。是日在北平中南海怀仁堂召开北平研究院学术会议第二次大会。开幕式由院长李石曾主席。先是民三十七年一月成立北平研究院学术会议第二次大会筹备委员会，由委员十三人组织之。在平沪开会数次，通过学术会议暂行规程，决议由北平研究院院务会议推举学术会议会员，由院长聘任；以后增加的会员即由学术会议自行选举。会员分为天算、理化、生物、地学、农学、工学、医药、史学、文艺、社会科学十组，共有会员九十人。

学术会议会员名单如下：

天算组：熊庆来、江泽涵、陈省身、赵进义、李珩、张云。

理化组：李书华、严济慈、周发岐、吴有训、叶企孙、饶毓泰、马士修、庄长恭、吴宪、曾昭抡、杨石先、黄子卿、吴学周、林世谨。

生物组：李石曾、朱洗、张玺、刘慎谔、陈桢、秉志、胡先骕、戴芳澜、张景钺、周太玄、童第周、胡经甫。

地学组：翁文灏、李四光、杨钟健、袁复礼、孙云铸、尹赞勋、裴文中、李士林、竺可桢、黄国璋、张印堂。

农学组：刘大悲、戴松恩、冯泽芳、汤佩松、俞大绂。

工学组：刘仙洲、魏寿昆、李书田、朱物华、侯德榜、张克忠、顾毓珍。

医药组：赵承嘏、林可胜、陈克恢、汤飞凡、朱恒璧、戚寿南、李宗恩、朱广相。

史学组：徐炳昶、陈垣、陈寅恪、顾颉刚、姚从吾、张星烺、董作宾、汤用彤、李俨。

文艺组：吴敬恒、张元济、胡适、沈尹默、谢寿康、陆志韦、朱光潜、魏建功。

社会科学组：王宠惠、顾孟余、陶孟和、何基鸿、杨端六、陈序经、崔敬伯、费孝通、吴克刚、罗喜闻。

在开会以前，我与几个同事编辑了《国立北平研究院概况》（一九二九年九月至一九四八年八月）、《国立北平研究院出版品目录》（一九四八年九月）各一册，提出向学术会议报告，总结十九年以来平研院研究工作及其贡献。大会开了三天，结果甚为圆满。

抗战以前，北平研究院研究员及助理人员与其他职员约二百人。复员后仅有一百六十余人。研究成绩，以纯粹科学研究贡献最多，历史考古的贡献亦不少。

现在把北平研究院各研究所研究员及其重要工作略举如下：

物理学研究所研究员前后有：李书华、朱广才、严济慈、饶毓泰、岳劼恒、钱临照、顾功叙、钟盛标、陈尚义、王大珩等。研究工作着重光谱、照相、水晶压电现象、水晶腐蚀图、应用光学、地球物理、物理探矿各方面，以及重力加速度与地磁测量工作。测量重力加速度二百余点，地磁测量工作，注重中国南部及西南部地磁长期变化。附设光学工场，于抗战期间制造显微镜五百架，最高倍数达一千四百倍；又制造测量仪约三百套，水晶振荡片（无线电用）千余片。该所发表的研究论文九十余篇。

原子学研究所系由镭学研究所改组而成，研究对象为核子物理与原子能；同时仍继续研究放射性物质及X光。民国三十五年起筹备改组，至民国三十七年始将镭学研究所正式改为原子学研究所。研究员前后有严慕光、郑大章、陆学善、钟盛标、钱三强、何泽慧（女）等。研究论文约二十篇。改组后之原子所设于北平东皇城根，聘钱三强以专任研究员兼所长。其X光研究室，仍设在上海（在前镭学研究所原处），由专任研究员陆学善主持。此所为中国最早成立的原子科学研究所。

化学研究所研究员前后有李麟玉、周发岐、杨光弼、刘为涛、张汉良、张明哲、王则甫、王序、朱汝华（女）、纪育沣、陈光旭、蒋明谦、苏芾第等。研究工作，除着重于纯粹化学研究外，并注意应用化学研究。该所发表的研究论文约四十篇。

药物研究所，研究员前后有赵承嘏、庄长恭、朱子清等及副研究员高怡生等。研究目标为分析中国药物之成分，提取其有效质素及鉴定其药理作用。该所发表的研究论文五十余篇。

生理学研究所研究员前后有李石曾、经利彬、章韫胎、朱洗、陈纶裘等及副研究员张果、陈兆熙等。研究工作，着重药物生理、实验细胞学及发生机械学等。该所发表的研究论文七十余篇。

动物学研究所研究员前后有陆鼎恒、汪德耀、朱洗、张玺、沈嘉瑞、朱弘复等。研究工作着重海产动物及淡水动物之调查、采集与分类，甲壳类研究，昆虫研究。该所发表的研究论文七十余篇。

植物学研究所研究员前后有刘慎谔、钟观光、林镕、郝景盛、汪发缵、朱彦丞、王云章等及副研究员孔宪武、夏纬英、钟补求、王振华等。采集标本原以华北及西北为主，嗣推及东北及东南。抗战期间，云南、贵州、四川、福建各省的植物搜集甚多；蒙古、新疆、青海、西藏的植物采集亦不少。总计已采得植物标本有十五万号。研究工作以分类为主，兼及植物地理。又关于本草考证、植物病理、药用植物及森林、牧草、观赏植物等，亦各有贡献。该所发表之研究论文约一百篇，并编制《中国植物图志》。

地质研究所与经济部地质调查所合作。研究员前后有翁文灏、谢家荣、王竹泉、黄汲清、杨钟健、裴文中、尹赞勋、周赞衡、李善邦、金开英、王恒升、曾世英等。工作有古生物研究，在北平西南周口店石灰岩洞穴中发现北京猿人（Peking Man）及同时代的脊椎动物化石多种。又有地震记录、土壤研究、燃料研究，调查各地地质、煤田、铁矿及其他矿产，制出各地地质图。该所调查报告及研究论文数百篇，均与经济部地质调查所合刊。

史学研究所系由史学研究会改组而成，乃吴稚晖先生所创办。史学研究会会员原有吴稚晖、徐旭生、顾颉刚、陈援庵、沈兼士、马叔平、朱希祖（逖先）、张星烺、齐如山等十余人。吴稚晖任常务会员，徐旭生任考古组主任，顾颉刚任历史组主任。改组为史学研究所以后，研究员前后有吴稚晖、徐旭生、顾颉刚、黄文弼、冯家升、王静如等，副研究员苏秉琦、钟凤年等。该所工作分为考古及历史。考古方面：参加发掘河北易县燕下都故址；发掘陕西宝鸡县斗鸡台遗址，自民国廿三年春至民国廿六年夏，共发掘三次，发现新石器时代至隋代的人民居址及三代秦汉古墓多处；发掘唐中书省旧址（西安民政厅前院）得宋吕大防所刻唐大明、兴庆两宫图残石；整理斗鸡台发掘结果，并调查陕西古迹遗址；整理南北响堂寺及其附近石刻拓片；调查邯郸县之赵王城、曲阳县之恒山庙等。历史方面：调查北平庙宇九百一十座，照相二千二百余张，测平面图七百三十幅，拓碑一千三百余品；编纂《北平史表长编》、《北平金石目》、《北平庙宇志》；整理边疆史料；搜集及整理太平天国史料及秘密社会史料。该所发表的调查报告及研究论文一百余篇。

此外各研究会论文及气象台报告与其他杂著三十篇。

北平研究院有中外通信研究员斯文·赫丁（Sven Hedin，瑞典）、龙湘齐（E. Cherzi，意大利）、雁月飞（P. Lejay，法国）、李约瑟（J. Needham，英国）、康朴敦（A.H.Compton，美国）、巴贝（H. J. Bhabha，印度）、胡刚复、王守竞、马祖圣、汪敬熙（缉斋）、马叔平、徐鸿宝（森玉）、梁思成等。

北平研究院的刊物，有《院务汇报》。物理、镭学、化学、药物、生理、动物、植物各研究所，均各有丛刊一种。史学研究所有《史学集刊》、《考古专报》、《北平半月刊》三种刊物。地质研究所与经济部地质调查所合刊《地质汇报》、《地质专报》、《中国古生物志》、《土壤专报》、《地震专报》等。气象台有《气象月报》及《北平气象年报》。又北平研究院出版图书共约有五十种。

我在学术会议第二次大会报告时，曾说：

“我们办独立研究院最初的目标，就是要发展中国的科学研究。先使中国科学研究由‘无’变为‘有’，再进一步由‘少’变成‘多’，由

‘粗’变成‘精’。办研究院将近二十年的结果，可以说已经达到原定的目标。这种结果很可以鼓励我们大家向前继续努力！我想以后以学术会议为研究的主体，以各研究所为实行科学研究的中心。此后如无特别事故，北平研究院的前途当更光明！”

九

学术会议闭幕一个月以后时局大变，特别事故便来了：十月间锦州、长春前后失陷；十一月二日沈阳弃守；十一月二十三日保定失陷；十二月三日国军放弃徐州。

十一月十三日陈布雷在南京服安眠药自杀。事后闻之，令人伤感不已。

共产党军队旋大举入关，逼近平津。十二月十五日北平西郊发生战事，西苑机场不能用；是日政府派专机接胡适之赴京，该专机停南苑机场，仅胡适之、陈寅恪匆匆登机而去。该专机系由南苑机场最后飞出之一架飞机；该专机飞出后不久，南苑机场便为共军占领。此后北平被围，城门紧闭，共军在城墙外日夜攻城，炮弹时落于城内。稍迟天津亦被围攻。

北平城内动工建筑一个临时机场：将东交民巷围墙外操场垫平，伐去东长安街东部沿街树木，将东长安街东部垫高与东交民巷操场取平，做成南北方向临时飞机场跑道一条。

十二月二十日晚政府派了两架运输机降落于临时机场之上，迎接北平学术教育界人士南下。二十一日晨到北京饭店候机，事先分配机位，每机约十二三人。我与梅贻琦（月涵，清华大学校长）、袁同礼（守和，北平图书馆馆长）、杨武之（回昆明师范学院任教）诸先生搭乘第一架机，每人仅带随身少许行李。袁守和夫人袁慧熙女士（浙江桐庐袁昶之孙女）携女公子袁静，公子袁澄、袁清同行。我则携次女幼贞同行，午间起飞。这是第一架飞机由北平城内临时机场飞离北平的情形。到南京明故宫机场往接者，有蒋经国、傅孟真、杭立武诸先生。

当时父亲星五公在平年老而有病，适有亲戚张某由乡间避难到平，与父亲同住，愿任照顾之责。旋父亲离开我的寓所迁至一位同乡住宅旁院居住，仍由张某照顾。及临时机场已成，南京已派飞机到平，我以老父侍养为忧，不忍离去。父亲则坚令我离平，情词恳切。我遂遵父命将老人应用的钱物筹划妥恰，遂与父亲含泪而别。

后来一九五二年八月廿五日下午六时半父亲病逝北平，葬于北平西郊福田公墓。父亲生于清同治十二年癸酉（一八七三），享寿八十岁。父亲病逝一个月以后，我在巴黎始得到这个噩耗，痛哭者久之。自叹生逢乱世，对于父亲生前未能奉养，死后未能奔丧，能不令人伤心？

文田自抗战胜利复员后任天津南开大学代理训导长。当北平被围时平津火车已不通，我行前与文田仅通过长途电话一次而已。后来平津被共产党军队占领，取消各大学训导处，文田解职，始得搭乘英国船由天津到香港。耕砚原任职天津北洋大学工学院院长，当天津被围攻时，彼得搭商用飞机南飞。

我到南京后数日，又有飞机继续到平接陈尚义等若干人到京。此时行政院院长翁文灏已辞职，孙科已继任行政院院长。

民国三十八年一月十五日共产党军队入天津；一月三十一日入北平。一月底我由沪乘船抵广州。时北平研究院在上海；药物和生理两研究所与原子所X光研究室及植物研究所云南工作站，均照常工作，此外尚有在内地调查人员及出国研究人员，均须予以照料。于是我假广州盘福路西华二巷四十二号世界社，组织北平研究院广州办事处。是时闻杨梦赉在北平忧劳病逝，至深悲悼。

四月二十三日国军撤出南京；五月二十七日上海国军撤退。我认为事已如此，无法继续北平研究院的工作。因于六月间与教育部杭立武部长接洽，同时北平研究院代电教育部将昆明工作站职员二人拨归云南大学支薪，其余人员薪津发至七月底止暂作结束，广州办事处俟诸事办完亦暂行结束；七月份起北平研究院暂不向国库及部再领经费；但仍保存北平研究院名义，俟大局稍定，再行恢复工作云云。经教育部于一九四九年六月三十日代电复称“应准照办”。于是自成立后继续发展达二十年的一个国立研究机关遂暂告结束。

北平研究院自成立至暂停二十年中各研究所研究员因病逝世者共有四人：抗战以前病逝者有镭学研究所专任研究员郑大章。大章乃居里夫人之学生，在镭所极有贡献，惜竟于壮年病故。抗战前期病逝者二人，一为动物学研究所专任研究员兼所长陆惟一，一为植物学研究所专任研究员钟宪鬯。惟一乃辛亥革命时山西巡抚陆钟琦（申甫，顺天苑平人，辛亥山西光复时以身殉职。此为辛亥革命时督抚中唯一以身殉职者）之孙，主持平研院动物所有年，贡献甚多，不幸亦于壮年病故。葬于昆明西山，其地可俯瞰滇池，距聂耳墓不远。钟宪鬯于民国二十二年入平研院植物所致力于重订《本草纲目》，以明今征古沟通中外为宗旨。其有一物数名，或一名数物者，均加以厘正，对于古书中如《尔雅》、《诗经》之花草树木及其他典籍中之植物名称，亦皆考证为何科何属。国内用新方法研究植物分类，钟先生实为第一人。七七事变后钟先生以年老不耐远途旅行之苦，未能随平研院迁滇。乃间关返宁波故里，不意忧劳成疾，竟于民国二十九年九月与世长辞，享年七十有三。旋由国民政府明令褒扬。钟先生生平简述见本书《七年北大》第二节，兹不多赘。钟先生在植物所著有《本草校正稿》十余册，惜终未能整理付梓。平研院研究员第四位病逝者为化学研究所专任研究员兼平研院秘书杨梦赉。梦赉于民国三十七年十二月二十一日我离平之后，维持院务，致忧劳成疾，竟于民国三十八年二月间突然去世。

一九四九年七月法国政府以“Commandeur de la Légion d' Honneur”勋章赠我，由法国大使馆专函通知。原来民国十五年法国政府已经以“Officier de la Légion d' Honneur”勋章赠我。此次更以高一级的勋章颁赠。

是年七月中旬教育部杭立武部长请我飞往台北，筹备国立编译馆在台恢复工作。我留台十日，即由台北赴香港准备出国赴法。

七月三十日我偕文田及次女幼贞乘法国邮船“Champollion 号”由港赴法。经马尼剌（即马尼拉）（Manila）、西贡、新加坡、可伦坡（Colombo）、吉布底（吉布提）（Jibuti），过苏伊士运河至塞得港（Port-Said），过非洲北部突尼斯（Tunisia）的比在德（Bizerte），于九月二日到法国马赛（Marseille），九月三日到巴黎。准备参加九月十九日至十月五日在巴黎召开之联教组织第四次大会。

一九六五年七月二十八日草完于纽约。

一九六六年十月校对修正。

（原载《传记文学》第七卷第四期至第六期）

回想我在教育部所作的事令我满意的并不多，我为清华选择了这位校长（梅贻琦），却是我最满意的一件事。

第7章 一年教育部

一

民国十九年十一月底教育部长蒋孟邻辞职。十二月初国民政府任高鲁（字曙青，福建人，当时任驻法公使，后来回国改任监察院监察委员）为教育部长，以胡展堂先生之反对，国民政府蒋主席乃请于高鲁未到任前以行政院长兼理教育部长职务。我被任为教育部政务次长，陈布雷被任为常务次长。我遂暂时离开北平研究院，到京任职，但拟于短期内仍回北平。我在平研究院的职务，由李圣章暂行代理。

我与布雷商定办事手续，凡以兼理部长名义发出的公文，均由我二人会签负责；重要者随时报告蒋公。当时行政院会议，称国务会议，每周举行一次，我奉命前往参加。接收多由布雷负责办理，原任教部参事赵乃抟相助甚多。吾等到部后，即以赵乃抟兼秘书主任，重要公事起草多出其手。赵乃抟，字述庭，浙江杭州人，清末浙江高等学堂学生，与布雷同班。民初北京高师毕业，一九二〇——一九二三年在美国哥伦比亚大学师范学院深造，获硕士学位。回国后曾在北京师大任教。后来任立法院立法委员，台湾省教育处处长（即台湾省第一任教育厅厅长）。

教育部原任总务司司长姜绍谟、高等教育司司长孙本文、普通教育司司长顾树森，均仍继续任职。社会教育司司长，则以李蒸继任。李蒸，字云亭，河北滦县人，亦哥伦比亚大学师范学院出身，一九二九年获得哲学博士学位，曾任北平大学区社会教育处处长。后来任北平师范大学校长有年。

我到部时，仅邀冯成麟与孙访渔二人帮忙，冯任秘书，孙任文书科长。稍迟我介绍李某（现忘记其名）任统计科长。布雷到部时亦仅邀三四人相助。其余部员百余人，均无更动。

我与布雷系初相识，共事不久即知其长才而有远见，且为人小心谨慎，坦白公正，遂相处甚融洽，成为好朋友。

我在教育部任政务次长时期与布雷特别注意者，为调整大学教育与慎选国立大学校长，例如：停止国立劳动大学招生；平定国立清华大学风潮；任沈尹默为国立北平大学校长；任徐炳昶（旭生）为国立北平师范大学校长；解散北平俄文法政学院；改组中法工业专科学校为中法国立工学院；整顿上海光华大学等等是也。

我在京初住教部周余，嗣迁居富厚岗。家眷仍住北平，仅妻万贞元于暑假时来京数周，旋即返回北平。

二

民国十七年八月间依建国大纲设立训政时期的五院。十月间胡展堂被任为立法院院长，林子超被任为副院长。十月底中央政治会议决议任邵元冲（翼如）等四十八人为第一届立法院立法委员。

民国十九年冬第一届立法院立法委员满期，中央政治会议通过第二届立法委员名单，比第一届增加八人。我亦被任为第二届立法委员，任期两年，事前我毫无所闻，事后由立法院秘书长李文范（君佩）引我至胡先生处见面，尚系初次晤谈。君佩则系多年的老友。

立法院当时设有五个委员会和三处。五个委员会为：法制委员会（委员长：焦易堂）、经济委员会（委员长：马寅初）、财政委员会（委员长：陈长蘅）、军事委员会（委员长：钮永建）、外交委员会（委员长：傅秉常）。三处为秘书处（秘书长：李文范）、编译处（处长：刘卢隐）、统计处（处长似为刘大钧）。

时胡先生为中央常务委员、中央政治会议委员、国民政府委员，兼立法院院长；办事认真，院会均自行主持，从不缺席或迟到。每遇纪念周，有时胡先生讲话三次：先主持立法院纪念周讲话；嗣参加中央党部纪念周与国民政府纪念周，又分别讲话。

民国二十年三月一日胡先生以反对召集国民会议及制定训政时期约法，辞去国府委员及立法院院长职。中央常务委员会选任林子超为立法院院长，邵翼如为副院长。嗣邵翼如以副院长代理立法院院务。

三

民国二十年春行政院根据民国十九年九月中英两国换文规定，设置管理中英庚款董事会，隶属于行政院。设中国董事十人，英国董事五人。时朱家骅（骝先）任中央大学校长，被派为该会董事长。英国董事马锡尔（Sir Robert Calder-Marshall）被推为副董事长。我被派为中国董事之一，复被推为该会教育委员会主席，杭立武则任董事会总干事。

中英庚款董事会的任务，是以英国退还庚款作为基金，借充各部会办理生产建设事业，而以借款利息办理教育文化事业。当时全国铁路十分之九有该会投资，或添购设备，或兴筑路线。粤汉铁路株韶段（由湖南株洲至广东韶州）二百四十英里，完全由英庚款筑成。其余水利、电讯和电力事业，也都有该会的投资。各大学及研究机关，多半得到该会的补助；中央博物院与中央图书馆的建筑，则是全由该会担任。此外前后考送过留英公费生九批，共一百九十余人。每次举行留学考试，均由董事会组织考试委员会，我每次均以教育委员会主席的资格兼任考试委员会委员长。至民国二十八年政府因抗战停付庚款，而各部会借款应付利息亦收不到，董事会工作遂渐无形停顿。

四

民国二十年六月十九日国民政府依照中央政治会议决议明令发表以我署理教育部长，二十七日我宣誓就职。陈布雷被调为政务次长，钱昌照（乙藜）被任为常务次长。布雷复被推为中央宣传部副部长。

九月十八日国际联合会教育考察团法人郎之万（Paul Langevin）教授（物理学家），英人唐诺（Richard Henry Tawney）教授（经济学家），德人贝克（Carl Heinrich Becker，前普鲁士教育部长）及波兰人法鲁斯基（Falski，波兰教育部司长），一行共四人到达南京。是日晚我在教育部设宴招待郎之万等一行，交换发展教育意见，至十时三十分始散。数日后派李云亭陪同该团赴各地考察。

郎之万除考察教育外，并赞助中国物理学界发起组织中国物理学会，我亦为发起人之一。该会成立于民国二十一年，我被推为第一届理事会和第二届理事会理事长。

不意“九一八”事变，即发生于九月十八日夜十时三十分。是夜日军突袭沈阳，进攻北大营，沈阳沦陷。“九一八”事变后，中央宣传部事务突极忙碌，布雷大部分时间在中央党部办公，每日仅能到教部办公一小时。

此时正值清华大学久无正式校长，仅由翁咏霓暂行代理，我急于解决这个问题，我再三考虑认为梅贻琦（月涵）最为适当。时月涵正在美国任清华留美学生监督，我电征其同意后，于民国二十年九月二十三日提出行政院国务会议通过以月涵任国立清华大学校长。我旋即电促月涵从速回国。不久他便由美国到南京，我们见面后几天内，他便去北平到校就职了。由一九三一年起至一九六二年他逝世止，他继续任清华大学校长达三十一年之久，是中国国立大学任职最久的校长。他对清华尽力甚多，贡献甚大。回想我在教育部所作的事令我满意的并不多，我为清华选择了这位校长，却是我最满意的一件事。

五

一九三一年十月二十一日吴稚晖先生致我与布雷、乙藜三人一函（下称“原函”）。“原函”影印照片附于本文内①，其释文如下：

润章、布雷、乙藜先生勋右：

今日孙寒厓先生传乙藜先生之命言“弟在部所借月给，倘有急需，俟月终锡箔捐收到，可以具领。”蒙此关怀，实深感激。弟本无甚急需，但以年来出入大观园中，无事瞎忙，遂失其教馆之本业。而又家人不能枵腹，故承子民先生之爱，贻累大部，以至于今。弟于党国既无尺寸之补，故亦不敢滥叨公廪。数月前弟偶不谨调侃粤同人为垃圾堆。古襄琴先生反报以恶声，谓：“弟如野狗，谁投以肉骨，即为谁而吠。”此实古先生夫子自道，弟尚不敢折此烂污。弟所累于党国者，可举一清账，告慰古先生，未尝有谁投以肉骨也。详举如左，并博先生等一笑。

（一）

辛亥总理由伦敦返国，嘱弟与石蘅青先生继行。各给川资六十镑，弟受之。

（二）

民元总理卸职总统，嘱胡展堂先生作书，给我一千元，弟受之。

（三）

民十三谢惠生先生传总理之命，给监委两月折半俸及公费，共三百八十元。弟因正教书，无所需，辞之。

（四）

民十六四月反共，弟失教馆之业。于五月、六月，皆由中央党部给以监委俸月三百元。后闻蒋先生曾于五月起，已送三百元一月于吾家。故于七月起，遂未向党部续领。

---

① 本书删去影印照片。

（五）

民十六五月起至十一月止，每月由蒋先生借给三百元。至十二月因请愿于孑民先生愿在大部编审处尽力，或可不累蒋先生私人。蔡先生允之。自此遂辞蒋先生之所借。

（六）

民十六十二月起，在大部月领三百元。本约将总理遗教分类编次，愧栗陆未能交卷。此为最疚心之事。然一则终思得当有所献陈；一则日游大观园中若无此生活费，几无以周旋于群公之间，能从容而谈笑。此所以历感孑民、梦麟及诸先生不置也。

（七）

民十七曾有两次蒋先生嘱陈果夫先生送二千元一次五百元一次于吾家，助小儿医药费，山荆皆未敢受也。

（八）

民十八至二十，三年中曾有四次，因开全会每次给川资三百元，弟均受之。

（九）

民十九不记何月，中央党部会计忽送来三千六百元，云系一年之监委俸。弟以已受教部编审费，不能兼薪，却之。

（十）

前年省府设江苏通志局，厕弟名于编纂。曾给过二百元一月者，约三五月。后因费绌，减薪给一百元一月者，又六七月。弟因助一留比学生，受之。今已七八月停给矣。

此即弟与党国银钱交涉之账。未尝有肉骨。不过小小猫鱼未尝间断，实感党国之惠。尤可念者，大部之盛赐。倘乞得闲身，必有以报答。蒙先生等关怀体恤，故陈其歉衷，且表其感忱。尤所祈求者，锡箔捐，迷信捐

也，如能不与生其名义上之关系，使食之尤不安，则企祷无极。敬叩

道安。

弟吴敬恒顿首。十月廿一日。

按孙寒厓先生名揆均，清举人，为稚晖先生南菁书院的老同学，时任教育部简任秘书。寒厓向稚晖先生所传达乙藜的话，事前我与布雷均不知晓；及见稚晖先生来函，始知此事。我与布雷曾分别向稚晖先生道歉。我们看见稚晖先生的一篇细账，对于他的高风亮节，益深钦佩。稚晖先生来函的“底稿”，已于一九六四年三月间，由中国国民党中央委员会党史史料编纂委员会影印于其所编印的《吴稚晖先生墨迹》中。我曾将“原函”及“底稿”对照，发现此两种文件有许多不同的字句。故“底稿”虽早已发表，然“原函”似仍有影印的必要。

六

“九一八”事变后，全国民意激昂，各地学生相率罢课。游行请愿，不绝于途。北平、上海等地学生且远道进京请愿，要求出兵宣战。学生团体大队，大都集中于国民政府，有时亦去中央党部，南京学生曾一度至外交部，且伤及王儒堂部长。由九月至十二月前后请愿的学生，不下五六万人之多。政府始终持和平严正态度，从未采取压迫办法，故终未发生冲突。

十二月半我向政府提出辞职。十二月底朱骝先被任为新教育部长。嗣段锡朋（书诒）以教育部政务次长代理部务，遂将教部移交书诒接收。我在教部适满一整年。

一九六九年六月草于纽约，时年八十。

一九四五年十一月联合国教育科学文化组织产生于伦敦，并定此组织简称为“联教组织”。我曾为中国代表团代表之一，出席创设该组织之伦敦国际大会。此后以代表资格出席联教组织一九四六年巴黎举行的第一次大会……

第8章

参加联合国教育科学文化组织大会前后五次的回忆

民国三十四年即公元一九四五年十一月联合国教育科学文化组织（United Nations Educational Scientific and Cultural Organization）产生于伦敦，并定此组织简称为“联教组织”（UNESCO）。我曾为中国代表团代表之一，出席创设该组织之伦敦国际大会。此后以代表资格出席联教组织一九四六年巴黎举行的第一次大会，一九四七年墨西哥首都举行的第二次大会，及一九四九年巴黎举行的第四次大会；复以首席代表资格出席一九五二年巴黎举行的第七次大会。并因此得于大会后在欧美各国和日本参观，以参观有名的研究机关与大学为主。兹将“联教组织”各该次大会经过与参观各情形，撮要略述于后。

一

在“国联”（League of Nations）时代，本有国联文化合作委员会

（League of Nations Committee on Intellectual Cooperation）及国际文化学院（International lnstitute of Intellectual Cooperation）之组织，中国由李石曾及吴稚晖先生等参加。一九四五年七月十二日在伦敦举行同盟国教育部长会议，决定请英国政府代表该会议，召集参加联合国的各国政府派遣代表于一九四五年十一月一日到伦敦开会讨论创设“联合国教育文化组织”。适旧金山联合国大会同意法国之提议，亦有同样之决定，于是英法两政府联合召集伦敦会议。

伦敦会议会期由十一月一日至十六日。到会者四十四国代表。中国代表团共十五人，计代表五人，顾问五人，秘书五人。首席代表原为教育部部长朱家骅（骝先），因骝先未能出国，改由胡适（适之）代理首席代表。其余四位代表为程天放、罗家伦（志希）、赵元任及我四人。

英国教育部长魏更生（Ellen Wilkinson）女士被推为伦敦会议大会主席。法国首席代表李昂·伯伦（Léon Blum，法国社会党领袖，曾任国务总理）被推为大会准主席（Associate President）。适之被推为大会副主席之一。第二次世界大战末期，中国被列为四强之一，战后加入法国，遂变为五强之一。伦敦会议时，凡中国代表有所主张，均受各国重视。

大会认定科学重要，决定将“科学”字样列入该组织名称之内，特定名为“联合国教育科学文化组织”（United Nations Educational Scientific and Cultural Organization 简称曰：UNESCO）。

大会通过《联教组织约章》（Constitution）。四十四国代表在伦敦签订该约章。决定联教组织秘书厅设于巴黎。此案在小组委员会讨论联教组织秘书厅设置地点时，我首先提议设于巴黎，经出席各国代表赞成通过。秘书厅设于巴黎，本为法国代表团所欢迎。小组会议散会时，法国代表特向我握手道谢。嗣经小组提出大会通过，遂成定案。联教组织每年开大会一次，在巴黎或在各国举行（后来改为每两年开大会一两次）。联教组织所用语言文字，以英文、法文、俄文、西班牙文、中文为“公用文字”（Official Languages），而以英文及法文为“应用文字”（Working Language）。

伦敦会议后，设立联教组织筹备委员会，会长为英国教育部长魏更生女士。筹备会秘书厅（Secretariat）设执行秘书一人，为英国之赫胥黎（Julien Huxley），副执行秘书二人，一为法国之铎马（J. Thomas），一为美国之威尔逊（H. E. Wilson）。秘书厅下设六组（Sections），即教育组、大众传播组、图书馆博物馆组、自然科学组、社会科学及人文科学组、创造艺术组。此外设有外事处、宣传处及法律顾问与技术顾问。每组设主任委员一人，委员若干人及助理与秘书各若干人。教育组主任委员为郭有守（子杰）。自然科学组主任委员为英国李约瑟（Joseph Needham），李约瑟抗战时曾任中英科学合作馆主任，在中国四年。秘书厅职员以英国人及法国人较多，美国人次之。中国人当时仅有三人，即郭子杰，自然科学组委员叶渚沛、助理 E. Sam 女士（华侨）。后来叶渚沛辞职，由汪敬熙（缉斋）继任。

二

牛津大学原定以名誉博士学位赠予中国首席代表朱骝先，至是遂赠予胡适之。名誉学位授予时，我前往观礼，同时参观牛津大学。稍后我复往剑桥参观剑桥大学。剑大加万地斯（即卡文迪许）研究所（Cavendish Laboratory）主持人卜拉格（W. L. Bragg，获一九一五年诺贝尔奖）教授因赴西班牙届时不能亲自招待，事前来信表示歉意。我旋到伯明翰（Birmingham）大学及利物浦（Liverpool）大学参观。在伯明翰大学晤物理家欧利凡（Mark L. Oliphant）教授。

大会后我到巴黎游览，由法国外交部招待。时巴黎仍极萧条，市区几无汽车往还，更找不到搭客之计程小汽车（Taxi）。巴黎冬天亦颇寒冷，然当时因煤炭缺乏，生火取暖者极少。驻法大使钱泰（阶平）在大使馆设宴约请了许多科学家，如郎之万（Paul Langevin）、欧理猷（F. Jolliot，一九三五年获诺贝尔奖）、小毕汉（Francis Perrin）、季哈尔（Pierre Girard），均往参加。此外法国文化界人士在东方博物馆（Musée Guimet）特设茶会欢迎我。历史学家葛胡塞（René Grousset）、汉学家戴密微（Paul Demieville）、罗度（Robert Des Rotours）等均在座。

嗣偕萧子升由巴黎赴里昂（Lyon）访问里昂中法大学及该大学协会，协会开会欢迎，法国国立里昂大学校长并设茶会招待，一切均由协会秘书法国国立里昂大学文学院汉学教授狄巴尔别（G. Dubarbier）安排。

我决定由欧经美回国。我于十二月半由伦敦乘飞机经过里斯本至非洲的巴得斯特（即巴瑟斯特）（Bathurst），飞渡大西洋至巴西的贝伦（Belem）；再经千里达岛（即特立尼达岛）（Trinidad）、百慕达岛（Bermuda），至美国的巴尔的摩（Baltimore），严济慈（慕光）由华盛顿来接。慕光乃北平研究院物理研究所同事，正被邀到美国各地参观，闻我来美特来相会。旋搭乘汽车至华府，汽车系驻美大使魏道明（伯聪）兄派去接我者。

在华府参观国会、国会图书馆、各博物馆及标准局（系由前北大教授王守竞介绍）。嗣前后到纽约参观哥伦比亚大学；到普林斯顿（Princeton）参观普林斯顿大学与高等学术研究院（Institute for Advanced Study）；到波士顿（Boston）及剑桥（Cambridge）参观哈佛大学及麻省理工学院（M. I. T.）；到新港（New Haven）参观耶鲁大学；到支加哥参观支加哥大学；到旧金山参观加州大学；到巴劳奥陶（即帕罗奥多）（Palo Alto）参观斯坦福大学（Stanford University）；到洛杉矶（Los Angeles）参观加州理工大学（Cal. Tech.）；到西雅图（Seattle）参观华盛顿州立大学。我在纽约时并到奚为德区（Riverdale）访候张静江先生。复往参观稚晖学院，此院为李石曾先生所创办，设于纽约河边大道八十五号与八十六号。

我在上述各地，得晤学者及科学家甚多，举例如下：我到普林斯顿时，饶毓泰（树人）兄曾到火车站往接，时树人正在普大研究。参观普大时，得晤物理系主任史麦斯（Henry Devolf Smyth）教授。史氏所写有名的报告“Smyth Report”甫出版，由此报告，世人得知原子能和原子弹初期发展的经过。我旋往访爱因斯坦（Albert Einstein，获一九二一年诺贝尔奖）于其普城住宅。事前由王重民［时在盖斯特（Gest）东方图书馆工作］代我打电话约定时间。见面后用英语及法语谈约一小时，从物理研究谈到中国文化，又由日本侵略谈到世界和平，可见爱氏兴趣之广。嗣参加普城高等学术研究院下午四时茶会，得与物理学家鲍里（即泡利）（Wolfgang Pauli，获一九四五年诺贝尔奖）晤谈。又普大艺术史教授饶雷（George Rowley）约往其家中便饭，得畅谈一切。

在纽约遇赵元任兄，旋随元任赴剑桥，住元任家中，时元任正在哈佛任教授。在哈佛遇见物理家卜瑞知满（P. W. Bridgeman，获一九四六年诺贝尔奖）教授，乃叶企孙之老师。至麻省理工晤其校长卡尔·康栋（Karl T. Compton），乃饶树人之老师。

在支加哥遇见马祖圣和邓嗣禹（均在支大任教）。时北平研究院化学研究所同事朱汝华女士正在米尼索达（即明尼苏达）（Minnesota）大学从事研究工作，特由该地到支加哥访晤。

在加州大学晤生物化学家李卓皓，复由卓皓介绍与物理学家劳伦斯

（E. O. Lawrence，获一九三九年诺贝尔奖）教授晤谈。劳氏乃回旋加速器（Cyclotron）发明者，对于“核子物理学”贡献甚大。劳氏向我表示很不以美军部毁坏三架日本回旋加速器为然，他说：“这是纯粹科学研究用的仪器，不应该毁坏的。”时顾孟余夫妇住贝克勒（即伯克利）（Berkeley），距加大不远，曾晤面数次。孟余是北大的老同事，此时已能自己开车了。

在加州理工大学与周培源（清华大学教授，时任加州理工客座教授）一同往访该校校长物理学家米利根（R. A. Millikan，获一九二三年诺贝尔奖）。米氏甚健谈，一谈便谈了两小时之久。

我原约定与周培源同去看威尔逊峰（Mount Wilson）天文台一百英寸的反射天文镜，因山路积雪汽车不能上山而作罢。至于巴罗玛峰（Mount Palomar）天文台二百英寸反射天文镜，当时尚未造完，其大凹面镜仍在加州理工大学一个特别室中，参观人仅能在窗外隔玻璃而看。这个大镜头（Giant glass disk）的直径为二百英寸，重十四吨半，一九三六年“Corning Glass Works”造的。该天文镜的机械部分，系“Westinghouse Electric Corp.”等公司制的。天文镜全部重一百万磅，费用约美金六百五十万元。大镜头于一九三六年运到加州理工大学磨制（Grinding & Polishing），后来一九四七年十一月始由加州理工大学迁到巴罗玛山顶，该山顶海拔约六千英尺。

参观上列各大学或研究机关，我特别注意看的是物理研究室。彼时正是原子弹初次爆炸不久以后，美国各物理研究室几全注重核子物理的研究。我在各该研究室大都均看见有回旋加速器。今日美国核子物理研究的发达，为世界第一，不是偶然的。

一九四六年一月底我由西雅图飞赴加拿大云高华（即温哥华）（Vancouver）一次，旋由西雅图乘船回上海，转乘飞机回昆明北平研究院。

三

联教组织第一次大会在巴黎举行，会期系一九四六年十一月十九日至十二月十四日，由筹备委员会会长英国教育部部长魏更生女士召集。参加者为约章签字国家四十四国。凡约章签字国之尚未表示接受该约章者，亦得派遣代表参加，但无表决权。此次大会有表决权者计三十三国。

此次大会主要任务有三：（1）事业计划之制定，（2）行政机构之组成及秘书长之人选，（3）建设及复员工作之实施。各国代表团最大者为美、英、法三国。美国代表团有五十人，英法两代表团各有五十三人。中国代表团人数共二十三人，占第四位。其中代表五人；赵元任为首席代表，代表为程天放、李书华、竺可桢（藕舫）、陈通伯。中国代表团其他职员大多数系就中国人在英、法、意及瑞士等国者，就近聘用，由南京飞赴法国者甚少。

大会开幕式，系十一月十九日下午在巴黎大学礼堂举行，法国临时政府总统皮杜尔（Bidault）主席。

大会于十一月二十日上午举行首次全体会议。魏更生女士因病未能到会，推举英国首席代表教次哈德门为临时主席，推定法国首席代表李昂伯伦为大会会长。又推定副会长七人，由英国、美国、中国、巴西、梭的亚拉伯（即沙特阿拉伯）、菲律宾、南非各代表分任。中国由赵元任担任副会长。

大会于十一月二十日至二十三日连续举行全体会议，听取各国首席代表演说。此后即进至委员会开会阶段，委员会工作完毕后，于十二月六日至十日再连续举行全体会议，讨论各委员会之审查案。

大会全体会议及各委员会会议，均在联教组织大厦（UNESCO House）举行。此大厦在巴黎凯旋门（纪功坊）附近，系从前一个大旅馆，原名为“Hote Majestic”。此大厦包括全体会议之会议厅、各委员会会议室、筹委会秘书厅及各组办公室，各国代表团各有一间至数间办公室。此外为便利赴会人员起见，在大厦内设有邮政电报局、饭馆、咖啡馆等。

大会主要任务分配于下列三委员会：（甲）事业计划委员会，下分为教育、大众传播、图书馆博物馆、自然科学、社会科学及人文科学、艺术及文学等六个分委员会。（乙）行政财务法律及外事委员会，下分为行政及财务、法律及外事两个分委员会。（丙）建设及复员委员会。以上各委员会各国均可派代表参加。

此外尚有（丁）证书审查委员会：由中国、法国、希腊、利庞、纽西兰（即新西兰，后同）、土耳其、英国、美国及委内瑞拉九国各派代表一人组织之。（丑）议事规定委员会。（寅）提名委员会：提议会长一人、副会长七人及各委员会主席之候选人。

上列各委员会或分委员会，每人可参加一个乃至几个。我个人曾被推出席证书审查委员会、行政财务法律及外事委员会与自然科学分委员会。

十一月二十三日选举理事会（Executive Board）理事。事前由提名委员会就各国代表中提出候选人名单，计中国陈源（通伯），美国马可烈（A. Mac Leish），英国牟德（J. Maud），法国欧雷（P. Auger），印度哈达启世南（Sarvepalli Radhakrishnan，即今印度总统）及澳洲、比利时、巴西、加拿大、捷克、埃及、希腊、荷兰、墨西哥、挪威、波兰、土耳其、委内瑞拉等国代表共十八人为理事候选人。大会秘密投票结果，选出十八位理事，与提名委员会所提名单相合。时陈通伯任中国驻联教组织常任代表，我方希望其当选理事，结果当选了。

各国著名科学家参加大会者不少。如美国物理学家阿泽·康栋（即康普顿）（Arthur H. Compton，获一九二七年诺贝尔奖，圣路易华盛顿大学校长，吴有训——正之的老师），美国化学家那仪（A. W. Noyes，美国化学会主席），英国物理学家卜拉开（P. M. S. Blackett），法国物理学家欧理猷（F. Jolliot）及欧雷（P. Auger），印度数理家巴贝（H. J. Bhabha，英国皇家学会会员），均曾参加大会。

自然科学分委员会选出印度代表巴巴为主席，前后开会五次。我与竺耦舫代表中国出席此会。此会议案直接与中国有关者数项：一为设立营养中心。先是印度代表提议在印度、南美、北非、中国设立营养中心四处，分委员会以经费关系决定先在印度与南美设立两处，我乃临时动议提议在中国亦应设立一处，与印度和南美有同样优先权。竺耦舫并说明中国研究营养学现状，卒获通过先在印度、南美与中国设立三个营养中心。二为科学合作馆。一九四七年起设立四处：东亚（中国）、南亚（印度）、西亚（即欧洲人所称之近东）、南美。三为讨论赔偿仪器问题与科学复员问题，我代表中国代表团发言谓此二问题不可分离，又说明：中国决无意索取日本任何大学或研究机关之仪器作为赔偿。相反的，中国人极希望日本科学家将来能作有益于人类之科学工作。吾人所指以仪器赔偿者，系指日本政府及商业上所存之仪器或工厂所制造之仪器云云。经热烈讨论后，主席付表决，多数通过中国提案。

大会议案繁多，本文不能全部叙述，下列诸问题为当时许多人所注意，特略述之。

（A）关于秘书长人选问题：十二月六日大会改为秘密会议，讨论秘书长人选。理事会提出以英国赫胥黎为秘书长，并说明赫氏函件略称仅能担任两年（按秘书长任期，原拟定为六年），理事会即依此而定其任期为二年。大会投票结果，赫氏当选。

（B）关于预算及会费问题：一九四七年财政年度预算，大会表决通过行政财务分委员会所提六百九十五万美元之预算，内九十五万美元为本年度之筹委会经费。至会员国分摊会费百分比，决定采取与联合国组织同一之标准。

（C）关于第二次大会地点问题：十日大会中曾加讨论，理事会建议墨西哥政府提出下次大会在该国举行，应予接受。随即由大会一致通过。

大会在巴黎开会期间，由联教组织特组织讲演会二十四次。同时联教组织在巴黎筹设三个国际展览会：（1）近代艺术展览会，（2）教育展览会，（3）科学展览会。科学展览会开幕时，李约瑟博士曾用英语、法语、华语致词。

法国各界曾欢宴中国代表团全体于巴黎大学城（Cité Universitaie）之大礼堂，参加宴会者有五百人之多。主人方面由国会议员华法教育会会长穆岱（Marius Moutet）致欢迎词，客人方面推我致答词，宾主尽欢而散。

大会闭会后我重游瑞士，由瑞士赴罗马凭吊古罗马遗迹，参观梵蒂冈（Vatican）宫，觐见教皇庇佑十二世（Pius Ⅻ）。时驻教廷公使（后来改为大使）谢寿康（次彭）兄因任联教组织大会中国代表团顾问，仍在巴黎未回，由公使馆罗光（现任台北天主教区总主教）顾问引导我至教廷。觐见时我与教皇握手为礼后，教皇为中国祝福，为中国领袖祝福，为中国人民祝福，并以极精美之金属圆牌赠我，圆牌上刻有教皇像。我与教皇谈话约廿分钟，我说：“天主教与中国已有三百多年的历史。三百年前耶稣会士（Jesuite）初到中国便把那个时代的西洋科学传布到中国……”教皇对于这一番话，似乎很感兴趣。教皇问了若干中国情形，我便告别辞出。

我旋由罗马飞伦敦，再由伦敦经北非过开罗至印度，经曼谷到香港，旋赴广州一游，再由香港乘船抵上海转回北平。随即发表了《联教组织及其第一次大会经过》（《现代知识》一卷八期，民三六年八月十六日出版）、《介绍联教组织》（《世界月刊》二卷三期，民三六年九月六日出版）两篇文字，为联教组织鼓吹。

四

一九四七年十一月六日至十二月三日联教组织在墨西哥首都（Mexico City）开第二次大会，中国代表团首席代表为杭立武，代表四人为李书华、吴正之、赵元任、陈通伯，中国代表团共十四人。杭立武与我等由南京飞檀香山转洛杉矶而至墨京（墨西哥城）。墨京海拔约两千二百公尺，与昆明海拔略相等。墨京纬度为北纬十九度半，然以海拔很高，故气候不热。这次大会设立两个大委员会：一个是“行政及外事委员会”，推定中国首席代表杭立武为主席，一个是“预算及计划委员会”，推定纽西兰代表毕伯（C. E. Beeby）为主席。又大会所设之“资格审查委员会”，伦敦及巴黎开大会时均由我出席，此次中国代表团仍推我参加该委员会。联教组织理事会设有理事十八人，每年改选三分之一，任期一年的理事中国陈通伯任期已满。大会选举理事时，陈通伯仍被选连任。

美国阿泽·康栋（Arthur H. Compton）教授，此次仍参加美国代表团。适康氏在墨京嫁女，我与吴正之均被邀请参加典礼。

大会完毕，我由墨京飞华盛顿转纽约。哥伦比亚大学师范学院（Teachers College，Columbia University）院长罗素（Dean Russell）曾设宴招待杭立武、陈通伯及我等。时张静江先生仍住纽约奚为德区（Riverdale），我亦曾往访。傅孟真兄此时正在美，住新港，特来纽约相会。

上次我到纽约，未得参观哥伦比亚大学的东亚图书馆和物理系，此次特往参观。东亚图书馆由富路特（L. Carrington Goodrich）教授引导参观。物理系各研究室由该系主任拉毕（I. I. Rabi，获一九四四年诺贝尔奖）教授引导参观，拉氏并介绍当时正在哥大物理研究室作研究工作的吴健雄女士（现任哥伦比亚大学物理系教授）。

当时富路特教授的讲座，名为丁龙中文讲座（Dean Lung Professor of Chinese）。这个讲座乃是一九〇二年美国人卡本德将军（General Horace W. Carpentier）所捐款设置的。卡氏原是纽约一个补鞋匠的儿子，于一八四八年毕业于哥伦比亚学院。嗣到美国西岸加利福尼亚州，不久便成为大量地产的所有者。当时美国大批雇用华工，建筑西部铁路，丁龙（Dean Lung，山东人）为华工之一。卡本德雇用若干华工仆人，丁龙便作了卡氏身边的仆人。一八八八年丁龙随卡氏回纽约。丁龙对主人极忠实，卡氏欲有所报答，乃于一九〇二年丁龙尚在时，采用丁龙沟通中国文化的建议，立即以美金十万元捐赠哥伦比亚大学作基金，设置中文讲座，借以纪念丁龙。嗣卡氏又于一九〇五年续捐赠哥大讲座基金美金十万元。丁龙逝世比卡氏为早。丁龙亦将其多年辛苦积蓄的一万二千美元，捐赠哥大。卡氏于一九一八年逝世，享寿九十余岁。

哥大于一九〇二年初设中文课程，首先聘请英国剑桥大学的汉学家翟理斯（Herbert A. Giles）为客座教授，嗣聘请德国汉学家夏德（Friedrich Hirth）为第一任丁龙讲座教授。富路特则自一九四五年起担任丁龙讲座近二十年，现已退休。而丁龙的大名便留在哥大永垂不朽了！

是年十二月十八日由华美协进社孟治社长介绍，参观伯露（即贝尔）电话公司梅瑞岭研究所（Murray Hill Laboratory，Bell Telephone），由该所派小汽车接送。当时该所工作人员有两千人。

十二月二十二日由张彭春（仲述）引导至成功湖（Lake Success，在Queen's）参观联合国秘书厅临时办公处。中国人在联合国秘书厅工作者约一百人。胡世泽任副秘书长之一，乃中国人在秘书厅中最高级的职员；中国人任处长（Director 或 Division Chief）者有两人：郭斌佳及梁鋆立；任科长（Section Chief）者有陈登皋、黄宗勋、张德禄等数人。联合国用中、英、法、俄、西五种语言，大会及安全理事会等开会时凡用五种语言之一发言者，即时（simultaneously）译成其他四种语言。因此联合国秘书厅中专担任翻译之中国科便有中国职员七十人。二次世界大战后，中国成为五强之一。这五强之一的象征，只有在联合国看得最清楚：例如五强均为常任理事，中国为常任理事之一；中国有否决权；中国语言为联合国所用五种语言之一。凡此均为五强之一的象征。

十二月二十五日我由纽约到圣路易（St. Louis），看侄女静贞及侄婿朱汝瑾。时朱汝瑾在圣路易华盛顿大学（Washington University）化工系任教。同时我乘此机会参观该大学并拜访该大学校长阿泽·康栋（Arthur A. Compton）。

五

一九四七年一月四日我由旧金山起飞，经檀香山、威克岛（Wake Island）飞抵日本东京羽田（Hanada）机场。商震（启予）时任驻日中国代表团团长，派其副官长刘剑萍偕张凤举（前北大教授）、胡昌度（现任哥伦比亚大学师范学院教授，当时张胡均任职代表团）到机场迎接。我住于商先生官舍。我留东京一周，参观了中国代表团办公处，到国际军事法庭旁听，参观了东京大学与几个研究机关及博物馆等，并游横滨及箱根（Hakone）。

中国代表团办公处设于清风园养正馆。该馆原为日本训练行政人员之处，一部分团员在养正馆对面日本内阁统计局内办公。代表团职员共约一百八十人；职员眷属有廿余家，均系征用日本民房。商团长官舍在内阁统计局隔壁，系前日本农部大臣樱井兵五郎的私宅。代表团所用汽车司机、侍役及下女，均由日本政府征用，由代表团供给饭食，但不给工资。盟国人员衣食等物，须由其本国自行运去，中国代表团所用米面，系由上海运去。

一月五日商先生陪我同到远东国际军事法庭旁听，法庭设于日本士官学校。大战时日本陆军省被炸毁后曾移至士官学校办公。这个法庭与德国纽伦堡（Nuremburg）国际军事法庭（审判主要纳粹战犯）性质相同，乃是审判日本A级战犯（破坏和平罪、一般战争罪及违反人道罪等）。此类法庭是历史上第一次有的。远东法庭由中、美、英、苏、法、荷、澳、加拿大、纽西兰、印度、菲律宾十一国的法官组织而成，庭长为澳大利亚法官韦伯爵士（Sir Webb）。中国法官为立法委员梅汝璈，中国检察官为向哲浚。日本A级战犯原有土肥原贤二等二十八人，除二人已死，一人患神经病外，余二十五人。当日正在审讯东条英机（Tojo）。法官退庭休息时，庭长韦伯爵士招待商团长和我吃咖啡，梅法官作陪。

我参观东京大学及各研究所，均由终战联络中央事务局（设于外务省内）政治部文教课长麓保孝事前代为接洽。

一月六日下午麓保孝引导参观理化研究所（Institute of Physical and Chemical Resarch），所长（President）仁科芳雄（Nishina Yoshio）招待吃咖啡点心后便引导参观各处。该所系私立（财团法人），规模很大，战前贡献亦很多。该所大部分被炸毁或烧毁，原有两架回旋加速器（Cyclotron）被美军投入海中，大阪有一架回旋加速器亦被投入海中。

一月七日下午麓保孝陪往东京大学参观。东京大学即前东京帝国大学，盟军占领时始改今名，规模甚大。先去拜访大学总长（即校长）南原繁，他以茶点招待，彼此谈些联教组织及将来中日亲善的话。旋到理学部、物理学科研究室参观。理学部长动物学教授冈田，物理学教授嵯峨根（帝国学士院院长）及辽吉引导参观各处。最后冈田陪同参观大学图书馆，据云藏书有一百五十万册。

一月八日上午参观东京大学理工研究所，下午参观小林理学研究所。这两个研究所主持人全是佐藤孝三。理工研究所原系航空研究所，日本投降后始改今名。小林研究所系私立，财团法人，昭和十五年（一九四〇）始成立。

一月九日晨与张凤举兄同游箱根。下午六时仁科与几个大学教授在一个招待所中设宴招待我，在座者计仁科，嵯峨根、辽吉、佐藤、朝永振一郎（Shimichiro Tom onaga，获一九六五年诺贝尔奖）、麓保孝与张凤举共八人。朝永振原与汤川秀树（Hideki Yukawa，获一九四九年诺贝尔奖）在西京帝大同班毕业，亦系理论物理家。饮料为“密斯起”及白水，主要的菜为日本式火锅（Sukiyaki）（由下女在火锅中代作“泡牛肉片”及大葱，分别分给每人碗中）。晚宴中彼此畅谈，主人方面一致希望将来中日文化交换，科学合作，备极诚恳。麓保孝即席赋诗一首赠我，诗曰：

阴去阳来岁序新，
荒残故国亦逢春，
今宵何幸陪芳宴，
迎接邻邦文墨宾。

一月十日下午麓保孝陪我同赴文部省大臣官邸会晤文部大臣森户辰雄。森户曾表示愿与我晤面，我因中日尚无外交关系，不愿到文部省，故晤面地点定在森户官邸。当时森户出迎，陪至客厅，款以茶点。森户问了许多关于联教组织的情形，他说日本希望早日加入联教组织，并表示日本希望与中国文化合作。

东京及横滨两市区被美国飞机炸毁或烧毁约有十分之八左右。中国大使馆完全被炸平，我曾到该馆旧址凭吊。日本议会大楼独存，帝国旅馆亦完整，大银行及大公司洋房亦尚多完整。完整的大房屋，多被盟军征用。银座是东京最繁华的一条大街，原有大洋房被炸平的颇多。大百货商店三越没有被炸，仍照常营业。我曾参观国立博物馆（即前帝国博物馆）、孔子庙、明治神宫（正殿被炸毁）、筑地本原寺（净土宗）等处。在这种情形之下日本大学教授及研究员研究的精神还是很好，实在是值得钦佩。

一月十一日我由东京飞返上海，旋经南京回北平。

我写了一篇《日本一周》，在民国三十七年三月二日至七日北平《世界日报》发表，同时印有单行本。我又写了一篇《联教组织大会的经过及游墨西哥的感想》，在《现代知识》二卷七期（民国三十七年）发表。

六

一九四九年九月十九日至十月五日联教组织第四次大会在巴黎开会。中国代表团首席代表为梅贻琦（月涵），代表为我及熊庆来（迪之）、陈通伯、袁同礼（守和）。月涵早在我由香港乘船动身赴法前飞抵巴黎，迪之系于大会开会前由香港飞抵法，守和则系于开会前由美国飞抵法，通伯原系驻联教组织常任代表。

联教组织第五次大会系一九五〇年夏在意大利的佛楼润斯（即佛罗伦萨）（Florence）举行。我仍被派参加中国代表团①，但彼时因我在巴黎参加一个科学讨论会，未能赴意出席。联教组织理事会中国理事陈通伯已满期，因已连任两次，不能再连任。从此理事会中，便没有中国理事了。

联教组织第六次大会，系一九五一年七月在巴黎举行。程天放任首席代表，我仍被任为代表之一，但彼时我在德国汉堡大学任教，未能回巴黎参加。

一九五二年十一月联教组织第七次大会，仍在巴黎举行。我被任为中国代表团首席代表。代表四人为驻希腊大使温源宁，驻法代办段茂澜（观海），台湾编译馆馆长王凤阶及驻联教组织常任代表陈通伯。这次大会对于中国的重要问题是代表权及投票权两个问题。上届大会除苏联、波兰和匈牙利代表对中华民国表示反对外，印度代表亦曾发言反对。这次大会开会前，许多国家已决定推举印度首席代表印度副总统哈达启世南（Sarvepalli Radhakrishnan，即今印度总统）为大会主席。哈氏曾屡次参加联教组织大会，与吾人本相识。因此，中华民国与印度虽无外交关系，然在大会开会以前，我偕陈通伯访晤哈氏一次。彼已了解我二人访晤之意，便先说“印度代表从前说话过多，说话过多有何益处？此次印度代表不会说话太多……”云云。后来果然印度代表对中国席位问题未曾说话太多。

我又与联教组织秘书长（Director General）墨西哥人窦亥斯·包泰（Jaime Torres Bodet）、美国首席代表沙尔金（Howland H. Sargent）、法国首席代表法国教育部长马义（André Marie）等分别接洽，均允帮忙。

---

① 本节所谓“中国代表团”系逃往台湾的蒋介石政权的代表团。1971年10月，联合国教科文组织承认中华人民共和国的合法席位，驱逐了蒋政权代表。自1972年起，新中国代表团开始参加教科文组织大会和有关活动。

大会开会初，中华民国代表权未发生问题。投票权亦以三十四对八票通过。

此时日本已加入联教组织。这次大会日本首席代表前文部大臣东京东方文化协会会长前田多门（Tamon Maeda），代表为驻瑞士大使荻原彻（Toru Haguiwasa）等。中日两代表团联系颇密切。日本对中国之代表权与投票权，极表赞助；荻原彻希望被选为理事会理事，中国代表团亦极力赞助之，后被大会选出。日本理论物理学家汤川秀树（Hideki Yukawa，获一九四九年诺贝尔奖）任日本代表团高等顾问，亦与我晤谈甚洽。

联教组织大会，以往均每年开会一次。自此次大会以后，改为每两年开大会一次。乌拉圭（Uruguay）希望下届大会在该国首都举行，但英国及其他若干国家以大会在南美开会，联教组织秘书处担负旅费过大，表示反对。乌国代表团希望中国代表团帮忙。中国代表团允予照办，由温源宁代表在大会发言赞助之，后卒通过。

一九六四年十二月初稿。

一九六六年八月校对修正。

（原载《传记文学》第九卷第四期）

附　录

黄山游记

黄山属南岭山脉，古称黟山。相传黄帝与容成诸人尝至此采药。唐天宝间改今名。山位于安徽歙县之西北，太平县之南：在歙县境内者占三分之二，在太平境内者占三分之一。因其交通梗塞，遂与人世隔绝，罕有往游者。唐李太白尝一至其地，为之徘徊而去。至宋时乃渐有往游者。至明代游者渐多，徐霞客两度探奇，著成游记，黄山遂更为世人所喜道。至今日，交通便利，达黄山之公路共有三条：（一）由杭州至徽州（杭徽路），转汤口；（二）由南京至芜湖（京芜路），经宣城至徽州（芜屯路），转汤口；（三）由安庆对面之殷家汇，至汤口（殷屯路）。前两路早有公共汽车通行，故游山之人乃较往昔为多也。

余久慕黄山风景之秀美，屡思一游，牵于人事，卒卒未果，然此志固未尝一日去怀。民国二十二年十一月二十六日，余应浙建厅曾养甫先生之约，与吴稚晖先生等参加杭徽公路开幕典礼，自杭至徽。本拟借此机会，一游黄山，嗣因当时由徽州至黄山脚下之汤口约六十公里（千米）尚未修筑公路，行程颇感困难。加以冬际昼短，气候亦凉，乃未果行，怅然而返。

稚晖先生去岁曾游黄山，归来为余道其胜。本年春夏之交，稚晖先生原拟二次往游，约余同去，适先生方有川、黔、滇之行，竟成虚愿。本年四月下旬，余因事由平赴京、沪，适有七八日暇，乃决意乘此机会往游。是时有与皖建厅刘式庵先生由京同往之议，旋式庵因事须回安庆，余遂决计由杭取道杭徽路，径往黄山。综计游程，由杭州而徽州，而黄山，而屯溪，而休宁，而白岳，复归杭州，历时七日。援笔记之，聊存鸿印，工拙所不暇计也。今先将此七日行程撮要如下。

第一日：由杭至徽，再转黄山脚下之汤口，以达茅篷，是夕即宿于中国旅行社黄山旅社中；

第二日：由茅篷，经慈光寺、半山寺、天门坎，至文殊院，是夕宿于院中；

第三日：由文殊院，登天都峰、莲花峰，经天海，至狮子林，宿；

第四日：由狮子林，往游清凉台、始信峰、西海门，是夕仍宿狮子林；

第五日：由狮子林，经丞相源、云谷寺，观九龙瀑，回茅篷，宿于中国旅行社黄山旅社；

第六日：由茅篷经汤口，至屯溪，经休宁，游白岳，回屯溪，宿；

第七日：由屯溪回杭州。

此行计在黄山勾留五日。兹再逐日记载所见所闻于下：

第一日　四月二十九日

余于四月二十七日晚由沪乘火车至杭，寓于新新旅馆。余前此来杭约十数次。旧地重游，无可记述。是日在杭，遇任叔永先生。叔永固亦欲游黄山者，余喜得伴同游。不意于二十八日之晨，叔永来告，谓因事须即回平。余遂于是日在杭访友，兼制雨衣，购食物，略作准备，决于翌晨独往。

杭徽公路，余本已走过一次，系乘小汽车。此次拟改搭公共汽车，乃于二十八日下午赴浙公路局湖滨汽车站询问。知由杭直达屯溪（经过徽州）之公共汽车，每日共有三班：第一次早七时开；第二次早八时半开；第三次早十时开。票价由杭至徽，每位为国币六元零八分。得先一日购票。

二十九日晨，天阴。昨日曾微雨，今乃渐渐放晴。气温为二十一度（摄氏表计，下仿此）。余携气压表（高度表）、温度表、指南针、照相机及随身衣物，乃于晨六时即到湖滨汽车站。至六时半开始售票。旅客甚多，纷纷争购，售票处极形拥挤，余无法与之竞争。未几，票门即闭。据汽车站执事人云，七时车座位已满，现须候八时半所开之车。余深恐第二班车坐客仍多，又买不到票，特到汽车站问事处订小包车一辆，由杭至徽，车价为四十三元七角八分（中国旅行社及其他汽车行，闻亦可雇小包车，车价与此小有出入）。稍迟小包车开到，车号为浙一八三七号。该车甚新，且颇华丽，坐之亦甚舒适。车中可坐三四人，深以无伴同游，空此座位，觉得可惜。七时半，由湖滨动身。至武陵门，停十分钟，乃复西进。

车经余杭，临安，化龙镇（距杭七十公里），藻溪镇（距杭七十九公里），于潜；及至昌化（距杭一〇八公里），天已大晴。在此停车，余与车夫略进茶水，车夫复加汽油，预备前进。（按二十一年九月十八日，余曾与马寅初先生等七十余人，由化龙镇出游东天目山。又于二十二年十一月二十八日，与吴稚晖先生等八九人，由藻溪镇出游西天目山。彼时尚须步行，或乘肩舆。今则由藻溪镇至天目之公路已筑成，且天目已设有旅馆，更为便利。昌化产鸡血石，余二十一年十一月过此时，曾购鸡血图章多方，价亦甚廉。）

在昌化停车约二十分钟，复继续西行。过浙境最后一站，即子才站，警士向余索去一名片。过浙皖交界处之昱岭关后，公路曲折甚多。过三阳站，路甚狭而坡度甚大，仅能容一车之行，故车行至此，须在汽车站候一方车开过后，对面之车始能开行也。是日正午十二时，抵徽州。按杭徽全路共长二一五公里，浙境长一五四公里，皖长六一公里，小包车仅行四小时即到。若乘公共汽车，则须七小时方可到也。杭徽公路，沿途多山岭林木，风景绝佳。

徽州约高出海面一五〇米（公尺），余即以此为标准，用高度表测黄山高度。余到徽州后，由汽车站执事人代余雇妥由徽州赴黄山汤口之小包车一辆，价十七元一角二分。余在徽州汽车站休息约半小时，并就自携食物略进午餐，复于十二时半起身。车经徽州城外之太平桥，过太白楼，向西南行，即向屯溪前进。至岩寺站转向北行，顺殷屯公路，向黄山前进。少时入山口，两面皆山，中有小溪可通小舟。公路即沿溪岸

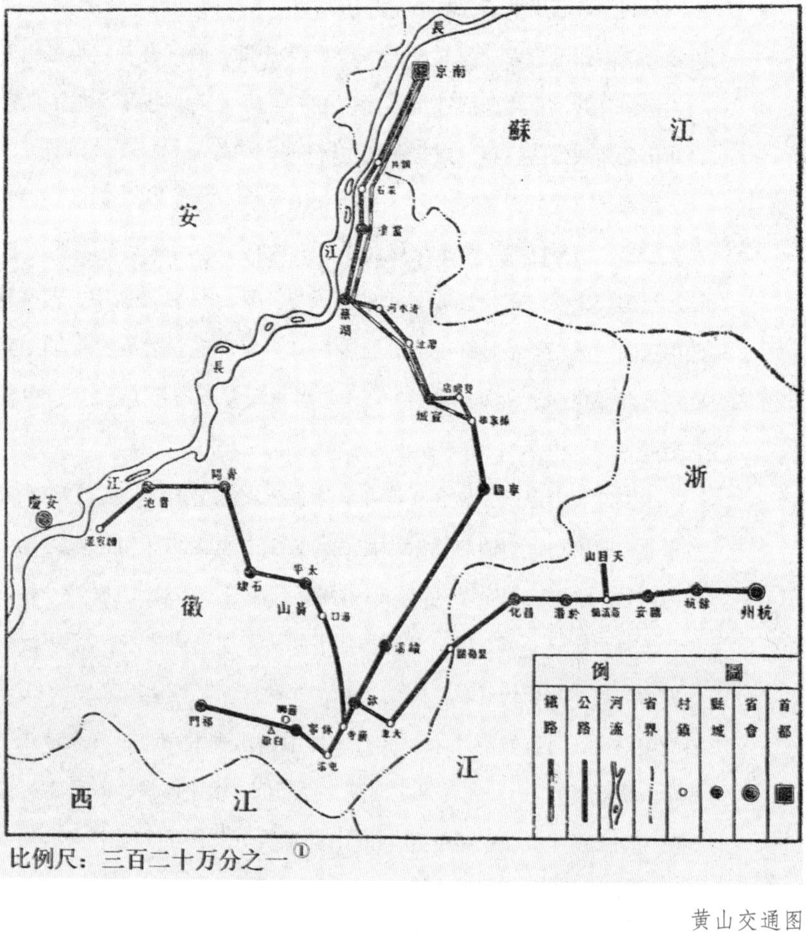

比例尺：三百二十万分之一①

黄山交通图

而筑成，曲折甚多。午后二时抵汤口，其地高度四九〇米。汤口为一大村镇，现住有兵士一营。

岩寺站东距徽州十二公里，西距屯溪十六公里，北距汤口五十四公里。岩寺至汤口现有公共汽车通行，每日仅往来一次。上午九时三十五分由岩寺开，上午十一时二

① 本图和以下地图均系照《禹贡》原刊地图缩小影印，故比例尺有变化。

十四分到汤口。至下午二时三十分由汤口开，下午四时三十分到岩寺。每位票价一元六角。由徽州至岩寺，公共汽车每位票价三角。最可惜者则为杭屯直达之公共汽车，与岩汤间公共汽车之开行钟点不能衔接，予游人诸多阻碍。按由杭至汤口，本可一日直达；今如乘公共汽车，则非在徽住宿一夕不可。

余到汤口后，即雇一工人，为携衣包等物，随余步行至山。过逍遥亭，其地高度六三〇米。旧亭已毁，今正重修。由汤口约行一小时，始至茅篷之中国旅行社黄山旅社。经理张康侯君招待甚殷。此旅社成立不久，位置极适中，前临深溪，后靠山傍。此中房间约分三等：每日租金五元者只有一间，租金三元半者有四间，租金二元者有八间，皆洋式建筑，异常清洁。社中早餐每人大洋二毛（吃粥），中餐及晚餐每人大洋五毛（米饭及中菜），价亦廉也。

少顷，黄山建设委员会驻黄办事处金慰农先生来访。盖曾接刘式庵先生电报，知余来此，故来招待。因与谈游山路程。彼又托驻黄办事处职员过旭初先生陪余入山，藉为向导。旋慰农引余参观汤泉，并游茅篷附近之名胜。

汤泉浴室分上下二层。上层类似客厅，下层则为浴室。浴池上为半圆石洞，下为长方形之池，其长约五米，广约三米，深约一米。池边及底皆为石砌而成。水从池底石缝中涌出，时有气泡浮水面，石壁罅中滴出少量寒泉，流入池中（此寒泉之温度，为十八摄氏度），因此，汤泉之温度为之降低。池水甚清，毫无硫黄气味。池中温水之温度为四二度半。按余近年所到国中温泉数处均各测其温度，今合并附记以资比较：（一）北平温泉三七度；（二）江苏江浦县汤泉镇四池，甲池三九度，乙池四〇度，丙池四一度，丁池四五度；（三）陕西临潼华清池四二度半；（四）北平汤山两池，东池四三度，西池四九度；（五）庐山南温泉（温汤）五六度；（六）南京汤山五八度。今此池温度，适与临潼华清池相等。至汤泉之名，久为世人所知。唐刺史李敬方著有《汤泉铭》，传诵人口。现在浴池上，刻有横额“蒸云”二字，旁有“热不因人”及“天然如意”等题字。浴室外大石上，有元至元十七年徽州人郑玉子美题字，又有明嘉靖丙申五月朔冯世雍题石。浴池向不收费，惟须酌予茶房小费耳。古时本有上下二池，后仅余一池。现于旧池旁又辟一新池，工程尚未竣也。

出汤泉后，过小补桥，经居士林旁，沿溪而上，过白龙潭，潭水清深。余与旭初由黄山建设委员会新辟之路，登桃源峰，观人字瀑，北望群峰，历历如列屏山之左右。远近多杜鹃、玫瑰等花，灿烂炫目。桃源峰下，经黄山建委会定为住宅区。下桃源峰，至居士林小憩。黄山建委会驻黄办事处即设于居士林中。

居士林建筑未久，林为古祥符寺旧址，其地高度六八〇米。康熙时所修之《黄山志》云："唐刺史李敬方作'龙堂'于汤之西。天祐（唐昭宗）九年，刺史陶雅建寺号'汤院'。南唐保大三年改'灵泉院'。大中祥符（宋真宗）元年，勅改今名。"又考《高僧传》云"此寺创于志满禅师"，事在唐天宝间，故祥符寺为黄山最古之寺。

是晚慰农招饮于汤泉浴室上层客厅中，酒肴甚美，主人招待尤为殷勤。饭毕，即回旅社就寝。

第二日　四月三十日

晨七时起床，天晴，室中气温十五度。七时半浴于汤泉，舒适异常。浴毕回旅社，用早餐。此时旭初引一警士及一挑夫，亦至旅社中。晨八时三刻，余等一行四人步行入山，向文殊院前进。临行时，旅社张经理告以狮子林和尚澄如来迎。余等游兴正炽，不愿多迟，遂即出发。旭初善书法，尤喜吟咏，尝伴段合肥围棋，固一雅士也。此次游山，尚携诗集多本，其风趣可知。

过紫云禅林（即黄山第一茅篷，俗名茅篷）。其地高度六九〇米。有新建之双溪阁。再上为听涛山亭，其地高度七五〇米。亭门有"过此成仙侣，回来无俗人"之句。及至慈光寺，本拟小憩，适寺中方丈圆寂，因之中辍。考慈光寺为明嘉靖间玄阳道人旧居。明万历间普门和尚来此建刹，始由道教改为佛教。明神宗为慈圣太后祈福，乃赐此名。寺在黄山中，向称第一大庙。其山门尚完整，惟大雄宝殿久已失修，无复庄严。其地高度八一〇米。

再进过碰头石，至五里栏。石磴窄，登涉殊觉不便。策杖而上，尚不觉其过险

黄山游程路线略图

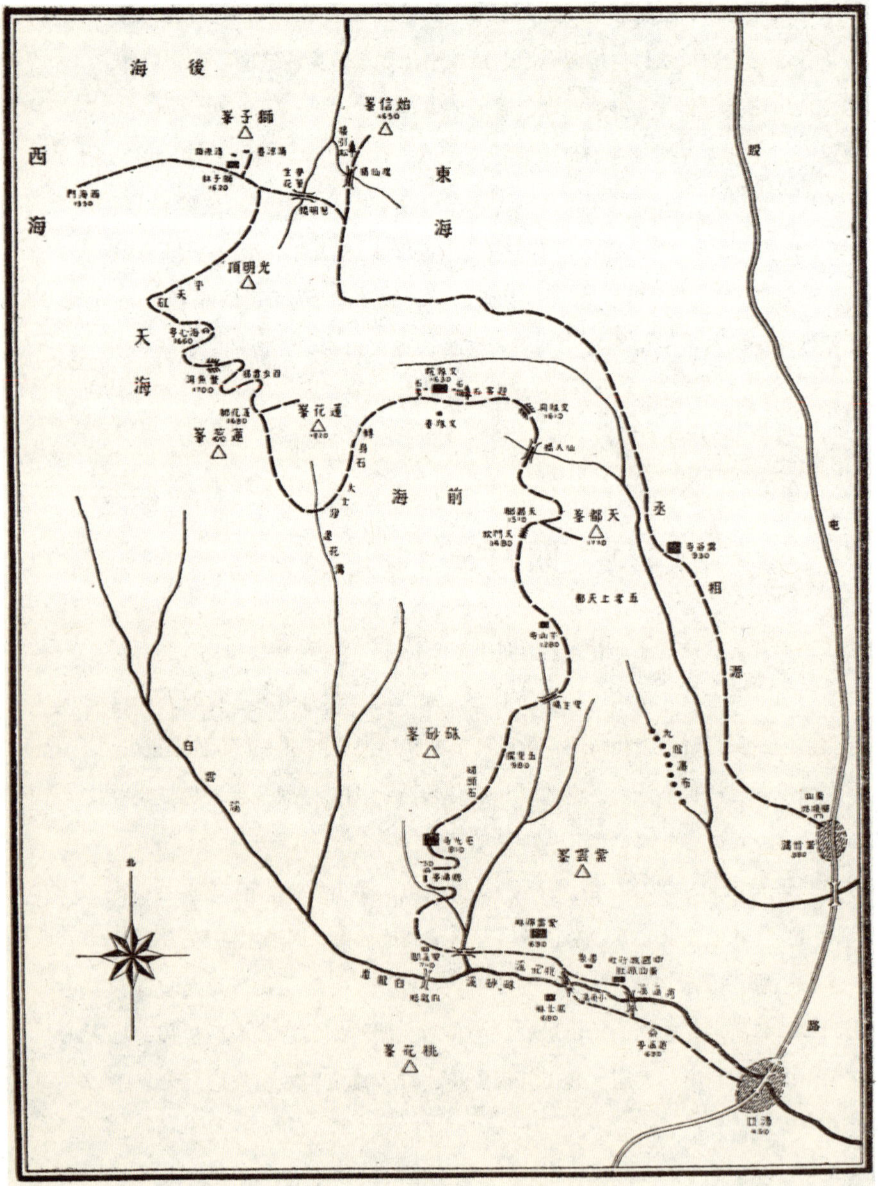

比例尺：三万七千分之一

（下部有石栏，中部无栏，上部有铁栏）。石栏最高处高度九八〇米。上午十一时半至半山寺，其地高度一二八〇米。寺有小楼三层，乃许静仁先生捐资重修者。余等方在瞻仰间，澄如和尚已至。在此每人进面食两碗。寺僧正心赠余以野白术及云雾茶等物，闻系此山中名产。野白术用糖煮食，据云可治百病。云雾茶叶大且厚，能沏水至四五次尚不去味。

余等在寺少息，更鼓勇前行。是日天气晴朗，四顾诸峰益觉奇秀。奇松怪石，愈高愈多。虽汗流满背，亦不觉其疲倦也。将达天门坎，右望有“五老上天都”之著名怪石，伟然触目。天门坎高度一四八〇米，两崖夹立，颇似门形。对面仰视，即见文殊台。由此循石级下而复上，即达天都峰脚。高度一五一〇米。向右为登天都峰之路，向左为登文殊院之路。余等仰观天都后，乃取左路先登文殊院。经过仙人桥（高度一五五〇米），一线天，文殊洞（高度一六一〇米），始至文殊院，时下午二时半也。其地高度一六三〇米。

文殊院系明时普门和尚所构，今已重饰，焕然一新。尚有一小部分未竣工。院后依山，院前为平地。南面有石如台，名曰文殊台。登台东望天都，西望莲花，两峰之面目毕见。天都峰前有石类鼠，其状似向天都跳者，故俗称“老鼠跳天都”。又天都峰旁有方形一巨石，似轿，故名“石轿”。莲花峰以形似莲瓣故名。莲花峰之侧有圆锥形之峰，称“莲蕊峰”。文殊院之左，有巨石若狮，其右高坡上，有巨石若象，故有“左狮右象”之语。石狮旁有松，名“迎客松”，因其一枝甚长，若以手迎客状，遂以得名。自茅篷至此，本地人谓为十五里。山路皆铺石为磴，行人愈登愈高，愈高愈险，愈险愈奇。松树多生于石缝中，枝干奇崛，或倾斜，或横卧，怪态百出。登文殊台，俯视绝壑，远眺群峰，使人翛然自得，叹为观止。昔人谓：“不到文殊院，不见黄山面”，今乃信其非虚语也。

文殊院房中温度，在下午三时为十五度，至下午七时半则降至十三度。院中住持普云和尚有事赴慈光寺，故由澄如代为招待。房中备有铺板及被褥，被褥系乐善者所捐赠，游人日多，故已不甚洁净。院中为备晚餐，有素菜六大碗及米饭，均尚适口。饭后即宿于院中。

第三日　五月一日

晨六时起。天气晴朗。房中温度十度。室外温度较低。昔人谓："黄山五月披裘"，实则高山上之气温皆低，五月披裘不只黄山已也。起后，即到文殊台，俯瞰云海，许多山峰于云海之中微露峰尖，亦异观也。旋与旭初用早膳，拟于本日登天都与莲花两峰。

天都者，意即天所都也；亦曰"三天子都"（见钱谦益《游黄山记》）。此峰颇类圆锥形，由上而下，几成垂直之石壁。而石壁原无路可通，攀登极险。古人登天都而见诸记载者，有普门僧、云水僧、李匡台、方夜、徐霞客等，外此殊不多见。吴稚晖先生游山时，曾捐资开辟石阶，由下而上，凿石作磴，近始完成，余名之曰"吴公云梯"。自是人迹罕至之地亦可登临矣。吴公云梯凿成后，汪夫人陈璧君女士及褚民谊先生等均曾一登此峰。

天都莲花两峰之高低比较，向无定论，而各种载记中则多以天都高于莲花。《黄山旧志》云："天都又黄山最高峰，下视诸峰，直儿孙耳。"《太平县志》云："峰之可登者五六，莲花峰光明顶其高者也。最高者莫逾天都。"汪泽民《游黄山记》中云："其尤高者，天都峰也。上多名茶。来者裹粮以上，三日达峰顶。"吴时宪曰："黄山有最高峰，曰三天子都。"他若黄克谦述汤寺僧言亦云："此峰顶猿鸟不到。"《黄山旧志》云："天目高一万八千丈，仅及其肩。"此外谓天都为黄山最高峰者尚多。直至今日，游人及本地人士亦莫不以此等说为然。推其原因，不外此峰险峻难登，人迹罕到，遂称之为最高也。惟方夜《黄山小游记》有"莲花独尊"之语。方一藻《黄海记略》亦有"踏莲花峰，巍耸直出天都上"之句。而徐霞客《游黄山后记》亦有"莲花独出诸峰上"及"即天都亦俯首矣"两语，则明认莲花高于天都矣。

古人对于方向、距离及高度，颇少正确观念。如由某地向某方向行若干里至某处之一类记载，其方向距离有时均错，至对于高度一层，更少精确者；彼等所言，有时离开实际直不可以道里计。即如《图经》载有黄山高一一七〇丈，《歙郡志》却谓：天目山高一八〇〇〇丈，而低于黄山，竟解释为天目近连浙江，地势倾下，歙居上流，平地已与天目齐。至今视之，自属可哂。世界上绝对无高一八〇〇〇丈之山。喜马拉雅山之耶维乐斯峰为世界最高之峰，其高度为八八四〇米，约合二八三〇丈（营造尺）。吾人今知天目山高约一五五〇公尺，固较黄山为低。至歙之平地，则较杭之平地高出百余公尺而已。故在黄山未经正式详测之前，余甚欲一较天都与莲花之高低也。

余与旭初、澄如等六人于晨八时五十分由文殊院向天都出发。经文殊洞，一线天，仙人桥，下石磴，乃至天都脚仰首望峰，即登吴公云梯。按此云梯石级长约二尺，高可七八寸，或至一尺。在一大段石级上有土级一段，土级较为易登。过石轿，其地高度一七三〇米。经过数处转弯，路乃极狭。有时遇垂直石壁，每石级竟高尺余，旁临深涧。吾人以手攀壁，蛇行而上，无复敢回顾者。若达峰顶，须经巨石脊。此石脊现已凿平，长可丈余，宽仅约一尺，其两面均为深壑，名“青鱼背”。人行其上，旁无可依，丝毫不敢左右顾。过此须由小树丛中穿出，乃达峰顶。余等至峰顶时，已上午十时矣。峰顶为巨石所成，石上刻“药师琉璃光佛”六巨字。又有谷同登君刻诗一首。在此峰顶，遥望慈光寺、茅篷、汤口诸地，尚可辨认。

此时也，余以高度表测之，天都峰顶高度为一七七〇米。余并在此绝顶上置一大碗，满盛白水，使一眼在碗后与水面齐，沿水面之延长线（水平线）对准莲花峰顶测视之，则见莲花峰顶尚高出于此水平线一段，以是知莲花峰必较天都为高。此本吾国木工定水平之老法，虽极简单，固甚科学也。当时并请旭初及其他诸人一一测视，结果相同。再以此法测视光明顶，则知其高度与天都峰略相等。其他各峰则全低于天都矣。

在天都峰顶勾留约四十五分钟，于十时三刻复经原路而下。俗谚云“上山容易下山难”，况天都奇险，为更难乎！故余尽力保持自身之重心，不敢丝毫大意，卒安抵天都脚。十二时回抵文殊院，即用午饭。古人所谓“三日达峰顶”者，今余等往来不逾三小时，亦足以自豪矣。

午餐后稍休息。下午二时一刻，起程登莲花峰。从文殊院西略行数十步，顺石磴下行，再折而上，经莲花沟与大士崖，路途曲折，与天门坎至文殊院之路略同。若与上午所登之天都吴公云梯相较，则又不啻康庄大道矣。至莲花峰脚，其地高度一六八〇米。此峰脚有二路，向右之路可通莲花峰，向左之路则通狮子林。余等步登绝顶，中经四洞。第四洞上口高度一七七〇米，已与天都等高。比至莲花峰顶，已下午四时。余以高度表测此峰顶高度，得一八二〇米，较天都高五十米。从前李寅恭先生所测莲花峰高度为七〇〇〇英尺，合二一三〇米，恐未免过大。而丁在君、翁咏霓、曾世英三先生所编纂《中国分省新图》，注明黄山高一四〇〇米，又恐未免过小。余所测莲花峰高度，约在上列二数之间，故可认作较为近似。又从前绩溪程敷锴先生绘《黄山平面图》（非实测者），言莲花峰高出海面五六三〇尺（营造尺），合一七三〇米，蒋维乔先生游黄山曾测莲花峰高一六〇〇米，则尚均较余所测莲花峰高度为小。用高度表测高度，因气压变化，结果本可稍有出入。他日精测黄山地形图时，高度之正确数目方可揭晓也。余又用水碗满盛白水，顺水面测视天都及其他诸峰，均不能见，尤可证明莲花最高。莲花峰上有刻字数处，峰顶平坦，广约一二方丈，若一石台然。适天气清朗，踞石俯视诸峰，如在膝前。古人云“一览众山小”，此峰足以当之。至天都、莲花二峰，高低比较，聚讼纷纭，莫衷一是。而余于此行，且在一日之间，得以解决，不禁狂喜。

下午五时一刻，下莲花峰，回至莲花脚西行向狮子林前进。过百步云梯，其上端高度一二五〇米。百步云梯有石级百余层，护以栏杆，昔称险路，今不难行矣。百步云梯之下，为莲花沟。沟内许多玉兰花盛开。因忆京沪玉兰花开，约在国历三月中旬；北平附近玉兰花开，约在四月上旬。而此地开花，时期较北平迟一个月，较京沪迟一个半月。高山与平地之气候不同也如此。

由莲花沟再折而上，为鳌鱼洞。其下口高度一七〇〇米。上至鳌鱼背，其地高度一七五〇米。乃到天海。天海实即山上一方较平坦之地，广约数十亩。天海以南者，名前海。天海以北者，名后海。山而以海名，乃因“云海”之故。自慈光寺以上至鳌鱼洞，山岭均系巨石，为花岗岩，多奇峰怪石；满山树木，怪松尤多。及至天海，始得见有平坦之沙石土地。闻古时天海树木甚多，渐渐斫伐，今已无一株之存，殊可惜也。天海中有破房一间，题曰“海心亭”，其地高度一六六〇米。立于亭前，可见“鳌鱼背金龟”之怪石。

晚七时二十分，抵狮子林，其地高度一六二〇米。狮子林为明一承僧所建，在狮子峰前，清凉寺下，正对万松山。狮子林旁从前多松树，后被火烧毁。万松山中，古时松树亦多，今被斫伐，殊深可惜。寺中住持维清，亦赴慈光寺。澄如由文殊院同来，任招待。晚饭后，即睡狮子林中。待客被褥与文殊院略同，亦乐善者所捐助也。

第四日　五月二日

是晨，天微雨。房中气温十一度。本拟预备明日由丞相源步行回茅篷，今有雨，深恐明日不能赶回，又闻丞相源路较易行，可坐轿，乃遣挑夫老王回茅篷，订肩舆两乘，令其今晚即到狮子林，以备明日余与旭初乘坐。早饭后，看“麒麟松”，“凤凰柏”，复往游清凉台。出狮子林，左转登山坡，约百步即抵清凉台。台形长方，孤立突起，远眺北海诸峰，气象万千。下清凉台后，往观清凉顶，亦系新修之庙。出庙后，向东南行，往游始信峰。路左遥见“梦笔生花”怪石，及对面之笔架山。梦笔生花乃直立高出之圆石柱，尖锐秀耸，恰如笔形；松生尖上，奇特异常。过慧明桥，折而上。过渡仙桥，桥系在两崖之间放一石板，以通行人。桥旁有“近引松”一株，过此即达始信峰。峰顶之琴台，高度一六五〇米。由狮子林至始信峰，步行约二十分钟即可到。在此东望石笋，秀峰上挺。所谓始信峰者，即云到此始信有此奇景也。狮子峰与万松山以西称西海，以东称东海，合前海、后海、天海，为黄山之“五海”。正午回狮子林午饭。

下午四时往游西海门。由狮子林向西走，步行半小时即到。从前由狮子林至西海门，满地为野竹丛树荆棘之属所蔽，无路可通，故无法往游。自吴稚晖先生捐资开辟一路，行者称便。此路仅石级一小段，余为土路，尚平坦。吾人可称此路为稚晖路。路之终点为西海门。此地为一平台，广可二亩，前临深渊，有千米以上之深度。西海门高度一五五〇米。遥望西海山峰有十三四层之多，其近西海之峰碧色宜人。其石之奇，松之怪，绝非他山所有。石松之奇异，较诸文殊台、清凉台、始信峰，尤有特别独到之处。徘徊甚久，不忍遽去，至日落始由稚晖路回寺中。晚七时，挑夫老王归，叫来之肩舆亦到。晚饭后，就寝，视温度表知房中气温为十二度。

第五日　五月三日

晨七时起，天晴。余与旭初相商，拟于今日晨往后海游松谷庵，再回狮子林；下午取道丞相源，经汤口折回茅篷。嗣因路程过长，时间所限，乃罢。松谷庵之游惟有俟诸异日耳。

早八时动身，向东南行，余与旭初乘肩舆。过始信峰旁，缓缓下山，石阶甚多，故行路亦不易。闻此山路系新筑成者。晨十时至丞相源之云谷寺，其地高度九三〇米，寺中只一僧人。相传丞相源为宋丞相营菟裘处。云谷寺则为明万历间万安和尚所创建，现为黄山建委会驻黄办事处所重修，以备游客之寄宿。余与旭初在此，各食汤面一碗，精神为之一振。此地风景本自不恶，但较诸前昨三日所见，乃觉其平平无奇矣。

十时五十分动身，行四十五分钟，到九龙瀑对面山坡，高度六三〇米。余等在此观瀑布。瀑布于数百公尺或一千公尺之上飞奔降下，声大如雷，水滴远溅，色似白银。瀑折为九，下流入潭，潭亦为九；水聚潭中，潭满溢流。以视庐山三叠泉之胜，无多让焉。

再下达苦竹溪村，其地高度三八〇米。出山路口有一石坊，题“黄山胜境”四字。青阳及太平至汤口及徽州之公路即经此地，亦即殷屯路之一部分。轿夫等在此用午饭，余与旭初亦略进鸡子及点心。顺公路南行至汤口。下午二时十分回抵中国旅行社黄山旅社。随即偕旭初往访金慰农先生，告以游山情形，并告以测验莲花峰高于天都峰之结果，慰农亦为之大悦。旋到汤泉沐浴，数日以来满身污垢得以洗净，顿觉身心清爽。

回旅社少憩，旭初来访，告余明日将由黄山建委会驻黄办事处之汽车送余下山，并商定由汤口经岩寺，过屯溪、休宁，往白岳一游，然后回屯溪宿。

黄山轿夫挑夫向有一定之工价，每名每日国币八角。其饭食则由旅客供给。至于旅客游山，寄宿庙中，一切食宿既由庙中代备，客人但须酌予香资而已，数目多寡寺僧亦不斤斤计较也。自旅社赴汤口轿夫挑夫，每人一次之工资则为国币四角。

第六日　五月四日

晨起，用早餐。天晴。即于早七时仍偕旭初乘肩舆赴汤口。办事处之汽车已在汤口相候。早八时开车。同车者除旭初外，尚有黄山警察所洪所长。洪君系因事赴休宁，同乘此车。十时至岩寺；再西行，十一时到屯溪。其地高度一八〇米。

屯溪属休宁县，为皖南重镇。皖南本安徽富庶之区，所产茶米皆集于斯，商业原甚发达，惟近来颇呈凋敝，已不似从前之繁荣。余在屯溪饭店预定房一间。午后与过、洪两君仍同车赴休宁。洪君在休宁下车后，余与旭初复乘车西进，下午二时一刻车抵岩脚。由岩寺至屯溪十六公里，屯溪至休宁十八公里，休宁至岩脚十四公里。

下车向南步行，过石桥，桥之两端即为岩脚村。过桥西行，出村后左转至步云亭，为白岳脚下，有“天下第一名山”匾额及“齐云仙境”碑。白岳亦称齐云山。徽州人若以黄山与白岳合称时，曰“黄岳”；以白与黄相对称岳者，尊大之词也。循石级而上，至松林亭，其地高度二九〇米，有大松二三十株。再上经望仙亭，至一天门，其地高度四九〇米，石碑甚多，进一天门，为一洞天，洞甚多。洞中佛像皆为石造者。诸洞中以罗汉洞为最深且黑，惜未探其深度究有若干。过二天门，至白岳新庙，正殿屋瓦为绿色。余等往东阳道院吃茶，其地高度四九〇米。因时间关系，不能登山之绝顶，老庙及五老峰无从游览矣。白岳风景自有其特点，然必欲以之与黄山相抗，则觉其不度德不量力也。闻白岳七八月间香火甚盛。全山道士有百余位，多属婺源人。此时正值收茶时期，皆归里收茶，故余等来此竟未见一道士也。

旋循原路下山，回至岩脚，时下午五时半。乘原汽车归。因须过休宁接洪所长回屯溪，遂得在休宁晤安徽第十区石柱国专员，与之略谈黄山之胜，即与过、洪两君暨祁门税局胡孟柏局长同车回屯溪，即同用晚饭。饭后，余与洪君归屯溪饭店下榻。屯溪饭店位于屯溪繁华之区，终夜喧哗，余几一夜未眠。

第七日　五月五日

晨六时起床。天晴。七时即到汽车站，搭第一班公共汽车回杭。过、洪两君均来送行。晨七时半开车，八时二十分到徽州。旋过皖浙交界处，浙境子才站，车停，检查行李。余以一名片给检查之宪兵，得免开箱之劳。下午四时到杭。

结　论

黄山全境，面积至大。余游览五日，其有名之重要地点虽得一睹，然未游之处正多。此五日之中，除五月二日在狮子林遇微雨外，余均天气晴朗，绝无云雾，故看得黄山之真面目较为清楚，亦云幸矣。窃谓凡山之优点，须有下列数端：（一）须高；（二）须深；（三）须多树；（四）须多水；（五）须全部或大部分为石质构成；（六）须有其他之特长。黄山高而且深，满山林木，尤多怪松。溪水甚多，且有九龙瀑之胜。山中汤泉尤属特点。全山属火成岩，全为花岗石所构成，且到处多奇形之石，土质极少。至其他之特长，可以“雄壮奇秀”四字包括之。凡此种种优点，黄山兼而有之矣。余所见国内名山，如泰山、华山、衡山、庐山、天目山、劳山等似皆不如黄山之完备。瑞士山水称为世界第一，二十年前余亦曾往游。然余个人觉瑞士山固极伟大而秀美，然不如黄山之奇。夫山之面目各有不同，亦如人心之不同各如其面，故山之与山自难相较。然黄山实集诸山之大成，为他山所不可及。至其佳点，尚有非笔墨所能形容者。登此山虽稍费时日，且不免有跋涉之苦，然苟有志于探奇揽秀则不可不至。其

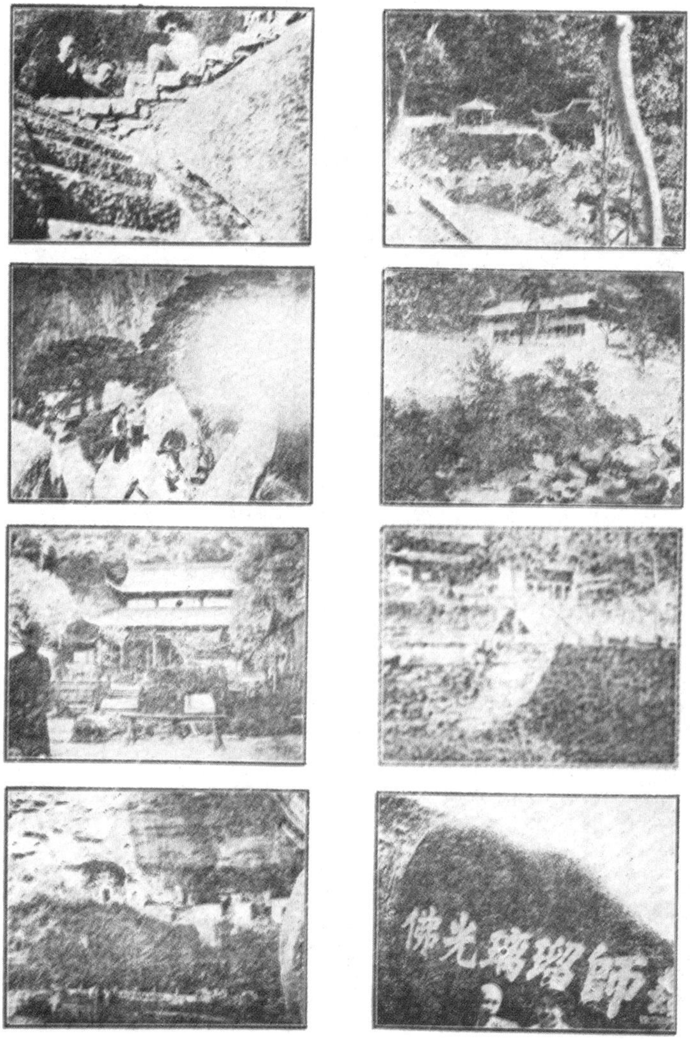

①	②
③	④
⑤	⑥
⑦	⑧

①黄山莲花峰顶 ②黄山汤泉 ③黄山莲花峰顶 ④黄山居士林 ⑤白岳新庙 ⑥黄山慈光寺 ⑦白岳一洞天 ⑧黄山天都峰顶

①	②
③	④
⑤	⑥

①黄山天都峰　②黄山文殊院　③黄山始信峰对面风景
④黄山莲蕊峰　⑤黄山莲蕊峰（左）、莲花峰（右）
⑥黄山莲花峰

所得之代价，实有足酬此苦者。昔人谓：“五岳归来不看山，黄山归来不看岳”，亦可知其价值矣。

黄山开辟较晚，不外以下诸因：路险，崎岖难行，使人闻之生畏，肩舆不能上下，非足健耐劳之人不能任此长途奔波，一也。寺庙既少且小，设备又简陋，食宿诸多不宜；从前往游者均须挑行李，携食物，深觉其费事，二也。出京、沪杭各地往游，辄须经过四五日至十日之水旱路程方能达到山脚，交通梗塞，游人裹足，三也。今日情形则与昔时大异，诸种设施使游人感觉方便之处日增。如山路大半铺石作磴，或凿石成级，均可上下通行。除登天都峰路险难行外，其余各处虽有不能乘肩舆者，然策杖而行，亦不难通过，绝无任何危险。山内寺庙多已重修，食宿较易。近来各僧以游山之人日多，故日日在改善中。且山口内已设有旅社，黄山建委会迩来亦正在努力建设山中新路，创筑住宅区。凡由京、沪、杭及安庆对面之殷家汇各路来游，均可朝发夕至。有此种种便利，故游者踵接。惟黄山尚无实测地形图，似当速为测制。他若寺庙食宿，虽已较从前便利，而犹有宜改善之处。又各公路汽车之连络尚欠完善，如由杭本一日可到汤口，然由杭乘公共汽车而往，则须在徽州住一夜，二日方能到。如由京乘公共汽车而往，则须在芜湖及徽州各宿一夜，三日方能到（由京至芜湖，有江南汽车公司公共汽车及江南铁路火车，火车并可通宣成之孙家埠。芜湖至屯溪直达车，每晨七时、八时开两班，票价：由芜湖至徽州每人七元三角五分）。应急设法使各公路汽车开行钟点相衔接。以上数端，皆与黄山之发达及游人之便利有莫大之关系也。

一九三五，六，六，北平。

（原载《禹贡》半月刊第三卷第十期）

房山游记

民国十九年十月下旬，余与徐森玉、徐旭生、顾颉刚、马隅卿、魏建功、庄尚严、常维钧诸先生，同游上方山，云水洞，西域寺，石经山。十月廿五日由平动身，廿八日回平。此四日中，于游览时，同人均各随处搜集许多材料。本拟将此行所获，分别整理，纂成一书，其后各以人事牵掣，卒未果行。今年春隅卿逝世，同游诸人，偶一聚谈，辄相与感叹。五年以来，久思重游，以无相当时间，而未得如愿。今年秋适有数日暇，乃与杨克强、白经天、汪申伯三先生约定同游。克强因急需到周口店发掘，不及久待，已先行矣，但与余约定在周口店相见。余与经天、申伯，于十月三十一日，由平出发，至十一月五日乃返。此六日中，计由北平而周口店；由周口店而西域寺，而石经山；由西域寺而上方山，而云水洞；再由上方山，经琉璃河返平。行程所经，颇有足记，成此一篇，聊供后之来游者作一参考焉。

第一日　二十四年十月三十一日

由北平经卢沟桥良乡房山，至周口店，参观化石采掘，晚宿地质调查所办事处。

二十四年十月三十一日晨，天阴，先期由义和汽车行雇小汽车一辆，由北平起，送至周口店，车资国币二十五元；余与经天、申伯同乘此车出发。晨八时二十五分，

卢沟桥

过西便门，八时五十五分，抵卢沟桥，在桥旁略停，并参观桥之建筑。桥长约三百米，其下为永定河，水自北而南，故桥即东西横亘其上。按此桥为金章宗明昌初建，桥东有康熙八年卢沟桥纪事碑；乾隆时之“卢沟晓月”碑，碑阴镌有清高宗诗。桥西有康熙御笔诗碑；乾隆五十一年御笔重葺卢沟桥碑。桥之两端，各树华表。而桥之石栏末端，又各有石象一，作鼻顶石栏状。

九时二十五分，由卢沟桥动身，十时十分抵良乡县城之中山东门。余等即下车，步行进城，略事浏览。城中街道，颇为洁净。行至南街最热闹处而返。旋在东街路南小学校大门前摄一影，此校大门之上，尚悬有旧时“小学堂”匾一方。余等仍由原路出中山东门，登汽车绕城至南门外，于十时三十五分，离良乡向房山县城而进。

由北平至良乡之汽车路，为土马路，虽不甚平坦，但仍具马路形状。由良乡赴房山，过良乡县城不远时，乃并此土马路而无之。凡汽车即在大车道上行走，更为不便。加以车夫因不识路之故，进而复退者数次，故迟至十一时五十分始达房山县城东门。余等入城稍事观光，行至城之中心，乃觉有热闹气象。旋至北大街北海居进午餐。按

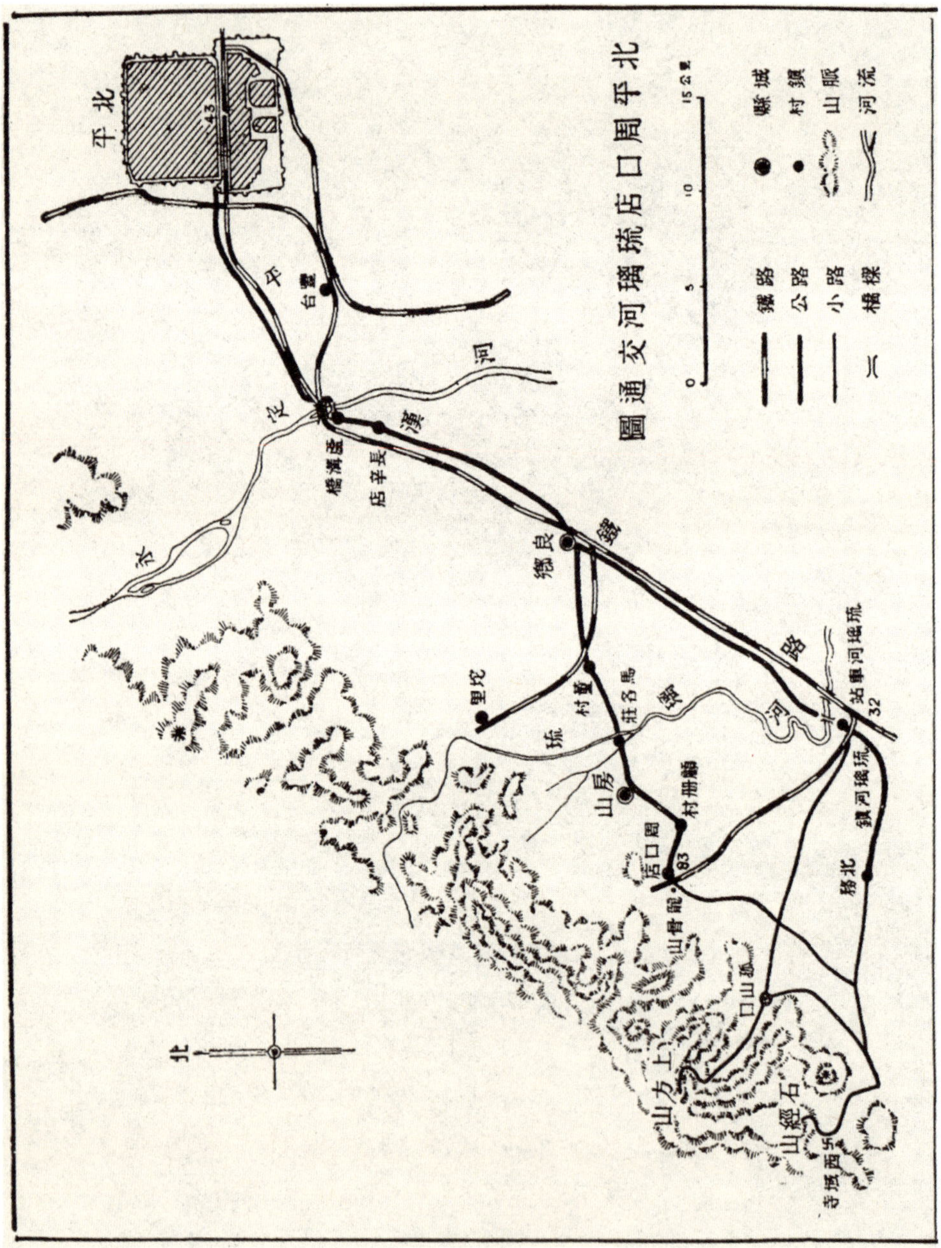
北平周口店琉璃河交通圖
縣城
村鎮
山脈
河流
鐵路
公路
小路
橋樑
北平
長辛店
良鄉
房山
周口店
琉璃河
坨里
北

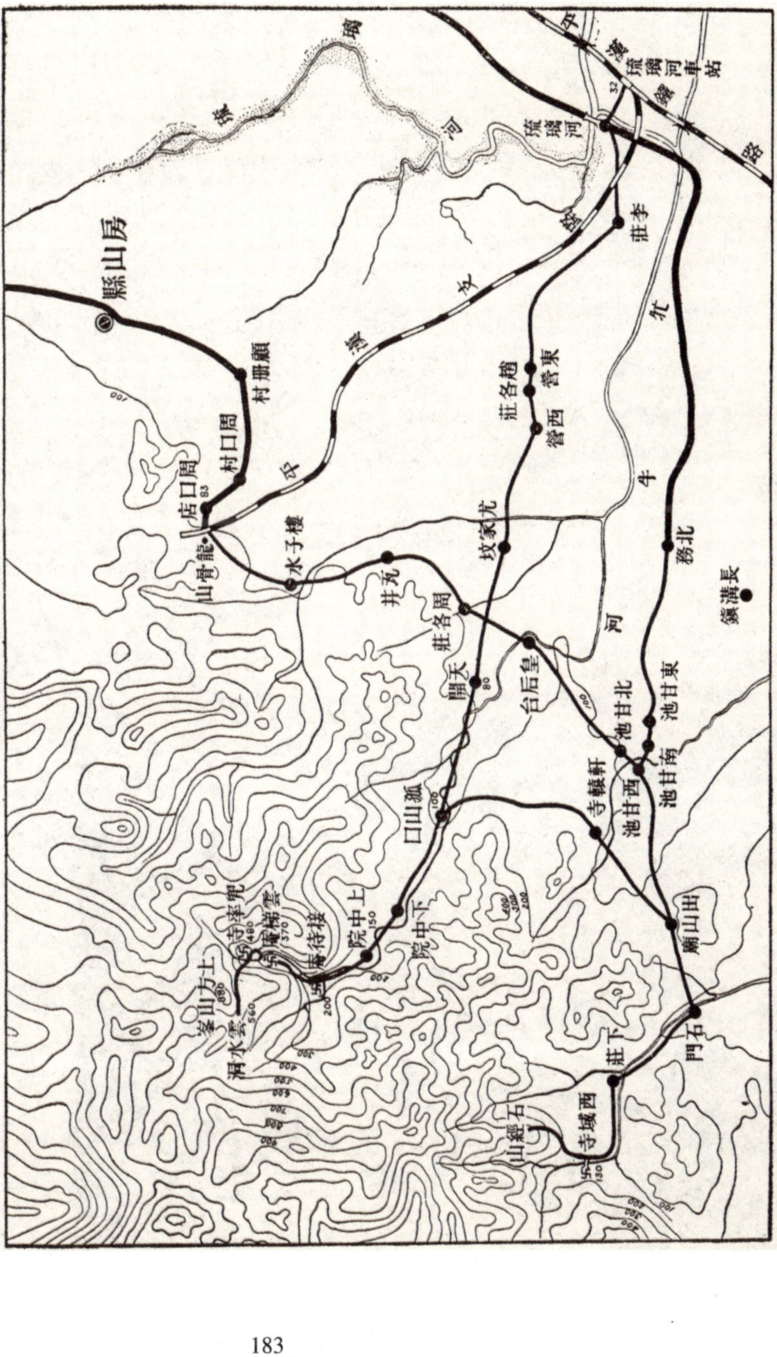
房山縣
周口店
周口村
顧冊村
龍骨山
樓子水
長溝鎮
琉璃河
琉璃河車站
李莊
北務
皇后台
孤山口
下中院
上中院
西域寺
石經山
下莊
石門

房山遊覽路程圖

北平与房山间，有北平永通汽车行（北平煤市街南口路西六十四号）长途汽车每日开行：每晨六时半由北平开房山，每日正午十二时由房山开回北平。票价每人国币一元三毛。房山汽车站，即在北海居之北。午餐毕，已一时半，余等乃离房山向周口店前进，并由北海居铺掌代觅一本地人，随车引路。距房山县城不远，经过一沙滩，车轮陷入细沙中，不能前进。余等乃下车，改由数人推车越沙而过，始再登车继续前进；过周口村，至下午二时半，始到周口店。西行越过铁道至龙骨山，地质调查所办事处在焉。余等在办事处稍息，少顷杨克强、卞美年、贾兰坡诸先生亦由上方山回抵办事处。旋由杨卞贾三先生导引至洞穴层采掘处，参观一周；并承克强将采掘工作情形，详为讲解，余等深觉获益匪浅也。

周口店位于北平西南约五十五个千米（公里），在西山山脚，为平汉线琉璃河支线之终点。其地高度（海拔）八十三米（公尺，北平高度四十三米），原为一小村庄，自光绪二十五年平汉支路筑成后，始渐次发达。周口店附近有黑白两种工业，一为煤

周口店龙骨山发掘情形

窑，一为石灰窑。周口店低山山坡，从远处遥望，凡呈白色者即为石灰窑之所在。周口店附近煤窑，全用土法开采。其西北长沟峪煤量丰富，有高线铁路通长沟峪，长三十余里。此外周口店尚有一家专事开采石灰石，以之供给北平市修理马路之用者。地质调查所采掘化石之处则在龙骨山，因所掘出之化石俗名“龙骨”，而山亦因以名也。按龙骨山在周口店之西北约半里许，此山最高点，高出海面（海拔）约一七〇米（见《地质专报》乙种第五号及第七号杨钟健、裴文中论文）。

人类究竟如何发生，发源地在何处，虽经许多学者之研讨，但迄未能得有确论；周口店洞穴层之采掘，对于事实上之贡献，迄今已居初人研究中最重要之地位。周口店所得动物化石之丰富，猿人头骨、齿牙之完备，粗制石器之众多，皆远在地质时代，约略可比之爪哇猿人及英国辟尔当曙人之上（见《地质专报》乙种第五号翁文灏序）。按周口店龙骨化石，为一九一八年瑞典人安特生最初发现；民国十年安氏又与师丹斯基、谷兰阶同至该地，因本地人见告得知在距车站不远之地，有更多之化石堆积。师氏采得化石多件，曾在瑞典研究，发现二形似猿人之牙。自民国十六年起，采掘事由地质调查所担任，李捷、步林、步达生、杨钟健、德日进、裴文中、卞美年陆续担任研究及实地采掘。计民国十六年曾发现极完备之左下臼牙，由其性质上，步达生得以确定此种猿人为一新属，名之曰“中国猿人”，生于五十万年前至一百万年之间。民国十七年，发现一年轻人之下颚及一成年人之下颚。十八年裴文中在猿人地点发现完美之头骨。十九年，又发现一头骨。二十年，裴、卞两君在鸽子堂中，发现大批石器及用火遗迹。二十一年，亦发现石器多件及其他重要标本。二十二年，由山顶洞之开掘发现旧石器时代后期人类遗骸、遗物及遗迹（见《地质专报》乙种第五号第七号杨钟健、裴文中论文）。今地质调查所诸人，在此仍继续进行采掘。据克强相告：周口店已得之猿人头骨、牙齿等件，分属于廿四个猿人。其中男女各十二，老幼亦各十二，亦云巧矣。按中国猿人，实为科学中最重要之发现，周口店之采掘堪称世界科学中一件大事，故附记之。

晚饭后即宿于地质调查所办事处。

第二日　十一月一日

由周口店至西域寺，宿。

本定今晨赴上方山，明日游云水洞，后日往西域寺。但今晨天阴有雨，未能成行，至午仍未放晴。若在周口店再住一夜，未免白费时间。若冒雨赴上方山，恐山路有水难行，不能连夜上山，势必在山脚下之接待庵住宿一夜，亦觉不便。于是，申伯提议，先到西域寺，因由周口店至西域寺之路较平坦也。余与经天颇然其说，遂雇驴四头，经天、申伯与余各乘一驴，其一则载运行李。午饭后，二时，冒雨动身，杨、卞两先生亦同乘驴，盖转道赴琉璃河，搭火车回平也。当出发时，经天骑驴在前，气宇昂然，大有鹏飞万里之势。申伯骑驴居中，载行李之驴在申伯后，余骑则在最后。驴夫四人，一为六旬老翁，两人为十五六岁童子，惟余之驴夫，为一中年人耳。途中与驴夫闲谈，乃知此四人均未到过西域寺，仅老驴夫曾至石门一次而已。雨中游山，别有乐趣，此中风味，亦惟吾辈游者可知，非笔墨所能尽达也。时河北久旱，两月未雨，致秋麦未能播种，今者得雨虽迟，究于农事有益，故余等衣帽虽湿，亦所甘心。

路经周口店车站，南行越一小岭，过楼子水村，南至瓦井村。按民国十六年新刊《房山县志》云："村有古井，仿佛以瓮去其底，自井下蝉联而上，接至井口，村以此得名。元至元十年，魏必复撰《重修天开寺碑》文，有'瓦井阇梨'之名，知其由来远矣"云云，则瓦井村之所以名可释矣。

出瓦井村经周各庄而至皇后台，按《房山县志》、天开村南《龙王庙碑》考之，知此为隋妃避暑之台。《隋书·炀帝纪》：大业七年，四月庚午，帝至涿郡临朔宫。八年正月辛巳，大军集于涿郡。九年幸辽东，七月癸卯班师，九月庚辰至宋郡，斯时萧皇后随驾年余云云。据此则后之避暑，当在此时矣。

再前进，为北甘池、西甘池，西行至出山庙。复前行，则山路渐崎岖不平，且天色已昏，而雨复大，驴夫声言，谓不识由何路可达西域寺。此时四顾无人，无法问路，因告知老驴夫，姑先引至石门村，再定办法。比至村边，适有一乡人，因闻驴蹄声，出门相视，余等于黑暗中在驴背上，请其引路至西域寺。彼初未允，余等允从优赠以酒资为酬劳，彼方肯带路。此时雨益大，路益难行，驴夫因路湿滑倒而复起者再，余等只可在驴背上，任驴自由前进，上一坡又下一坡。斯际夜色更浓，无法逼视，故此段道路之危险与平坦，此时亦无从而知矣。

过下庄村，入树林，过小桥，桥下流水声甚急，盖山洪顺流而下也。此桥直对西域寺大门，既至寺门前，先令引路人及驴夫叩门，门内有人应声询以来自何处，并问姓名，索名片方始开门延入，时已晚七时半矣。由周口店至西域寺，约二十五公里之遥，因天雨路滑，驴行甚缓，至费五小时半之久，亦良苦矣。入室后方脱去湿衣，未几寺僧进炭火盆，稍觉温暖，余等略进晚膳即睡。

第三日　十一月二日

游西域寺及石经山，晚宿西域寺。

晨七时半起床，天尚微雨，进早餐毕，候至晨十时，雨始稍停，遂游寺内各部分及南北两塔，下午游石经山。

西域寺一名西峪寺，又名云居寺，与北平直线距离为六十五公里，距平汉路琉璃河车站二十八公里，距涿州三十一公里。寺前小溪环流，寺后高山拱抱，树木甚多，风景绝佳，当欧战时，西域寺为拘留一部分德国人及奥匈国人之所。

北齐南岳慧思大师，每虑东土藏教有毁灭之时，遂发大宏愿，刻石经，藏诸岩壑中，以度人劫。其徒静琬法师，秉承其嘱，凿石刻经。自隋大业迄唐贞观五年，《大涅槃经》成。相传是夜山为三吼，生香树三十余株，六月水涨，为浮大木千统，至山下构云居寺（见《帝京景物略》）。三吼生香树浮大木云云，自属齐东野人之语。考静琬为隋幽州智泉寺僧（智泉寺在今北平宣武门外法源寺旁，建于东魏元象元年），乃石经山及西域寺之创办人。按刻经风气，北齐时颇盛。例如山西太原西风峪，有北齐时所刻石经（《华严经》），河南武安县鼓山北响堂山，有北齐唐邕刻经愿文及所刻《华严》、《法华》、《维摩诘》诸经，均极著名。静琬虽秉师命而刻经，然亦不免受时代潮

西域寺、石经山（采用普意雅图）

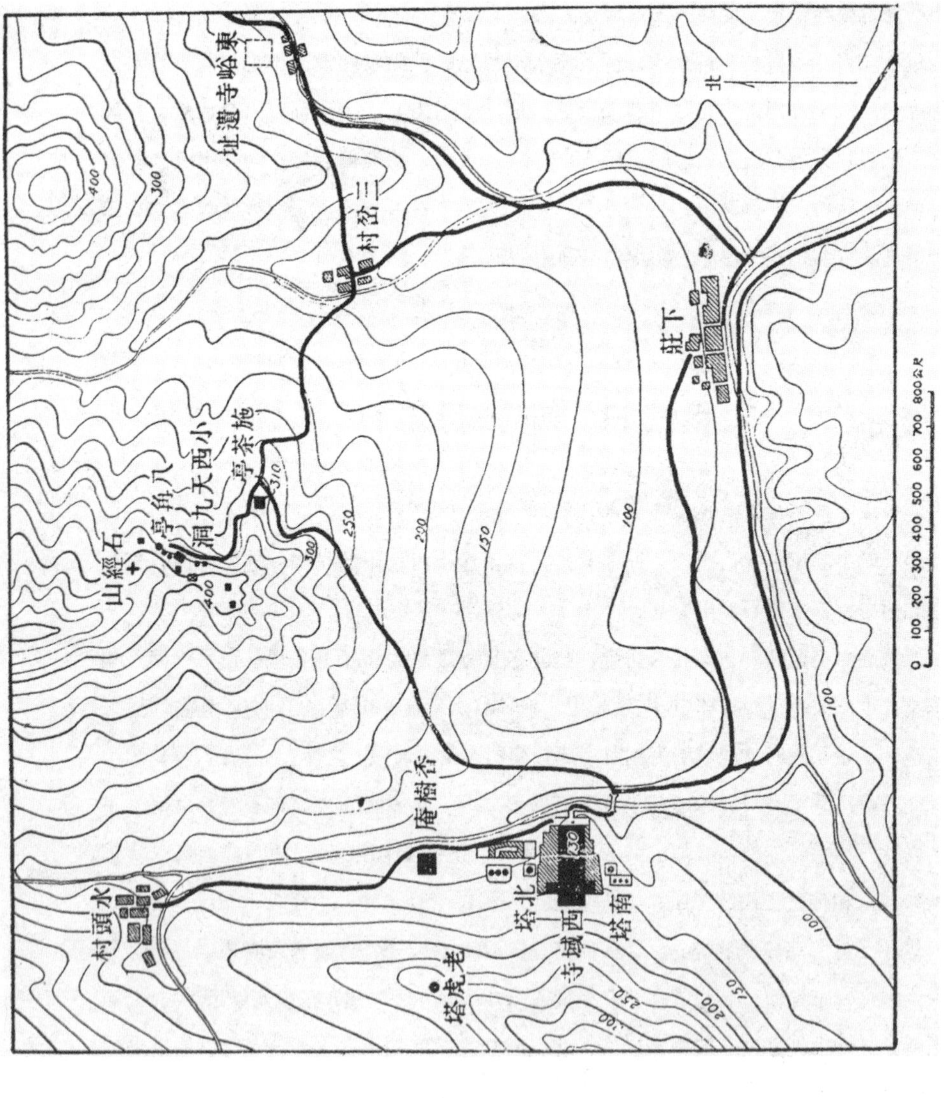

流之影响而起也。静琬本发愿造十二部石经，但所成就者仅《大涅槃经》而已，未几即卒，时唐贞观十三年也。其徒道公、仪公、暹公、法公，相继造经。其后唐明皇开元十八年，金仙公主曾奏上赏经四千余卷，为石经本（见《房山县志》）。后此则有刘济以俸钱刻造《大般若经》，以唐宪宗元和四年功就（见《日下旧闻》所载刘济《涿鹿山石经堂记》。按《大般若经》大约刘济时仅刻一部分，至辽时始全部完成，见后。）。自唐以降，未闻续造，至辽圣宗太平七年，涿州牧韩绍芳游石经山，取出经碑，验名对数，奏闻圣宗，乃命可元大师续镌。其后兴宗、道宗各赐金续造，所刻之经，亦贮之石室内。至辽道宗大安九、十两年间，有僧名通理者，又造小碑四〇八〇片。其徒善锐，于寺西南隅，穿地为穴，将道宗所造大碑一八〇片，通理所造小碑四〇八〇片，皆藏于此穴，上筑台建塔刻文以标石经之所在（见《日下旧闻》及《日下旧闻考》）。

西域寺大门

西域寺初为静琬所造，唐金仙公主复修之，迨明洪武及正统时，又屡加重修。寺身坐西向东，而略偏于北，地址极为宏大，正门外高度（即海拔）为一三〇米，正门上题有“西域云居禅林”额，门前左右有石狮各一，正门内为天王殿，正中祀弥勒佛

西域寺第一院及牌楼

一尊，左右为四大金刚。正门之北有大专门一座，寺中人出入均由此门，余等昨夕亦由此门入也。

天王殿后为毘卢殿，殿前有宽大之院落，左为鼓楼，右为钟楼，中有牌楼三间。牌楼后左右方各竖旗杆一根，又各有白皮松一株，偏北修竹满畦，青翠可爱。正中为毘卢殿，殿前右边稍南，有康熙三十七年范阳郡白带山云居寺溟波和尚碑，碑文中多白话。殿前右边稍北，有康熙三十七年范阳白带山云居寺碑。

毘卢殿后循左或右行登石阶，入门为第二院。此院落亦甚宽大。院中有卧龙松一株，铜香炉一座，正面为大雄宝殿，内塑佛像极精细。

大雄宝殿后又登石阶，至第三宽大院落。正面为药师殿。院中有丁香树，左右各有康熙时石碑一座。殿内祀药王菩萨八尊及药师将官十二尊，塑像甚工，寺僧谓此寺中塑像艺术可称全国之冠，非虚语也。

过药师殿，殿后亦有石阶，登石阶前行为第四院，院中为弥陀殿。弥陀殿之南有一小院，中有祖师殿，奉本寺中各代和尚之名位。

西域寺南塔(左)和西域寺南塔之下部(右)

弥陀殿后为第五层院，正中为大悲殿，左有戒坛，右有藏经阁。院中有咸丰元年涿州知州郭宝勋撰并书之碑。

西域寺南塔旁之辽幢

西域寺中路有五大院落，殿凡六层。每院均较其前一院之海拔为高，寺正门外高度为一三〇米，大悲殿之高度则为一四三米。至各院落之旁，每多跨院，未及一一往游。

南北两塔，在第三层院落之中，南北峙立。南塔，亦名压经塔，辽天祚帝天庆七年建（公历一一一七年）。塔建于方形地基上，塔座为八角形，在莲花座上之一层有四门及四假窗户，再上为瓦顶十一层。塔基上有石幢三：一在东北角。一在北面，幢上刻佛像。一在

西域寺北塔(左)和西域寺北塔旁四小石塔之一(右,常维钧摄)

西北角，上为七层，系辽幢，最完整，高约五米，幢上刻有辽天祚帝天庆八年五月十七日建之大辽涿州鹿山云居寺《续秘藏石经塔记》，记中述刻经之始末甚详。

北塔亦称舍利塔，或名罗汉塔，塔形甚奇特。塔建于方形地基上，下层五级为方角形，再上三层，带角无檐，再上为圆球形，再上为圆锥形，最高一层则为塔顶矣。按北塔为唐时所建。塔上虽未刻有修建年月，惟方形地基之四角小石塔，均有年代可考，由此可以推知北塔本身之年代。又因此项小石塔之位置，更可推知小石塔年代或在北塔建筑之后，或与北塔同时建筑也。

四小石塔为石制，均呈方形，内空，高约丈许。每塔各有一门，门内壁上有造像。每小石塔上均有石刻，此种石刻对于塔之建筑年代，为极有价值之文献。现时小石塔之造像及诸石刻，与夫塔之全身，均极完整。

东南角小石塔之西面，刻有唐睿宗太极元年四月知州历阳丞王利贞文。

西南角小石塔之东面，刻有“大唐云居寺石浮图铭”，此铭乃太原王大悦撰，唐玄宗开元十五年仲春所建。

西北角小石塔之东面，刻有上骑都尉宁思道所书“石浮房记”，乃唐睿宗景云二年四月八日建。

东北角小石塔之东面，刻有“大唐易州新安府折冲李公石浮图之铭”，为易州前遂城县书助教梁高望书，乃开元十年四月建。

石经山全景(常维钧摄)

按此四小石塔，建筑年代最早者为景云二年（公历七一一年），最晚者为开元十五年（公历七二七年），北塔本身建筑年代，在此期以前也。

北塔之前，有乾隆十一年大石碑一座。

西域寺附近西北山上，又有一塔，俗呼老虎塔，在寺前遥望可见也。余两次来游，均未登山一观，引为憾事。据法人普意雅（Bouillard）著《北京及其附近》书中西域寺一章所称，谓此塔亦为唐塔，以其下部之大砖，与北塔相同，则此两塔必为同时之物云。

游西域寺及南北两塔毕，时已下午一时半矣，乃急回寺用饭。食毕，余等三人往游石经山。石经山又名小西天，本名白带山，亦曰禠题山，因藏石经之故，名之石经山。山下东西两峪，原有东峪寺与西峪寺，东峪寺已毁，遗址犹存。

下午二时半，余等步行出西域寺，过石桥，向东北而行，至石经山之南面登山。山路回环尚易行，旋行至山之东面施茶亭旧址，高度为三一〇米，尚存有明神宗万历时之“石经寺施茶碑”，又一为明熹宗天启时“小西天施茶亭新建石记”。由此向西复折而北行，多条石作

石经山石洞洞门之一（常维钧摄）

石经山宋小儿《金刚经》碑头（常维钧摄）

阶，计登石级约八十。又向北登一百级，至平坦处，乃见第一、第二两石洞，内藏石刻佛经。石经板乃层层相叠，石门固封，门上部以石为窗，石经板之近窗而置者，游人从窗隙内可窥见。从此继续北行，再登五十级，进一门，此处为看守石经山之僧人所居，高度三七〇米。时已下午三时有半，僧人早烹茶相候。余等少坐，即往观雷音洞。

由僧人居处向南，登石级向西南行，在长而狭之平台后，为第三石洞，洞中满藏石经，洞门固封，其形状与前两洞相似。在此洞之左方，有重要石碑二座，其稍北者为清信女宋小儿《金刚经》碑，碑头上镌有造像三。其稍南者，为袁氏《金刚经》碑。以上两碑，高约一点七〇米，碑之四面皆刻经文，为武则天时代之物。再向南行，至第四石洞，洞中亦藏石经，洞门亦固封。门上有“宝藏”二字，为董其昌所书。

顺平台再向南行，至第五石洞，即雷音洞，俗呼千佛殿。此为本山中最大石洞；盖就天然之形势，而稍加以人力之制造而成者。游人可入洞，洞为不规则之长方形，上幔覆，宽约十米，深亦如之。洞之中间，高约二点七〇米，洞之四壁皆嵌以石刻佛经，石块有大有小，共一四五块，大约皆唐时物。洞中有石柱四，皆镌佛像，故有千佛石柱之称，柱皆八角形，其高与洞等。四柱之中，二柱上各刻佛像二七二尊，又二柱各刻佛像二五六尊，此四柱共刻一〇五六尊，为隋唐时所作。

石经山山顶塔（常维钧摄）

再向南行，第六洞与第七洞在焉。此两石洞亦皆满贮石经。两洞之间在石壁内有唐玄奘法师像一尊。再向南则为天然石壁，迎面而立，游人至此止步矣。乃由原路回，至僧人居所，向北行，至第八、九两石洞，内亦藏石经，门亦固封与前洞相同。在此两洞之前，有八角亭一座，乃前清末年所建。

由僧人住室过曝经台，可登至山顶，山顶上有一小塔，名山顶塔，亦唐代之物，与西域寺北塔四角小石塔相似，余前游山时，曾至此详瞻，今因时间太促，未能重观。下午四时三刻，余等由山上动身，顺原路下山，回西域寺。

石经山各石洞，均在山之东面，坐西朝东。石洞左近，古柏甚多，枝干苍老，极为奇特，除石洞附近外，则无树木也。

西域寺门前稍北，河之对方，有唐时碑一座，余等由石经山回寺时，曾往观之。此为“唐故建大德道行之碑”，乃唐懿宗咸通八年所立，碑之下段为土所掩，上段亦多剥落，其文字多不能识矣。

回西域寺时已五时三刻，少息，用晚膳。

石经山及西域寺南塔下所有石经板之数目，经名，及其所刻年代，自是一极有趣味之问题。但各书著录，每多不同，颇难得一正确之结论。兹就《日下旧闻》及《日下旧闻考》中所记者，为之统计如下。

（甲）石经山共碑 …………………………………………………………… 二八七五块

（一）据辽赵遵仁《碑略》所载：辽太平七年韩绍芳验名对数时所得者：

(1)《正法念经》一部全七十卷，计碑 ………………………………………… 二一〇块

(2)《大涅槃经》一部全四十卷，计碑 ………………………………………… 一二〇块

(3)《大华严经》一部全八十卷，计碑 ………………………………………… 二四〇块

(4)《大般若经》五百二十卷，计碑 ………………………………………… 一五六〇块

（二）雷音洞《妙法莲花》等经，计碑 ………………………………………… 一四五块

（三）辽圣宗、兴宗、道宗三朝，自圣宗太平七年至道宗清宁三年，可元等所续镌者：

(1)《大般若经》八十卷（至是《大般若经》全）计碑………………… 二四〇块

(2)《大宝积经》一部全一百二十卷（至是四大部成）计碑 ………… 三六〇块

（乙）西域寺南塔下共碑 …………………………………………………… 四二六〇块

（一）辽道宗赐金所刻大碑 ………………………………………………… 一八〇块

（二）通理所刻小碑 ……………………………………………………… 四〇八〇块

（甲）（乙）两项共计碑 ………………………………………………… 七一三五块

关于各碑所刻年代，可分为两个时期如下：

（子）隋唐时期，自隋大业至唐元和四年（六〇五年至八〇九年）

（一）静琬及其几代门徒所刻 …………………………………… 二一三〇块

（二）雷音洞中之石经 ………………………………………………… 一四五块

（丑）辽时期，自辽圣宗太平七年，至道宗大安十年（公历一〇二七年至一〇九四年）

（一）辽圣宗、兴宗、道宗三朝，至道宗清宁三年所刻 ………………… 六〇〇块

（二）辽道宗赐金所刻大碑（约在清宁三年以后） ……………………… 一八〇块

（三）辽道宗大安九年，通理所刻小碑 …………………………………… 四〇八〇块

总之石经山及西域寺南塔下所有石经板共计七一三五块。至于所藏帙数据沙门志才涿州鹿山云层寺《续秘藏石经塔记》（见《日下旧闻》）所载，谓：石经山七石洞内共计一八七帙，通理造经四四帙。又关于所藏石经字数，据王正《燕山云居寺碑》（见《日下旧闻》）所载：九洞内有经四百二十万言。想为揣测之辞，非实事调查所得也。

是晚晚膳后，八时半即睡。

第四日　十一月三日

由西域寺至上方山，晚宿兜率寺。

晨七时半起，天晴，用早餐后往游香树庵。出西域寺大门，顺河向北行，约四百米至香树庵。此庵亦为坐西朝东者，庵前有老槐一株，门额题“古刹香树庵”，殿前有康熙十一年“重修石经山香树庵碑”一座。庵规模甚小，无可记述者，游至此遂返西域寺。据寺僧与余等谈，西域寺在北平之下院有三：（一）东城大佛寺，（二）阜外北驴市口慈明寺，（三）南横街官菜园上街南口观音院。

早九时，复由西域寺起程赴上方山。余与经天各乘四人肩舆，申伯骑驴，另一驴载行李。出寺门，过石桥，经下庄村，至石门村。沿路左右望，多梨柿等果树，中杂

杨柳，故叶色有红色、有黄色、有绿色，灿烂炫目。道途所经，或沿沟而行，或跨沟而过，此时始知前夜冒雨至西域寺，所过如此等地方者俱甚危险。而前夜行时，固茫然不知，此时思之，不禁悚然。

早十时二十五分，至出山庙，少息，旋过轩辕寺而达孤山口。按宋太宗雍熙三年，李继宣战契丹于拒马河上，追至孤山口，契丹引去，即此地也。此地高度一〇〇米，由此向西，则山更多，但两山之间多平地，且有干河沟，至两面山坡上，时见有红叶。

出孤山口后，仍复西行，经下中院村，至上中院村，此地高度一五〇米。按魏必复《天开中院碑阴记》中所谓："建中院寺于南沙河"者，则中院在元以前实寺也。

由周口店至西域寺，及由西域寺至上方山，沿路各村，均利用村中街道，为造草肥之所。盖此地农民，每将玉蜀黍等之干叶切断，置之街道中，上覆以土。迨来往行人及牲畜既行其上，有牛溲马勃之下沥，则土与玉蜀黍之干叶相混，经若干时日，即成肥料，取之为田中使用，以代粪类。上中院村街道上尤多，故行人甚感不便，雨后尤甚污秽，情形颇类猪圈，而村中人生活其间，几与在猪圈中生活无异。

下午一时半，至接待庵，其地高度二〇〇米，为入上方山之门户。

上方山初名大房山，亦曰大防山，更名大房岭，山上有寺名"上方"，故以此名。山之地层为石灰岩所构成，五代梁贞明三年，契丹围幽州，晋李存勖遣李嗣源等趋救，至易州北，逾大房岭，即此地也。

上方山云梯之一段

接待庵和尚妙智，对余等极为招待。余等取出自带食品，在此稍进午餐。同时妙智和尚代雇妥背夫，将行李背至兜率寺。临行时，妙智和尚告以由此入山之二人轿，赴西域寺与琉璃河之四人轿，以及入山之背夫，均有一定之价，并出示定价表。观其定价，尚觉公道。

下午三时，余与经天步行入山，申伯则乘二人肩舆而行。出接待庵山门左转向北行，入山口。山路盘折于涧中，左右山岩耸立，头上只露天光一线耳。愈前行，则所见之

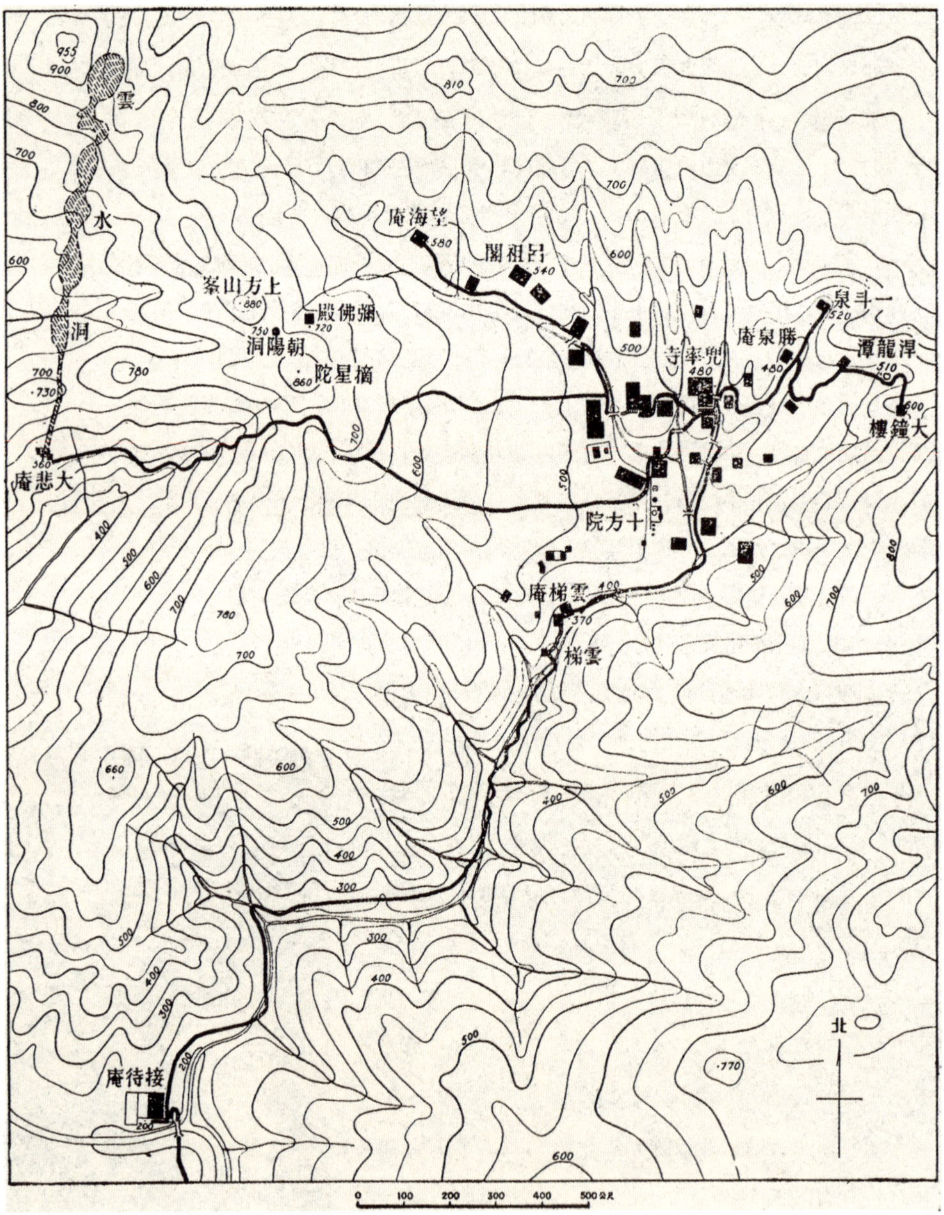
雲水洞
望海庵
呂祖閣
上方山寨
彌佛殿
朝陽洞
摘星陀
大悲庵
十方院
兜率寺
勝泉庵
一斗泉
浮龍潭
大鐘樓
雲梯庵
雲梯
接待庵
北
0 100 200 300 400 500公尺

上方山

山形，愈为奇特。经发汗岭，至云梯下，抬头仰望，则见云梯庵者，立于绝壁之上，甚为险峻。云梯者乃凿石为磴，左为高岩，右为深涧，乃明太监冯保所修筑，每级甚高，可攀扶两旁之铁索而上，凡历二一二级，始达云梯庵。其地高度三七〇米。

上方山邻近村庄，向例禁止村人潜行小道，以防窃盗。僧人出入，仅由云梯总道通行，别无他路可供出入。云梯庵僧名显明者，乃太监而修行者，见余等至，烹茶待客。余等至此，略事休息，即鼓勇前进，经欻龙桥，入兜率寺山门，时已下午四时半矣，此处高度四八〇米。

兜率寺亦称上方寺，为上方山七十二寺之总汇，四面群山环抱，树木密布。立于寺前，则见前后左右，满山红叶，加以孤云出岫，气象万千。正对兜率寺之一峰，名为斋星陀，又名摘星陀，唐僖宗光启时，契丹入寇，幽州刘仁恭穷师逾摘星山讨之，即此陀也。其左有小峰，土人呼之曰“气不愤”，其右即上方山峰也。

兜率寺西南，上方院中，僧塔甚多。其中一塔，有碑记，略谓：“师讳守常，曹姓，住持本山三十年，所度白黑四众二十余万，以咸雍六年羽化，塔建于大安己巳”（见《日下旧闻》），则此寺由来已久可知矣。历金、元、明、清，凡数修，殿前现存明、清之碑四，其中最古者为“重砌上方兜率寺天梯路记碑”，乃明孝宗弘治七年所建。寺南向，有殿三层，在第三层殿旁向东转，过大厨房，再登石级，至殿后，有高台，其上有客堂数楹，为游客寄宿之所，余等即留宿于此。寺中知客兴贵，司房庆安，均出招待。五年前余来寺时，寺乃觉真住持，今则为智达，询之兴贵，始知觉真已退老，不问寺事矣。是晚室外温度十三度（摄氏表），余等晚饭后，即睡。

第五日　十一月四日

游云水洞登上方山峰，晚仍宿兜率寺。

晨七时起床，天晴，室外温度，降至二度，盖昨夜风，气温低降故也。经昨夕一夜大风，红叶强半吹落。早餐后，八时四十五分动身赴云水洞，经天与申伯各乘二人

五年前之云水洞洞门(常维钧摄)

肩舆，余独步行，寺中一年老之工人引路。由兜率寺至云水洞，有新旧两路，余等取道新路前往。山路多树林，风景绝佳，绕至摘星陀旁高度六五〇米之处，再下坡，顺山腰而行，路极曲折，及抵云水洞口之大悲庵，时已上午九时四十五分矣。大悲庵东山神庙旁，有石碑一，为康熙十四年，涿州房山县禁止在上方山私行小路，只许由云梯总路出入之晓谕。

现在之云水洞洞门

大悲庵为一小庙，庙南向，高度五六〇米，南房三间，为大悲宝殿，就中东边一间，新改为接待室，西房为僧室，云水洞口即在庵内。五年前来游时，洞口仅有砖门一座，半就倾圮。此次重游，则见洞口已筑房三间，中祀佛一尊，游人须绕至佛像后进洞。庵中有“建立上方山云水洞大悲庵碑记”，乃康熙时显亲王撰。

云水洞为南北方向，洞口南向，盖由接连不断之六大厅而成。每两厅相接处，有狭过道或走廊接连之。此“厅”字名称，乃采用尹赞勋先生所著《北平附近一大奇迹——房山县上方山云水洞》文中之名词（见《世界日报》自然周刊六十五期）。据普意雅氏测量全洞，自洞口至第六厅末端共长八六〇米，每厅长高各百米左右，宽约四十至五十米之谱。洞之地基最高处，为第三厅之正中，高度五八三米。其最低处，为第五厅之起点，高度五六三米。以是观之，则洞之地基各厅相差无多（参看洞之正面图及断面图）。各厅之地基上及墙壁上满为钟乳石，有如人形者，有如佛像者，有类动物者，有类建筑物者，奇形异态，不可捉摸，本山僧人为定有各种名胜，分别给以特别名称。

余等于上午十时入洞，寺僧偕工人各持火把在前导行。火把乃山中硬草及木条所制，忽而有光，忽而尽灭，且烟气甚大，甚不合适，余等则各持手电灯以行。初入洞口，高约三米许，宽约二米半，距洞口五十余米处，左边石壁上有“西方接引佛”造

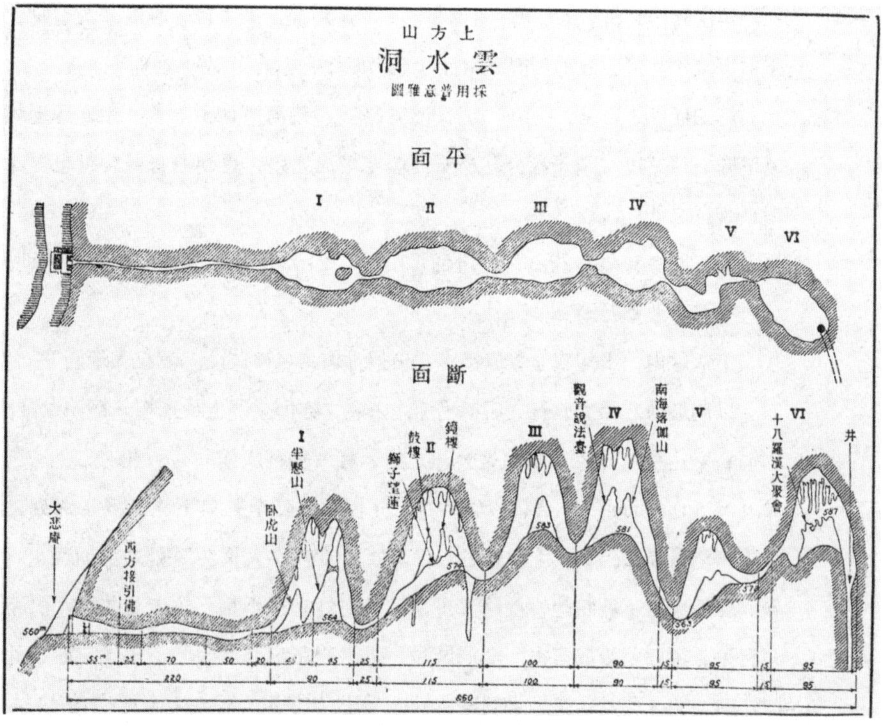

像。再前行，则洞口渐狭，初须低头而行，继则须弯腰而行，乃达第一厅。余前游此洞时，尚须屈膝摩石伏地行五十米之路，始达此厅。近人王庭五先生捐资，将此段须爬行之路，凿宽甚多，现今游人至此，只须低头弯腰，即可过去，便利多矣。

入洞时，洞外气温六度（摄氏），洞内温度则为一六度，故入洞后骤觉温暖。

第一厅内有大钟乳石，名“卧虎山”、“半悬山”，第一厅与第二厅之间，路极狭小，经此时须弯腰。

第二厅中，有“胡桃山”、“柿饼山”、“石肠”、“石肚”、“石肺”、“狮子望莲”、“鼓楼”、“钟楼”、“石锣”、“仙人过桥”、“帽盒山”诸奇胜。以木杆击“石锣”或“鼓”或“钟”，确有锣、鼓、钟之本音。第二厅末端，有“白龙潭”。所谓“白龙潭”者，为一直角三角形之水池，一边长约四米，一边长约三米，水深约一米。潭水甚清，水之温度为十二度。由第二厅至第三厅，则须经过高而短之走廊一段。

第三厅中之钟乳石，有“拦路虎”、“将军炮”、“华岩看西瓜”等名称。此洞由洞上向下滴水甚多，故地甚湿。由此厅至第四厅，亦有高而短之走廊一段。

第四厅中之奇景，则有“观音说法台”、“南海落伽山”等。由此厅至第五厅，洞基下降，须经过“鹞子翻身”极窄而坡度极大之路，更须曲身或爬行也，此为全洞现时最难行之处。

第五厅中有“雪花山”、“乳甜瓜山”、“白米山”、“菊花洞”等。由此至第六厅，经过窄路，地基乃渐高矣。

第六厅内，中间直立石笋甚多，极似佛像，名曰“十八罗汉大聚会”，全洞之钟乳石，以此最为宏伟。此石之后，为厅之末端，亦即全洞之最末端。据普意雅所著，《云水洞章》内称“十八罗汉大聚会”之后，有一垂直之深井，一九一二年法国陆军少校单开满（Dinchclman）氏曾以绳系身入井探寻，降至井口下三十五米深处，因井筒过狭，不能再降云云。余上次来游，仅至“十八罗汉大聚会”处之前面而止。此次余曾至其背后，因下坡路险，且路又过滑，又电灯光亦不足，故未见井口，引路人则称井口已塞，不知是否属实也。全洞既尽，仍由原路出洞，时已正午十二时，计在洞中约二小时，明人曹学佺游云水洞有诗云：“游兹如梦里，记忆未全真。”信然。

余等游至云水洞第二厅时，申伯即匆匆出洞，下山转琉璃河回平，经天出洞后稍息片刻，亦乘肩舆回兜率寺。余则游兴未阑，决登上方山峰之后，再回寺。余与兜率寺之老工人，在大悲庵各吃小米粥数碗，以代午餐。寺僧敬以黄精，黄精乃上方山名产，为草本植物，取其根蒸熟后，曝之日光下，再蒸再晒者七八次，根鲜时为白色，经蒸曝之后，色乃变黑，其味甚甜。

余同此老工人于下午一时十五分由大悲庵动身，出庙门，由原路走至山神庙稍东，即登山，至高度六五〇米处，攀崖而上，向西行，下午二时五分至弥佛殿，其地高度七二〇米。殿庑只一间，坐北向南，正对摘星陀，内有石镌之小弥勒佛像一座。二时二十分，抵朝阳洞，其地高度七五〇米，洞略向西南，深约十米，高约五米。再西北行，于下午三时二十分达上方山峰，其地高度八八〇米，较摘星陀微高，上方山东之马耳山及其西之白银陀，则均高出上方山峰上。在此峰远眺，远为涿州宝塔，近为邻山寺院，皆历历在目。至是余游兴益豪，默笑申伯、经天无此眼福也。

下午三时半，由上方山峰下山，回兜率寺。下山小路，坡度甚大，近山峰处无树木。由山峰向下行甚久，始抵橡树林，因昨夜大风，地面所覆之橡叶甚厚，颇不易行。高度约六五〇米以上，橡树叶均干枯降落。高度约六五〇米以下，始见有橡叶之黄者红者，盖高度愈大，则气温愈低也。

下午四时四十五分，至望海庵，其地高度五八〇米，为此山中七十二茅篷之最高者。自此以下，渐多柏树。过吕祖阁，其高度五四〇米。阁内有老柏一株，俗呼为柏树王，树干之周约三围（约五米），干高亦约五米余，以之呼王，似有不敷，下午五时十五分回抵兜率寺。

本日游山采得红叶七种，附记于下：

（一）辽东槲，北平西山亦称小叶婆罗（*Quercus liaotungensis* Kaidz）。

（二）槲栎亦名青刚树（*Quercus aliena* Blume）。

（三）槲树，俗名槲婆罗，北平西山多称婆罗树（*Quercus dentata* Thunb.）。

（四）黄栌，俗名黄蜡柴（*Cotinus Coggygria* Seop. Var. einerea Engler）。

（五）槭树，俗名枫树（非真正之枫），又有鸡爪树、爪子乂、元宝树、色树等名

(*Acertruncatum Bunge*)。

(六) 杏 (*Prumus Armeniaca* Lim.)。

(七) 楷木，北平俗名黄楝树 (*Pistacia Chinenses* Bunge)。

晚六时半与经天同进晚膳，因天冷，寺僧特备炭火盆。晚八时，以温度表测温度，知室中为十三度，室外四度，晚与经天畅谈甚久，后即就寝。

第六日　十一月五日

游上方山东部，下山后，经琉璃河径返北平。

晨七时起床，天晴，八时，室外温度二度。因昨日所游者为上方山之西部，今日拟游东部，游毕，拟即下山至琉璃河，转道搭火车回平。

上方山大钟楼

早餐后，于八时十五分，与经天分乘二人肩舆，去游山之东部。经观音洞步行至胜泉庵，其地高度四八〇米。庵有二泉，泉水温度为十二度。再前行，路多石块相阻，行多不便。至观音庙，其地高度五二〇米。庙后为天然之绝壁，矗立其间，庙下有泉，名一斗泉，在一筒道之尽处，筒道乃人工所建者，至此泉时为八时四十分。旋回观音洞，再乘肩舆，于九时十分至普贤殿，殿前置有道光十二年所铸大铁钟一，高约二米。余等观此钟后，即乘肩舆赴汗龙潭，此处高度五一〇米。

汗龙潭附近，树木甚多，潭口略为椭圆形，直径约三十米。潭之周围如筒形，深约七八十米之间。潭底平坦，无水，草亦不多，大小与潭口相等，此潭之形状奇特处，有非笔墨所能尽写者。

九时五十分，至大钟楼，其地高度六〇〇米。钟为铜质，高可二米半，为新铸者，上铸有“民国十六年四月八日造”，“江夏傅狱菱敬署”字样。此楼位于一高坡上，登坡遥望，风景极佳。

十时由大钟楼循原路回寺。十时四十五分抵兜率寺，略进午餐，于十一时十五分仍乘二人肩舆下山。寺僧送至庙门，告以如再来游时，可先致函寺中，书面上写“涿县长沟镇天泰成转”即妥，自当派肩舆至琉璃河相迎，情殊殷切。余等既出，乃由云梯下山，十二时至接待庵，十二时半，改乘四人肩舆，赴琉璃河，行李仍由驴子运送。

经上中院、下中院，于下午一时半至孤山口，二时至天开村，此地高度为八〇米。村中庙前有元顺帝至元三年所立之“大元六聘山天开禅寺重建碑记”一座。按六聘山为晋时霍原隐居处，出村南望，可见天开寺废塔半段。二时四十五分过尤家坟村。三时十五分抵西营村，此村门为铁丝网所构成，盖用以防匪也。三时二十五分至赵各庄。三时半至东营村。东营、西营、赵各庄各村，均较上下中院及孤山口富庶多矣。四时一刻过李庄。五时至琉璃河镇。五时一刻至琉璃河车站。平汉车本应下午五时三十分到琉璃河，是日误点，迟至六时余始开到，余等即乘此车返平。

由琉璃河至上方山之汽车路，已修至天开村，惟修时系分段修筑，中间尚有数段未修就也。

由北平至琉璃河有汽车路，余五年前与徐、顾诸先生来游时，系先雇妥大汽车，至琉璃河老爷庙前下车。先游上方山，次游西域寺、石经山，旋回琉璃河西之北娘娘庙。再乘先期雇定之大汽车，经琉璃河返平。

按由琉璃河至上方山之接待庵，约二十四公里。由琉璃河至西域寺，约二十八公里。

余　论

此次游山所见，如上方山风景之佳，云水洞景物之奇，西域寺石经山古物之多，皆他方所无者。至于周口店中国猿人洞穴遗址，对于科学尤为重要，惜此可游佳点，知之者甚少耳。余以为所应注意者，有下列两项。

（一）交通极宜改善。由北平至房山各地，有三路可行：（1）由平乘汽车至周口店，或乘公共汽车至房山县，再骑驴至上方山或至西域寺。（2）由平乘汽车至琉璃河，再骑驴或乘轿（须先期约定）至上方山或西域寺。（3）由平乘火车至琉璃河，再骑驴或乘轿至上方山或西域寺，或由琉璃河骑驴至周口店（由琉璃河至周口店之支路火车，仅供运输煤块之用，亦可搭客，但开行时间无一定）。以上三路，除汽车火车可通行之一段路程外，其骑驴或乘轿之一段路程，行旅甚苦，故应从速完成由琉璃河至上方山及西域寺之汽车路，以利交通。再加修一支路，径至西域寺。此汽车路一成，则由平至上方山及西域寺一带，数小时可达，此地必成为一重要游览区。盖北平西山一带风景，以此地为最胜也。

（二）调查与研究。昔人关于上方山、云水洞、西域寺、石经山之记述，不乏佳篇，但写景者多，写实者少。法人普意雅所著法文《北京及其附近》一书中之石经山、西域寺、上方山、云水洞各章（一九二四年北京《法文日报》出版），与日本东方文化学院京都研究所出版之《东方学报》内《房山云居寺研究》（一九三五年三月出版），则均有较详之记述。故余深望吾国学者，对于前人记述，加以整理及考订，同时对于现存之实物，注意实地调查与研究。余意时局稍定，宜将石经山洞内之石刻佛经，由洞中取出，拓出数份，以供研究。再将洞门用洋灰铁筋重新修理，藉资保存。此事应由学术机关与中央及地方有关系机关，合组一委员会主持之。盖此种石刻，于中国文化极有关系，非仅徒以古物为宝也。

本文承顾颉刚先生校阅，张江裁先生整理稿件，李至广先生绘制地图，夏纬英先生代订红叶植物名称，又所附照片除余摄制者外，承常惠先生惠赠数张。并以志谢。

一九三五，十二，三十，北平。

（原载《禹贡》半月刊第五卷第二期）

陕游日记

余游陕前后凡两次。第一次在民国二十三年一月，同行者为翁咏霓先生，盖同出席于北平研究院与陕西省政府合组之陕西考古会第一次会议。吾等由平起程之期为一月二十八日，三十日抵潼关，三十一日至西安，二月六日离西安，八日出潼关，计在陕勾留凡九日。吾二次游陕，则在今年十一月，同行者为徐旭生、顾颉刚两先生，亦同出席于陕西考古会第三次会议（开会期为十一月十六日，在西安举行），及参加北平研究院与西北农林专科学校合组之中国西北植物调查所开幕典礼（开幕期为十一月十八日，在武功举行）。此次吾等由平起程之期为十一月十三日，十五日入潼关，旋抵西安，二十三日离西安，出潼关，在陕勾留亦九日。按关中为周、秦、汉、唐旧都所在地，遗迹至多，足供考古学家之取材。且年来国人注意开发西北之声浪日盛，见诸事实者亦多，故陕西交通、水利以及他项建设，一日千里。此九日中，吾所目睹耳闻，可资记述者颇多，加以吾第一次游陕所得，兼而书之，成此一篇，或亦可供游旅人士之向导乎。

第一日（二十五年十一月十五日）入潼关抵西安

二十五年十一月十三日晚十时，同旭生、颉刚由北平西车站乘平汉特别快车南下，同车赴陕者，尚有杨克强先生。翌日下午四时四十九分抵郑州之南站，在此下车，军警检查行李甚严。余等四人寓中国旅行社招待所，旋往观胡景翼先生祠，祠新建，尚未竣工也。

十五日晨二时五十分，由郑州南站乘陇海特别快车西行。陇海特别卧车中有招待生，而无茶房，招待生系路局招考而来者，应试者须初中毕业生，故举止颇有度。七时过洛阳。按余于二十一年国难会议时曾到此，并瞻龙门造像，今已四年有余矣。旧地重经，曷胜今昔之感。下午三时半抵潼关。余上次赴陕时，陇海火车仅通至潼关，由潼关至西安一三二千米，彼时尚须改乘汽车，今则特别快车已可直达长安，而普通客车亦可由长安直达郿县矣。

潼关为入陕要道，其地海拔三二〇米。前次入陕出陕，两次留宿于此，曾至潼关东门，门在绝壁上，北临黄河，隔河即山西之风陵渡，形势险要。黄土本分布于中国北部各地，而河南、陕西尤为显著。潼关东西地势迥异，潼关之东，山峦起伏，而潼关之西及秦岭之北渭河沿岸各地，则平野极广，即关中平原，所谓“沃野千里”者是也。

潼关东门

下午四时三十一分，车抵华阴，隔窗南望，华山（海拔约二二〇〇米）近在眼前。忆余一九三四年二月六日与咏霓由西安回抵潼关，次日同游华山，是时正值大雪之后，满山雪厚数寸，且余因事急于返平，咏霓亦急于赴京，故仅由玉泉院经五里观（六三〇米）、莎罗坪（七六〇米）、毛女洞（一一〇〇米），步行登至青柯坪（一一六〇米）而返。每以未能登其绝顶，引为憾事，异时有暇，当重游也。

下午五时二十三分车抵华县，克强之故里也。郭汾阳与寇莱公均生于此，地以人传，故为人所乐道。南望山脚一带，红叶甚多。

下午六时五分抵渭南。按民国二十三年北平研究院物理学研究所，曾派雁月飞及张鸿吉两先生用弹性摆测各地重力加速度，曾经潼关西至渭南而止。

下午七时二十一分车抵临潼。县城南依骊山，传为周幽王烽火戏诸侯之地，故骊山最高峰称烽火台；山下华清池及始皇陵在焉。余前次游陕时，曾与咏霓同瞻其胜。按华清池在骊山下，临潼县城西南角之南，唐太宗贞观十八年置宫；唐高宗咸亨二年，始名温泉宫；唐玄宗天宝六年，更名华清宫，治汤井为池。汉张衡有《温泉赋》，继此而后，文人题咏至多。今之华清宫，乃清乾隆以后所重建，近年复加修饰。光绪庚子西太后避地西安，途次经此，亦曾勾留。温泉乃由一池中外出，分流于各池。男浴池与杨妃池，均用瓷砖所造，此外更有公共浴池数座。温泉之温度，余前次曾以摄氏表测之，为四十二度半，并携回温泉两大瓶，交北平研究院化学研究所分析水中之成分（结果见《国立北平研究院院务汇报》第七卷第六期）。

临潼华清池

始皇陵在骊山下，临潼县之东约四千米。陵为方形大土丘，远在十余里以外，即能见之。其坡度（倾斜度）甚小，海边长约里许，高约三十余丈。陵前无石刻，亦无树木，仅存瓦砾残片，供人凭吊而已。二十三年余与咏霓、旭生及李乐知诸先生，同登陵顶，流连久之。按《史记·秦始皇本纪》称："始皇初即位，穿治骊山；及并天下，以七十余万人穿三泉，下锢而致椁，宫观百官，奇器珍怪，徙藏满之；令匠作机弩矢，有所穿近者，辄射之；以水银为百川，江河大海，机相灌输，上具天文，下具地理；以人鱼膏为烛，度不灭者久之。"《长安志》又引《两京道里记》："陵高一千二百四十尺，内院周五里，外院周十一里。"《水经注》谓："项羽入关发之，以三十万人三十日运物不能穷；关中盗贼销椁为铜；牧人寻羊烧之，火延九十日不能灭。"据此，则当日始皇陵规模之宏伟，可以想见矣。

车过灞河、浐河，两河均各有桥。明曾重修灞桥。按唐时此桥之旁有亭曰灞亭，

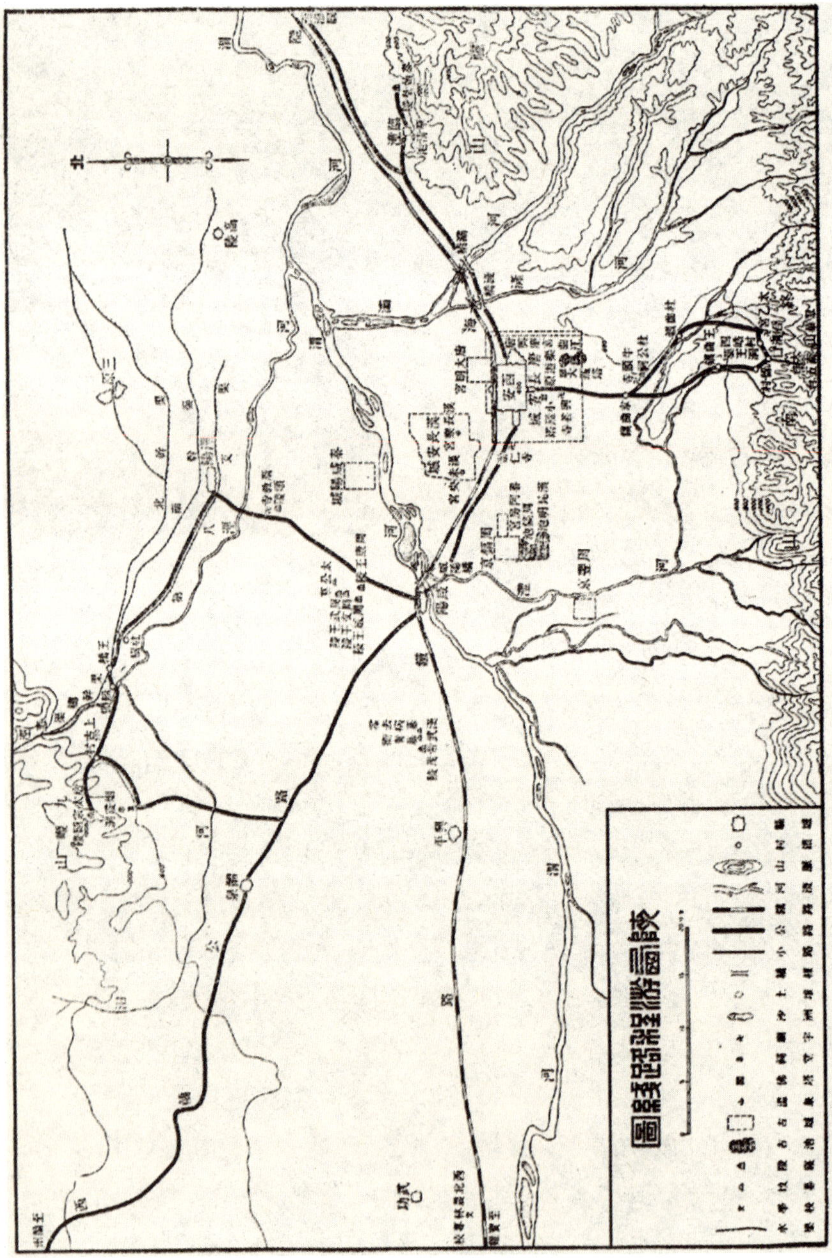

陕西游程路线图

送客东行必至此地。灞桥左侧有高原，昔称灞上，汉高祖入关，曾屯兵于此。

晚八时十分抵长安车站，已有考古会同人来接，出站时宪兵检查行李极严，经考古会同人告以来意，得免开箱及解铺盖之苦。进城门时，守卫索取名片后，始放行，得以入城。克强家在城内，进城后先回家矣。余与旭生、颉刚即到考古会，宿于会中。本日刘士林先生亦由武功赶回西安，是晚曾到考古会中座谈。

第二日（十一月十六日）考古会开会

晨七时半起床，室外气温摄氏表五度，盖西安一带为大陆气候，每际深秋，早晚较凉，而午间则仍颇热也。西安海拔四〇〇米。西安之经纬度，民国二十三年曾经详测。是年北平研究院物理学研究所应黄河水利委员会之请，派朱广才、翁文波两先生用棱镜等高仪、恒星表及自动计时仪，详测黄河及渭河流域，利津、泺口、临濮集、开封、平汉路黄河北岸、潼关、西安、凤翔八处之经纬度，以为该会大地测量基点之用，当时测定黄河水利委员会西安会址之经纬度为东经：108°55′54.6″±0.7″，北纬：34°15′20.0″±0.2″。

上午偕旭生、颉刚、士林往访旧友，并往晤邵力子先生及本地各机关人员，复参观陕西水利局，得晤李仪祉先生。嗣由雷孝实先生导观陕西化验所，在该所遇吴伯藩先生与谈余等欲游唐太宗昭陵之意，吴谓如往游时，可在咸阳酒精厂寄宿。

下午二时陕西考古会开第三次会议，除翁咏霓、李子逸两委员未能到会外，陕方委员张扶万（委员长）、寇胜浮、王卓亭、梁午峰，平方委员旭生、颉刚、士林及余等八人，邵力子主席亦到会参加。按考古会发掘斗鸡台工作自二十三年二月至廿四年五月，由旭生率领工作人员何士骥、苏秉琦、白万玉等至宝鸡县先秦遗址之斗鸡台，实行发掘。其后为整理掘得各器，颇需时日，故暂停发掘。曾发现古人居住遗址及三代古墓，并获得屈身葬遗骸八具。所得则有铜鼎、铜戈、铜镜、铜铁箭头、铁剑、石器、骨角器、金花残漆器、陶片、陶器等甚多，而尤以新石器时代末期，三代及唐汉时代之陶器为最多。就中瓦鬲墓，及仰韶前陶片为最重要。此次开会讨论结果，决定一九三七年春间仍继续发掘斗鸡台，俟工作告一段落时，再往发掘周丰镐两京遗址。下午五时闭会。

晚六时到南京酒店，应张扶万及寇、王、梁诸先生之宴。餐后，在长安市上散步。余上次来陕时西安尚无电灯，今则电灯辉煌如昼。加以新辟之马路，或展宽之马路，亦较前为多，且新建筑亦多。其他如陕西交通方面亦极进步，陇海铁路将通至宝鸡，且有延长西北至兰州、西南至成都之计划。西兰公路，早已通车。由西安至成都之公路，近亦通车。水利方面，除泾惠渠早已完成外，洛惠渠及渭惠渠亦将相继落成。此后政局如能安定，则将来之陕西经济情形，亦必大异于从前也。

西安每际日出日落时，最足引人注意者，却为乌鸦，每当晓日初升，则结队掠空而过，蔽天盖地，飞往城外，向郊野中寻食；日落则又相偕结队飞入城中，栖于人家屋瓦上，真奇观也。

第三日（十一月十七日） 游终南山南五台

南五台在西安南三十余千米，为终南山一部分，《汉书·地理志》作太壹山，又作太一，犹云第一山也（见乾隆《西安府志》）。《关中胜迹图志》谓：“南山神秀之区，惟长安县南五台为最。”故急欲一游焉。

上午十时十分余与旭生、颉刚、士林及曾向午、龚贤明两先生，分乘汽车两辆，由西安动身，赴南五台。出南门复南行，东望大雁塔，西望小雁塔，经兴善寺，至韦曲镇，此为唐代韦安石别墅林石花亭处。折向东南，经牛头寺及杜公祠之旁，复前行。此数处风景，余前次来游，已从容领略，今追忆补记于下。

大雁塔，即慈恩寺塔，在乐游原之西南，曲江故址之西。按大慈恩寺为隋之无漏寺，唐初已就颓废。至唐高宗为太子时，曾重饰之，改称大慈恩寺，又建翻经院迎玄奘至，尊之为慈恩大师。高宗永徽三年玄奘起塔，塔之上层内部，固已屡经改建，惟

终南山南五台一天门

大雁塔(左)和小雁塔(右)

基底仍为唐代遗物。现塔之南门东西龛中，所嵌褚遂良所书《圣教序》尚完好，东龛内者系由上而下，由右向左读。西龛内则系由上向下，由左向右读。塔下层四面门框，均石质，皆唐时名手所刻花纹及佛像，西面门框刻有宫殿花纹，极为名贵。唐进士既捷，题名于慈恩寺塔，所谓“雁塔题名”是也，惜今皆剥落无存矣。

小雁塔在荐福寺内，寺为唐高宗崩后百余日，武后为高宗所建。义净游学印度，历时二十又五年，回国后，于唐中宗神龙二年，入荐福寺翻译院，翻译经典。其后唐文宗开成六年，日本高僧圆仁（即慈觉大师）又来此求法。唐中宗景龙中，宫人等鸠资建塔一座，俗呼为小雁塔。宋、元、明、清四代，皆重修之。明嘉靖时地震，此塔受震最烈，今所见由塔顶至底之纵裂缝，则嘉靖地震所遗之迹也。寺有钟高丈余，金章宗明昌时所铸。

兴善寺乃隋文帝时所建。牛头寺则唐太宗贞观十一年所筑，宋太宗太平兴国时，改称福昌寺。杜公祠在牛头寺境内，相传为杜工部故居，明世宗追慕其人，于嘉靖中建祠以祀之。按牛头寺及杜公祠均在一土阜中，大小雁塔及兴善寺则均在旧唐城内也。

牛头寺院内

汽车过杜曲镇后，转向南，可直达太乙宫。由太乙宫可登翠花山。吾等在未到太乙宫之前，先向西行，经四皓村药王洞再转弯向南，至台沟口下车，其地海拔六〇〇米，此处为入南五台之谷口，是时已上午十二时四十分矣。

由西安至南山，沿途空中飞鸦成群，郊野地上亦多觅食者，而大雁亦三五成群，掠空而过；据本地人云，关中四季皆有雁，非同平津一带一年只来往各一次也。

余等步行入山，经土地祠，其东南坡上，有明太监张德墓及刘安墓。经弥陀寺、普善堂、流水石庙，于十二时二十五分至兴宝泉庙（海拔七二〇米）。南五台每年有庙会，在阴历六月初一至十三日之间，沿路汤房极多，建筑一如小庙宇式。汤房在每年庙会期，特备汤以饮香客，大似妙峰山之茶棚。惟妙峰山之茶棚，每隔五里许方有一所，此处汤房则相隔半里或一里许，且一处有相连数所者。

南五台山势雄伟，树木密布，风景绝佳。自兴宝泉而上，林木益密，红叶更多。沿途诸树种类不一，陕西林务局皆为审定，而标以小牌，注明其学名及中国名，以便游人观览。余等经白衣堂（海拔八〇〇米）、大悲堂，于十二时五十分至竹林寺（海拔八五〇米），寺旁有五佛殿。余等至竹林寺吃茶，向午、贤明等携有点心相饷，用代午餐。

下午一时半由竹林寺动身，过朝天门、五马石庙，于下午二时抵一天门（海拔一〇五〇米）。再上经观音寺、古弯柏树庙、古胜宝泉、古西方境，至下宝泉（海拔一二〇〇米），内有柏澧西先生读书处。复经上宝泉、圆光堂，于下午三时至二天门（海拔一三二〇米）。二天门相连者为弥佛寺。经圣母殿、五圣殿、琉璃殿、石佛寺，再向上行，山路全为石阶所成。过千佛寺，睡佛殿，及至三天门（海拔一四二〇米），则已下午三时二十分矣。复前进为三佛殿，三圣宫。按三圣宫为南五台唯一道士庙，此外之庙或汤房，则均为僧人所主也。经黑虎殿、南海殿、紫竹林、灵光殿、兴龙寺（海拔一五六〇米），于下午三时五十分方抵四天门。门下有方铁钟一，露置地上，考系康熙时造。四时十分抵大台，即南五台之绝顶（海拔一七〇〇米）。

大台上有正殿北向，西为住房，旭生、颉刚、向午、士林四人先余等登大台，未入正殿，即下山去。余与贤明后至，贤明导余进正殿，开后窗，南望则群山起伏，高峰壁立，积雪未融，映入眼帘，胸襟为之一涤，惜旭生诸人未及同观也。

南五台山深而树多，红叶满山，尤属奇观。此山树木种类至多，尤以栲（*Quercus Variabilis*）、尖齿栎（*Quercus aliana Var*，*acutisertata*）、马尾松（*Pinus Tabulue formis*）、枫杨（*Pterocarya stenoptera*）等为最重要，华山松（*Pinus armondi*）虽有，亦不多也。

士林上山，沿路采集标本，并注意山上下植物之分布。北平研究院植物学研究所，素来对于西北植物调查研究特别注意。即以陕西而论，二十一年曾派郝景盛、王作宾至潼关、华山、太白山及咸阳采集；二十二年派孔宪武、王作宾，到南五台、太白山及秦岭南北各地采集，同年夏纬瑛在陕北各地采集后，再入蒙古；二十五年王作宾、刘继孟，又至关中分别赴岷山及祁连山采集。数年来研究结果，成绩极佳，于陕省植物种类及其分布，已得其概要矣。

下午四时二十分，由大台下山；六时半回抵台沟口，即登车，经留村、王曲镇、韦曲镇，回抵西安寓所，时已七时半矣。即至省府应邵力子先生宴。省政府乃前清时巡抚衙门，光绪庚子，西太后在西安曾居于此。饭后张扶万先生约观易俗社秦腔戏，余前游陕时，曾往观之，戏词亦颇文雅。今晚来此已逾八时半，未至九时即完场矣。

第四日（十一月十八日）由西安赴武功

晨十时十分，余与旭生、颉刚、士林同乘火车赴武功。车站在城北，唐大明宫旧址之南（按唐三宫殿，一太极宫曰西内，二大明宫曰东内，三兴庆宫曰南内）。到车站时，乘客行李，须受检验，余等因有人在此招呼，得免开箱及解行李之苦。售票处买票时，以到者先后，按次排列，秩序井然。

火车离西安向咸阳进发，铁路北有汉城旧址，俗呼为杨城。余前次到陕时，曾往观之，并到未央宫旧址凭吊。宫址久荒，仅余大土台，台高，出西安城西门，即可望见，其中汉代破瓦堆积不少。本地人多在此拾捡瓦当，以供市易。铁路之西南则有周丰京、镐京，秦阿房宫，汉昆明池等遗址，民国二十三年旭生曾详加调查（见《陕西

周文王陵

调查古迹报告》)。过澧河、渭河，至咸阳县城。渭河有桥，唐时称渭桥，又称咸阳桥。长安东有灞桥、浐桥，西有澧桥、渭桥；由长安西行之人，送行者例送至渭桥。

三年前咸阳县城尚极荒凉，今则已有工厂数起，陕西酒精厂亦设在车站之北，此地将来可成为陕西之工业区。秦咸阳遗址，在今咸阳县城之东北。今县城北之咸阳原上，陵墓林立，若周文、武、成、康之陵及周公、太公之墓，皆在此原上。前次游陕时，余与咏霓偕往瞻焉。按诸王陵为方锥形大土阜，文王陵前，则有陕西巡抚毕沅所立石碑，刻“周文王陵”等字，武、成、康王陵前，亦有同样之碑。惟周文武陵寝所在，本有渭南渭北两说，未知孰为真伪；且周时葬地，有冢无冢，亦尚难考订。

西行入兴平县境，遥见汉武帝茂陵立于铁路之北，其东二三里许为卫青墓，再东为霍去病墓。此一陵二墓，余前次来陕，曾与咏霓、旭生同往瞻仰。茂陵甚大，四面作锥形，实大土阜也，每边约七十丈，高约十余丈。陵前有毕沅所立碑，上刻“汉孝武帝茂陵”六字。其后尚有雍正时一碑已倒。按汉陵除文帝灞陵、宣帝杜陵外，西汉九帝陵皆在渭北高原之上，而茂陵则其最西之一陵也。卫青墓亦为方土丘形，据《汉

汉武帝茂陵

霍去病墓石牛

书·卫青传》称：青尚平阳公主，与主合葬，起冢像庐山。考庐山即卢山，匈奴地奚符卢山，杨雄所谓填卢山之壑者是也。惟今所见之卫青墓，则除大土丘及毕沅碑外，无像某某山之特征。

霍去病墓，亦名石陵子，《汉书·霍去病传》谓其冢像祁连山。墓为南北两大土丘所成，南土丘较大，直似一小山，山前有毕沅书碑。其旁有马踏匈奴石像，半山上有石牛，山下有人抱熊石像，刻此何意，尚不可解。北面半山中有药王庙，庙门左贴一“去”字，右贴一“病”字，盖取药能去病之意也，殊趣甚。大约南土丘像祁连山，北土丘为墓。此墓中汉石刻甚多，雕工亦精，真国宝也。因墓前石刻多，故本地人称之为石陵子。

霍去病墓石兽之一

霍去病墓及墓前马踏匈奴像

由潼关至西安铁路，在渭河南，与渭河平行。由咸阳以西铁路在渭河北，亦与渭河平行。铁路北原之坡下黄土层中，本地人多凿土穴居。铁路以南，渭河以北，则有新凿之渭惠渠，与铁路平行，工程未竣，尚未放水。

下午二时一刻抵武功车站，农专及中国西北植物调查所同人来迎，改乘汽车到农专。

农专在车站之北第一道原上，地势最高。车站在第二道原上，车站南尚有第三道原；再下则为渭河河滩。农专正面大楼一座，全校教室、实验室及图书馆，均集中于此。大楼之左，有学生宿舍及教职员住宅多所。由农专南望，近则渭河如带，远则秦岭如屏。稍向西南可遥望太白山，此山高约四〇〇〇米，为中国内地最高之山，他年有暇，当往一游焉。

余等参观大楼各部既毕，于下午五时，即在秘书长室内举行中国西北植物调查所开幕礼。到会者有农专及调查所同人并余等二十余人，因辛树帜校长在京未回，改推杨以周秘书长为主席，报告北平研究院与西北农专合组中国西北植物调查所之经过，及其对于西北植物调查之工作后，与会者又多演说，直至七时始散。饭后杨先生约余等向农专学生演讲，至晚十时始毕。颉刚偶感风寒，颇觉不适，且发热。

第五日（十一月十九日）由武功回咸阳

晨七时半，室外气温为一摄氏度，天阴，颉刚病未痊。早饭后由王恭睦、齐敬鑫、吴耕民、陈国荣诸先生引导，余与旭生、士林参观远近各农场、林场、园艺场，规模均甚宏大。正午十一时回校，时室外温度为十摄氏度。

武功在数年前陕旱时，受灾最烈，居民极苦，向以产鸦片为大宗。近年陕西省政府对于各县鸦片，已定分三期禁种办法，明年即为第三期禁种之年。列于第三期者向系种鸦片极多之县分，武功即其一也。明年第三年禁种，若能实行，则鸦片从此可绝迹于陕西矣。闻陕省鸦片税收入每年约四百万元，则将来尚须另行设法补救。

正午杨以周、王恭睦两先生在校中设筵宴客。饭后下午二时一刻，余与旭生、颉刚乘火车东返，士林则留中国西北植物调查所中工作。下午五时半车抵咸阳，下车后，余等三人径赴酒精厂寄宿，承厂长杨挚奇（名毓桢）先生招待晚餐。龚贤明先生已由西安赶来，寓县府中，约定明日引余与旭生同游唐太宗昭陵。颉刚因病留厂中休息，待余等回时，同归西安。颉刚前晚已服阿司匹林一片，因未见好，今晚仍拟再服也。

西北农林专科学校大楼

第六日（十一月二十日）由咸阳经泾惠渠至唐太宗昭陵回西安

晨八时四十分，余与贤明、旭生三人同乘一车，由咸阳出发，决定取道泾阳，转赴礼泉县东北九嵕山之唐太宗昭陵，再经兴平境内，由西兰公路回咸阳。颉刚今日热虽退，为休养计，故未与余等同游。

穿咸阳原，稍向东北进行，于上午九时十分过韩家村，其东半里许，有武士䬃顺陵。按乾隆《西安府志》引《唐后妃传》云：士䬃娶相里氏，又娶杨氏，杨氏咸亨（唐高宗）元年卒，追封鲁国，以王礼葬咸阳。嗣圣（唐中宗）元年，追赠考为太师、魏王，妣为王妃。永昌（武曌）元年，以咸阳墓为明义陵。太后改国号曰周，以明义陵为顺陵。余上次来陕，曾与咏霓旭生往观。曾忆该陵有东西南北四门，南门左右各有方土丘一，由南向北进入，左右石天马一对，立像石狮一对。再前则有方土丘一座。再进左右更有两方土丘，此外更有一圆土丘。再进左右各有八石人，俱残缺。再进则东有石虎一对，石羊一对，石人一对，右则仅余石兽四个，半露地面，半藏土中。复前行则有大方土丘，即顺陵也。陵北约距百丈为北门，左右各有踞像石狮一对，石马

武士獲顺陵石天马

一对。陵之东西门，现亦各余石狮一对。南门之石天马高约一丈五尺，长亦如之，独角有翼，由侧面观之，颇似马，山前面观之，则又似牛。此陵中各种石刻，皆极精致，且亦完整。顺陵北里许，有秦望夷宫旧址，乃秦二世被杀处，唐武后改此为周隆寺，宋改为兴庆寺，金则易名曰广教寺（见民国二十一年新修《咸阳县志》）。现存唐断碑一，横卧地上。

上午九时半，至泾河岸，汽车搭渡船过河，旋渡泾河叉流，水不深，汽车直接穿过，不必用渡船矣。

上午十时为泾阳县城西门外，未入城，即折向西北行。余上次来陕时，曾到泾阳县城参观泾惠渠管理局、泾阳慧果寺及孔庙等。泾阳慧果寺原为隋代所建，唐改称太壶寺。清同治间回乱，此寺被焚，现仅余一殿，内有接引佛及阿弥陀佛石像、韦陀佛铜像。阿弥陀佛石像，雕刻精巧，当为隋唐时旧物。寺后有千佛堂，莲花座上有千佛，均系铜制。孔庙规模甚大，内有金世宗大定十七年制之大铁锅一。泾阳味经书院，清同治十二年建，其旧址在城内东北姚家巷，刘古愚先生曾主此院。

汽车沿泾惠渠第八支渠北岸向西北行。十时四十分进至社树村北，达总干渠，其所分之北干渠，东流至三原，南干渠则东流至高陵。社树村周有砖城，其规模较一县城尤大，昔时村中姚姓为一大富商。车仍沿渠岸而西行，十时五十分至王桥村折向西。昔时王桥村有毛姓者为一村富户，本地有谚云“社树姚，不如王桥一根毛”之语，意谓毛较姚尤富也。

考引泾溉田，始于秦，用韩水工郑国开渠距今已二一七六年，史称溉田四万五千顷，关中自此无凶年。汉武帝太始二年，赵中大夫白公以堰毁水不能入渠，乃上移渠口，灌田四千五百顷，改名白公渠，故至今仍称郑白渠。实则郑渠规模早失，自汉迄明，历经改修，而下游则仍因白公之旧。至清季则以渠身罅漏，仅溉田二百顷。民国十七年至十九年，陕西大饥，陕西省政府及华洋义赈会与其他捐款于二十年开工合力开泾惠渠。所定灌溉计划之水量，为每秒十六立方米，灌溉五十万至六十万亩之地。

近年陕西兴办水利，如泾惠渠、洛惠渠、渭惠渠之开凿，实于国计民生最关重要。主持者，即水利家李仪祉先生，亦陕人也。

泾河平时流量甚少，当汛期，则流量甚大，民国二十年最大之洪水，达每秒三〇〇〇立方米。由计算推测，最大洪水量几可达每秒一万六千立方米，而含泥量之重，至估水重百分之四十六（见《渭北引泾工程报告》）。以是知黄河上游各支流如渭河、洛河、汾河，河水暴发，均足以影响黄河之泛滥。

车过船头村后，至船头渡，亦泾河之渡口也。汽车搭渡船过河，西望九嵕山，三峰突起，形似笔架，故又名笔架山，即唐太宗昭陵之所在也。

由船头渡过泾河后，汽车所经之路，即寻常之大车道。西北大车两轮之距离，较华北大车两轮之距离为大，西北大车道宽约一点四〇米，华北大车道宽约一点一五米，故华北与西北车不同轨也。

正午十二时十五分，汽车至九嵕山东之上古村（海拔五〇〇米）。昭陵尚在山上，仰首可及，惟山路倾斜，有若干坡度，好汽车始可上达昭陵之旁。余等所乘之汽车老旧，不能上山，故舍车步行登山，向西行，经高坡，于十二时五十分至梁家窑，再折向西南。

九嵕山唐太宗昭陵

下午二时半到昭陵（海拔一〇〇〇米）。陵北向，其正北为山上稍倾斜之平地，陵后为山峰。陵前有残破之三座门一，门前有毕沅所立之碑。入门登石级十余层，左右排列石碑多座，中有一碑，颇似唐物，因在高山受风雨之侵蚀，致碑字不能辨认。再前则为六骏石刻之处。按所称六骏者，乃唐太宗所喜乘之名马：一为青骓，平窦建德时所乘；二为什伐赤，系王世充击窦建德时之马；三为特勒骠，讨伐宋金刚时之马；四为飒露紫，平定东都时所乘；五为拳毛䯄，平定刘黑闼时之马；六为白蹄乌，征讨薛仁杲时之马。刻工悉皆精巧雄壮。陈树藩督陕时，为人盗卖，运抵潼关，幸经官家追回四骏，现保存于西安之图书馆中，余前次游陕曾一见之。《昭陵石迹考》称：诸番君长擒伏归降者，咸刻石肖其状貌，深眼大鼻，弓刀杂佩，凡十四人，拱立于享庙之前，今早已无存矣。

在昭陵稍事游览，即由原路下山。下午四时回抵上古村，登汽车绕山南烟霞洞。山前陪冢颇多，所占面积极广。《关中胜迹图志》载：陪葬妃七人，王七人，公主十八人，宰相十二人，丞郎三品以下五十人，功臣大将军五十七人。乾隆《西安府志》谓：公主妃嫔，大半在昭陵东南山上，俗呼曰乱冢坪，又曰姑姑陵，其他功臣密戚俱在山下平地，去陵远者十余里至数十里，当日陵内封地周回百二十里，则当日规模之宏伟可知。按此陵曾经朱梁温韬盗掘，各墓前至今尚有存留唐碑者。余等曾下车穿行农田，至阿史那墓前一读其碑，而李靖及李勣墓虽遥望可见，因天时过晚，未及前往；两墓俱系三土丘聚成，普通称为上三冢与下三冢，乾隆《醴泉县志》记李勣墓，引刘书云，诏筑墓一，准卫霍故事，像阴山铁山及乌德鞬山以旌破突厥薛延陀之功。按唐朝十九帝，除昭宗和陵在河南外，余十八陵全在陕之渭北北山之阳，西迄干州，东至蒲城，东西横亘二百余里，唐朝十八帝陵皆在此区域以内。汉陵多在渭北原上，唐陵多在山岳上，此汉唐陵不同之点也。

下午四时三刻到烟霞洞，原为刘古愚先生祠，现西京筹备委员会在此设立小学校一所。由烟霞洞直上昭陵为西道，距离较近，惟坡度较大，较为难行。由上古村上昭陵为东道，坡度较小，较为易行，惟距离较远耳。贤明本拟在烟霞洞内招待午餐，以时间过晚，不克久留，每人各持大馒头数枚，即行登车，在车上食之，聊以充饥。车急行，向咸阳进发，过石鼓赵村之广济寺门前，闻寺内有大理石之石鼓一，鼓之周围刻有佛像及佛经，余等亦未及下车一观。南行过泔河，旋达西兰公路，折向东南，下午七时至咸阳城。用饭后，七时半至酒精厂，方知颉刚已与吴伯潘先生同车回西安矣。余等遂仍乘原车回抵西安，已九时矣。

第七日（十一月二十一日）参观孔庙，化觉寺，东岳庙

今晨颉刚病已大愈，早饭后出外访友。上午十时半余与旭生往观孔庙。孔庙位于南门内迤东，规模极宏，庙后即有名之碑林，始于宋哲宗元祐年间，当时龙图学士吕大忠将唐文宗开成二年所刻之《十二经》（即有名之《开成石经》），及长安附近之颜真卿、褚遂良、欧阳询、柳公权等石碑，集于一处。后经明清两朝，屡加修葺，乾隆三十七年，陕西巡抚毕沅重修，至今仍保其规模。总计碑林中之石碑，约共六百余方，

中以《禹域图》，为北宋末时所刻，是为地图刻石之首创。《大秦景教流行中国碑》，乃唐德宗建中二年所立，为耶教重要史料，碑下及左右三面，皆列叙利亚人名职名，并附有建碑年月。按景教系唐太宗贞观九年入中国，迄唐武宗会昌五年，因崇信道教，排斥佛教及其他外教而禁断，流行于唐代者二一〇年。贞观九年，在长安义宁坊（即今崇圣寺境）敕建景教寺一所，初名波斯寺，天宝四年改称大秦寺。至景教碑发掘年月，根据当时耶稣教士等报告，及李之藻徐光启之记述，当在明熹宗天启三年至五年间，出土地点在陕西盩屋，出土后即移于西安城西崇仁寺（即崇圣寺，一名金胜寺），清光绪三十三年始移入碑林（见冯承钧著《景教碑考》，商务印书馆出版）。

正午应贤明、向午欢宴，午后三时至五时往观化觉寺与东岳庙。

化觉寺（即化觉巷清真寺）在省政府前北院门街化觉寺巷内，为西安最大之清真寺，相传为明太祖洪武十七年所建，明成祖永乐七年重修。寺内有唐玄宗天宝元年王珙所撰创建清真寺碑，据日本桑原博士之考证，碑系明代伪造，非唐时物（见足玄喜六所著之《长安史迹考》，杨炼译，商务印书馆出版）。

东岳庙在西安东门内迤北，有明代壁画极精，现经陕西考古会修理，藉资保存。

下午五时，余与旭生、颉刚应约往金家巷访张汉卿先生，晤谈良久。五时半至西京招待所（中国旅行社所立）应洪光焜先生晚宴，在座有李乐知先生等。陇海路潼关以西工程全为中国工程师修筑者，光焜乃总工程师也。旋到九府街杨宅，应杨虎城先生晚宴。

第八日（十一月二十二日）参观学校

晨八时余与旭生、颉刚应约到东北大学工学院讲演，由院长金锡如先生招待。该院在西安城西南角外，原为省立农业职业学校校址，该院迁入未久，现正在扩充修理校舍。

旋到民政厅前院观唐碑，此处为唐中书省旧址，地下蕴藏颇富，如著名之郭家庙颜勤礼等碑，均出此间。陕西考古会何乐夫先生等于民国二十三年春在该院发掘，获得宋吕大防所刻唐大明、兴庆两宫图残石，《兴庆宫图》尚完好，《大明宫图》则只余少半，此种残石，对于研究唐代宫室之建筑与制度，极有帮助（见《北平研究院五周年工作报告》及《考古专报》第一卷）。

正午到教育厅，应周学昌先生午宴。旋赴董仲舒祠，应黄仲良先生午宴，并参观仲良工作。祠为董仲舒墓，《西安府志》载昔汉武帝幸芙蓉园，至此下马，时人称之曰“下马陵”，岁月深远，竟误传为“虾蟆陵”。

下午四时与旭生至省立第一中学参观，该校校舍甚大。晚六时余与旭生、颉刚在陕西考古会设筵，宴西安军政各界及考古会中同人，宾主尽欢而散。余与颉刚准备明日回平，旭生则仍留陕工作。

连日在陕晤军政教育及新闻界诸人，借此得稍明了陕省近年教育财政建设之概要，虽各方面进步甚速，而其困难与危机亦正多，此则非数言可以尽述者。

第九日（十一月二十三日）离西安出潼关

上午十时半赴火车站，出城门时，兵士又索名片。所携行李，经友人向宪兵说明，得免开箱检验之苦。余与颉刚同登陇海特快车，十一时十分开车东行，适又与克强同车回平。下午三时三十一分车抵潼关，又有身穿军服之人，登车查验旅客之行李，验及余等行李时，经婉言告以来意及去向，亦得免开箱之苦。国内旅行到处被人查验，或索取名片，此等举动，除扰乱旅客外，恐未必有任何益处。吾深希望将来中华宪法上，应列“凡中华民国人民，在中华民国境内，有旅行之自由，无故不受检查”之专条。

余上次来陕与咏霓同行，路上曾谈及地质与地理问题甚多。此次途中与克强同车，谈次又涉及地质及古生物问题，两次获益均多，亦快事也。地质调查所对于陕西地质本已有许多调查。自一九二九年起北平研究院地质学研究所与地质调查所合作继续进行，《陕西地质图概略》调查大部分已竣工，百万分之一地质图太原榆林幅，《秦岭山脉地质图》（赵亚曾，黄汲清），及《陕北地质油田》（王竹泉，潘钟祥）均已出版。民国二十三年二十四年两年间，中央地方合作实施钻探陕西油田，延长及延川永平镇油田，每日可得油约一万斤。惟以地方不靖，不得不搁置，殊为可惜。

二十四日晨四时抵郑州下车，同日下午二时换搭平汉特快车，二十五日晨八时四十分回抵北平。

此文承张江裁先生整理稿件，李至广先生绘制陕西游程路线图，并以志谢。

一九三六，十二，五，北平。

（原载《禹贡》半月刊第七卷第一二三合期）

悼梅月涵先生

民国十一年秋我初次到清华学校参观，也是初次与梅月涵先生见面，到现在已经四十年了。这四十年当中我与月涵的友谊愈后来愈密，我与清华的关系也是后来较多。今年五月十九日月涵病逝于台北台大医院，乃是教育界莫大的损失，实令人悲悼不已！《清华校友通讯》将于第二期出版追悼梅校长专号，来信嘱撰写一文，因就记忆所及，简述四十年以来几段回忆，以资纪念。

民国十一年八月间，初到北京大学物理系任教。不久因事到天津一次，顺便参观南开中学，见一井上立有木牌，牌上有若干人名，原来是南开中学第一班毕业生的名字。在那块木牌上首先我看见了月涵的名字。

又不久以后，友人李圣章（麟玉）先生陪我到清华学校参观。圣章原是留法同学，彼时任北大化学系教授，也是南开中学第一班毕业生而井上有名者。圣章先期与月涵约定。月涵是清宣统元年留美学务处考送第一批留美学生，入美国武斯特（即伍斯特）工科学院（Worcester Polytechnic Institute）习电机工程，民国三年毕业回国，民国四年起便到清华任教。我们到清华园后，即由月涵领我们参观，并且招待同吃午饭。这是我与月涵初次见面，觉得他说话不多，然人极诚恳，留给我很深刻的印象。自从那次见面以后，数年之间，彼此见面机会不多，不过偶一相遇而已。

清华学校因中美庚款关系，原隶属于外交部。民国十四年改为清华大学。民国十七年国民革命军成功后，清华改归外交部与大学院共同管辖，设立清华大学董事会，由董事十余人组织之。我曾接到聘书被聘为董事之一。几星期以后，大学院改为教育部，清华大学完全改隶于教育部，与其他国立大学相同，因此取消清华大学董事会，当时我又接到董事会取消的通知。实际上董事会未曾开过成立会便被取消了。这段故事恐怕现今知道的人已经不多。

民国廿年下半年我任教育部部长的时候，正值清华久无正式校长。我急于解决这个问题，当时我再三考虑认为月涵最为适当，时月涵正在美国任清华留美学生监督，我电征其同意后，于民国廿年九月廿三日提出行政院国务会议通过以月涵任国立清华大学校长。我旋即电促月涵从速回国。不久他便由美国到南京，我们见面后几天内，他便去北平到校就职了。由民国廿年起到本年止，他继续任清华大学（后为台湾清华大学）校长达三十一年之久，是中国国立大学任职最久的校长。他对清华尽力甚多，贡献甚大。回想我在教育部所做令我满意的并不多。我为清华选择了这位校长，却是我最满意的一件事。

民国廿年十二月底我离开教育部，廿一年一月我仍回到北平研究院。从民国廿一年到廿六年，在北平我与月涵见面的机会较多。抗战时期平研院迁往昆明，北大、清华、南开则在昆明合组为西南联合大学，彼此接触愈多。胜利后复员回到北平，适有北平国立院校联合会之组织，各院校负责人每月聚会一次，因此我与月涵晤谈更多了。

民国卅七年十二月半北平突被共产党军队围攻，西苑与南苑机场均不能用。北平城内动工建筑一个临时机场，利用东交民巷东面围墙外的操场与东长安街东部一带地方，作成南北方向跑道一条。十二月廿日晚间（国民党）政府派第一架飞机到北平接人，降落于该临时机场上。廿一日清晨我与月涵及袁守和（同礼）先生和袁夫人等数人携少许随身行李登机飞往南京。这是差不多十四年前的事。

民国卅八年七月间，我与月涵前后由广州到香港。月涵先乘飞机赴巴黎，我则偕内人稍迟乘船赴法。是年九月十九日至十月十五日联合国教育科学文化组织（简称联教组织，UNESCO）第四次大会在巴黎开会。中国代表团五人，月涵被推任为首席代表，我与熊迪之（庆来）、陈通伯（源）、袁守和三位先生被任为代表。

联教组织大会闭幕后，我们移居巴黎南郊儒维集（Juvisy）地方，距巴黎约三十公里，可乘近郊火车往来巴黎。不久月涵亦搬到我们的寓所同住。月涵的习惯夜间睡眠甚迟，我的习惯则夜间睡眠甚早。同住的期间，我们采取折中办法，在晚十时至十一时之间就寝，然有时我们也破例做长夜之谈。月涵颇喜欢饮酒，我则饮酒很少，于是我们吃饭时以饮几杯葡萄酒为乐。同住不久月涵便准备办理赴美手续，几星期后他又飞往纽约去了。

一九五三年三月间我们由欧洲来到美国。月涵及其夫人原住在纽约区，我们也住在纽约区。恰是“异国遇故知”，彼此往来甚多。承月涵以“清华”研究奖助金给我，使我能从事小小的研究工作，这是我十分感谢他的。一九五四年初月涵约我为“清华”研究与教学奖助金委员会（Committee on Tsing Hua Fellowships）委员。一九五五年三月月涵恢复了《清华学报》，组织编辑委员会，聘何淬廉先生为主席，我则被聘为顾问编辑之一。一九五五年十一月月涵回台湾筹备“清华大学”原子科学研究所。一九五七年十一月月涵由台来美为原子科学研究所洽办定制原子炉事宜。他曾经约集七八个人研讨原子炉洽办定制问题，开会数次，我也被约参加。这都是到美以后与“清华”发生的关系。

此外有两件事我觉得对不起月涵：一是一九五六年五六月间月涵约我回台为“清华大学”帮忙办理原子科学研究所；一是一九五八年三四月间月涵为原子能委员会约我到日内瓦参加第二次国际原子能会议（是年九月一日至十三日在日内瓦开会）。这两件事都因为我的身体欠佳，不能远行，未能应命，我是很抱歉的。

月涵身体素极健康，不意一九六〇年五月间忽闻其因病入台大医院治疗，稍迟又传来消息说他是患癌，使我大吃一惊。我于六月十七日，函胡适之先生询问真相，适之六月廿二日复信详述月涵病状及其经过情形，我才知道：月涵病起于腰痛，后转为筋骨痛，五月里在家调养，五月底始入台大医院，六月十日医院断定为摄护腺（前列腺）患癌，并已用“女性激素”（Female Hormone）围堵。适之来信末尾又说：“此信可与纽约友人同看，但不可公布，月涵自己并不知道他的病原”云云。我由适之的信虽然得知月涵的病原，然而却更为月涵着急了。

梅夫人接到适之与钱思亮先生六月十日晚由台北发至纽约的电报以后，遂于十九日由纽约飞抵台北。

适之生前最后给我的一封信，是一九六一年九月三日由南港发出的，信中还有一段谈到月涵，他说："月涵去年五月底进台大医院，住院十五个月了，卧床已十六个月了。上星期我去看他，尚无出院之期"云云。终于在适之去世以后，不及三个月，月涵亦归道山，月涵住院竟达两年之久！

月涵一生服务清华，厥功甚伟。最后他筹设的原子科学研究所的原子炉，已于一九六一年四月完成。他的生平事迹可以永垂不朽了。

一九六二，九，八，纽约。

（原载《清华校友通讯》第二期）

追忆朱骝先先生

一九六三年一月三日下午五时朱骝先先生在台北寓所因心脏病突发而逝世。噩耗传来，令人悲悼不已。我与骝先是将近四十年的老朋友。我与他有三重同事的关系：第一是北京大学的老同事，第二是管理中英庚款董事会的老同事，第三是中央研究院的老同事。现在就这三重关系，略写一些回忆如下。

先谈关于北京大学的回忆。

一九二二年八月间，我到北大任物理系教授。到校不久，因为物理系要从德国购买若干仪器，就听见说骝先的名字了。当时骝先正在德国留学，凡北大向德国购买仪器，大都托骝先代购。原来骝先于民国三年曾去德国自费留学，入柏林大学矿科。嗣以欧战关系不能开班，他不得已于民国六年回国。旋到北大教德文。民国七年教育部有十名留学名额，其中半数给北京专科以上学校教员出国进修。骝先遂由北大派送再度赴欧，初入瑞士佩伦（Bern）大学习地质，继入秋里锡（Zurich）大学；民国九年转入柏林大学，继续研读地质；民国十一年得博士学位，仍继续做研究工作，至民国十三年初回国。

民国十三年八月骝先到北大任地质系教授，不久他和我便在北大第二院（在马神庙）相遇。从那次第一次见面到现在，差不多将近四十年了。

民国十四年六月间，北京学界为上海“五卅惨案”数次罢课，举行游行示威，或开群众大会。是年九月间段祺瑞执政内阁筹开“关税特别会议”，该会议于是年十月二十六日在北京揭幕。当时北京学界反对召开关税会议，主张关税自主，各团体为此事亦数次游行示威。

以上这些运动，骝先是积极参加策动者。记得有一次游行，亲见骝先双手举起大旗领导群众在游行行列最前边走。其次则为若干教授如顾孟余、徐炳昶等，我亦参加在内。再次则为学生行列。大队两旁各有警察持枪前后随大队出发。孟余等且一面走一面向警察宣传，说明此系爱国运动，请他们也一同参加。大队行至北大第三院（在北河［沿］站）附近，因故与警察冲突，徐炳昶等均受伤。

这种运动愈演愈烈，直到民国十四年十一月二十八日，北京各界更举行国民革命大示威运动，要求段祺瑞下野，因此骝先在北京不能再住下去了。他避居东交民巷六国饭店住了若干时，我在东交民巷还看见过他。民国十五年夏他秘密离开北京到了广州。此后有两年未得与骝先见面。民国十七年九月间蔡孑民先生在大学院召集大学委员会讨论北平大学及大学委员会北平分会组织的问题。在那次会议席上，又得与骝先晤面，彼时他任浙江省民政厅厅长。

其次谈关于中英庚款董事会的回忆。

民国十九年十一月骝先调长中央大学。我则于是年十二月到了教育部。民国二十年春行政院根据民国十九年九月中英两国换文之规定，设置管理中英庚款董事会，隶属于行政院。设中国董事十人，英国董事五人。骝先被派兼任该会董事长。我则被派为董事之一，复被推为该会教育委员会主席。杭立武先生任董事会总干事。

中英庚款董事会的任务，是以英国退还庚款作为基金，借充各部会办理生产建设事业，而以借款利息办理教育文化事业。当时全国铁路十分之九有该会投资，或添购设备，或兴筑路线。粤汉铁路株韶段（由湖南株洲至广东韶州）二百四十英里完全由英庚款筑成的。其余水利、电讯、交通和电力事业，也都有该会的投资。在教育文化方面，各大学及研究机关，多半得到该会的补助；中央博物院与中央图书馆的建筑，则是全由该会担任。此外考送过留英公费生九批，共一百九十余人，每次举行留学考试，都是我任考试委员会委员长。至民国二十八年政府因抗战停付庚款，而各部会借款利息亦收不到，董事会的工作，始渐趋停顿。骝先对于董事会业务的推进，贡献甚大。

民国二十年年底，我离开了教育部，骝先是下一任的教育部长。中间经过段书诒先生短期代理部务，不久骝先便接长教育部了。民国二十一年十一月间骝先又调长交通部，他在交通部约有三年之久。

最后谈关于中央研究院的回忆。

民国二十四年底骝先交卸了交通部。民国二十五年春骝先继丁在君之后被聘为中央研究院总干事。是年年底他被任为浙江省政府主席。后因抗战军兴，浙省府又改组了。

民国二十九年中央研究院院长蔡孑民先生逝世。经中央研究院评议会选出胡适之、翁咏霓及骝先三人为院长候补人，呈送国民政府圈选一人。旋国府圈定骝先为代理院长。

中央研究院成立于民国十七年。骝先原为筹备委员之一。民国二十四年设立评议会。至大陆撤退前中研院有十四个研究所。抗战时期各研究所在后方维持进行，胜利后复员东归；部署安排，骝先煞费心力。

抗战后期我被约至重庆担任中央研究院总干事的职务。民国三十二年至三十四年我与骝先在中研院共事约两年。那时我本来在昆明主持北平研究院（平研院抗战时迁到昆明），不能分身，但以骝先及傅孟真先生等再四坚约前往帮忙，无法谢绝，只好暂行兼任。每隔数月便往返昆、渝一次。至胜利时始得摆脱总干事的职务。

一九四三年冬骝先重长教育部。民国三十四年八月日本投降，他就忙于各大学的复员。中研院复员回南京后，骝先计划筹备近代物理研究所，向国外订购了若干关于原子物理研究的设备。他希望从北平研究院物理研究所和原子学研究所（平研院原有镭学研究所系民国二十一年成立。民国三十四年十月十七日国民政府公布之《国立北平研究院组织条例》将镭学研究所改为原子学研究所）拉几位研究员到中央研究院去。结果仅钱临照先生一人由平研院物理所转移至中研院物理所，后来有一时期临照并兼代总干事。嗣因大陆撤退，骝先的计划未能实现。

民国三十七年三月间中研院举办第一次院士选举，选出院士八十一人，为中研院基本组成分子。第一次院士选举，系由中研院评议会选举；以后的院士，则由院士会议选举。建立院士体制，是骝先的重要贡献。

民国三十八年撤离大陆，中研院历史语言研究所和数学研究所迁到台湾。由于骝先的惨淡经营，有恢复的研究所，有新添的研究所，截至骝先离开中研院时已有七个研究所。此外并在台北县南港镇建筑新院舍，展开研究工作。一九五七年四月恢复院士会议及评议会，奠定了再兴的基础。

总之，骝先对于中央研究院是有大功的。

骝先的身体，素来不太好。近年患高血压及心脏病。友好都希望他善为休养，早复健康。去年九月间钱思亮先生来美，得悉骝先因血压高而入医院。后来又听说他已回寓休养了。不幸终于本年一月三日病起仓促，遽归道山，享年七十岁。回忆去年二月二十四日胡适之先生病逝于南港“中研院”，去年五月十九日梅月涵先生病逝于台大医院。前后不到一年的工夫，适之、月涵、骝先竟相继作古，真是学术界与教育界莫大的损失！

一九六三年四月一日纽约。

（原载《朱骝先先生逝世纪念册》）

追忆袁守和先生

一

本年（一九六五年）二月六日晚间，接到旅居纽约张绍镐夫人的电话，说："华府有长途电话告知袁守和先生已在华府病逝了。"噩耗传来，异常悲痛！守和的逝世，乃是学术文化界一大损失。

守和名同礼，河北徐水人，清光绪二十一年（一八九五）生于北平（当时称为北京）。由民国十五年起，主持国立北平图书馆二十余年。

我初次与守和见面，大约是民国十三四年在北平的北海图书馆。至今屈指计之，已四十年了。从那时起，因彼此同住北平，故有机会能得晤面。抗战期间，我住昆明，守和也于抗战初期住昆明，因而彼此又得"旧雨重逢"。抗战初，我因北平研究院迁往昆明事，曾往返昆渝数次，每次由渝回滇，守和必托我给北平图书馆带书籍若干册。后来守和迁往重庆，住在沙坪坝南开学校内，我到重庆时，也时常看见他。抗战胜利后，复员回平，我们彼此见面的机会更多了。现在回忆这些情形，犹在目前。

民国三十七年十二月半，北平突被共产党军队围攻，西苑与南苑机场均不能用。

北平城内动工建筑一个临时机场，利用东交民巷东面围墙外的操场与东长安街东部一带地方，作成南北方向跑道一条。十二月二十日晚间，(国民党）政府派第一架飞机到北平，降落于临时机场上，接学术教育文化界人士南下。二十一日清晨守和与梅月涵和我携带少许随身行李，搭乘该机飞往南京。守和夫人袁慧熙女士（原籍浙江桐庐）携其女公子袁静，男长公子袁澄、次公子袁清同行。我则携幼女幼贞同行。飞机中乘客似共有十二人。此事至今忽忽已十六年多了。月涵已于一九六二年病逝台北，守和又遽归道山，能不令人伤感?

守和到南京不久，便去美国。

一九四九年九月十九日至十月十五日，联合国教育科学文化组织（简称“联教组织”，UNESCO）第四次大会在巴黎举行。中国代表团代表五人，月涵被任为首席代表，我与熊迪之、陈通伯及守和三先生被任为代表。会毕后守和仍回美，我则留居巴黎两年多，又旅居德国汉堡一年。一九五三年三月间，我由欧到美，住在纽约。彼时守和住在华盛顿，在国会图书馆工作。在华盛顿与纽约两地，我和守和又见面多次。

二

守和对于北平图书馆建筑设计和一切组织，贡献甚大，他对于北大图书馆与故宫博物院图书馆，均曾帮忙，他对于中国善本书与敦煌卷子的保存，尽力很多，这一切已见蒋慰堂、李玄伯、苏莹辉诸先生在一九六五年二月间《中央日报》所发表关于悼念守和的文字中，我不再多说。现在想把最近十几年来守和旅美时期的贡献，略加介绍。

守和治目录学，久负盛名。近十几年来守和于治事之暇，继续研究，努力著作，分别用中、西或日文前后编就《西文汉学书目》、《留学博士论文目录》、《中国经济社会及数学目录》、《新疆研究丛刊》等著作，又改订国会图书馆中国善本书目。兹略举各著作如下。

1.《西文汉学书目》，*China in Western Literature*，*A Continuation of Cordier's Bibliotheca Sinica*，by Tung-Li Yuan，New Haven，Far Eastern Publication，Yale Univer sity，1958.

此书乃是考尔牒氏汉学书目的续编，由一九二一至一九五七年凡英、法、德文发表的一万八千种与中国有关的著作，均包括在内，为耶鲁大学东方专著，共八〇二页，一九五八年出版。

2.《俄文汉学文选书目》，*Russian Works on China 1918-1958*，*A Selected Bibliography*，by Yuan Tung-Li，*Monumenta Serica* Vol. XⅧ，1959.

3.《俄文汉学书目》，*Russian Works on China 1918-1960*，*in American Libraries*，by Tung-Li Yuan，New Haven，Far Eastern Publications，Yale University，1960.

4.《俄文日本研究书目》，*Russian Works on Japan*：*A Selected Bibliography*，by Tung-Li Yuan，*Monumenta Serica*，Vol. XIX，1960，403-436.

5.《中国留美同学博士论文目录》，*A Guide to Doctoral Dissertations by Chinese Students in America 1905-1960*，by Tung-Li Yuan，Washington，D. C. 1961. 此书包括由一九〇五至一九六〇年留学美国及加拿大的中国同学博士论文目录，华盛顿，一九六一年。

6.《中国留英同学博士论文目录》，*Doctoral Dissertations by Chinese Students in Great Britain and Northern Ireland 1916-1961*，by Tung-Li Yuan。此目录由一九六三年台北出版之英文《中国文化季刊》*Chinese Culture* 四卷四期发表。

7.《中国留欧大陆各国博士论文目录》，*A Guide to Doctoral Dissertations by Chinese Students in Continental-Europe 1907-1962*，Part I. France，Part Ⅱ. Belium，Part Ⅲ. Switzerland，Part Ⅳ. Gemany；by Tung-Li Yuan. 此目录由一九六四年台北出版之英文《中国文化季刊》五卷三期与四期发表。

8.《中国经济社会目录》，*Economic and Social Development of Modern China*：*A Bibliographical Guide*，by Tung-Li Yuan，New Haven，Human Relations Area File，1956.

9.《现代中国数学研究目录》，*Bibliography of Chinese Mathematics 1918-1960*，by Tung-Li Yuan，Washington，D. C. 1963.

10.《胡适先生西文著作目录》，Selected Bibliography of Dr. Hu Shih's Writings in Western Languages，Compiled by T. L. Yuan and Eugene L. Delafield，《中央研究院历史语言研究所集刊》，第二十八本，台北，一九一七年，页九〇九至九一四。

11.《国会图书馆藏中国善本书目》，王重民辑录，袁同礼重校，华盛顿，一九五七，二册。

12.《新疆研究丛刊》十种。

第一种：《新疆研究文献目录》，中文本，袁同礼编（未完成）。

第二种：《新疆研究文献目录》，一八八六——一九六二，日文本，袁同礼、渡边宏合编，东京，一九六二。

第三种：《新疆研究文献目录》，西文本，袁同礼编（未完成）。

第四种：《中俄西北条约集》，袁同礼校订及出版，华盛顿，一九六三年。

第五种：《西陲要略》，祁韵士撰，袁同礼主编，台北，民五二。

第六种：《新疆国界图志》，王树枏著，袁同礼校订及出版，华盛顿，一九六三。

第七种：《西疆交涉志要》，钟镛著，袁同礼主编，台北，一九六三。

第八种：《金轺筹笔》，曾纪泽撰述，袁同礼校订及主编，台北，一九六四。

第九种：《新疆建置志》，宋伯鲁撰，袁同礼校订及主编，台北，一九六三。

第十种：《戡定新疆记》，魏光焘等撰，袁同礼校订及主编，台北，一九六三。

此外尚有《中国美术学目录》，包括考古学在内，守和近两年正在编作，亦未完成。

上列守和近十余年来各种著作总单，都是参考用的必需品，也是守和重大的贡献。其已完成者，乃是守和费了十几年精力的结果。其未完成者，甚希望有人能本守和遗志，继续努力完成之。此总单初稿，曾寄守和夫人阅看，承予以修改及补充，特此致谢。

关于《留学博士论文目录》编辑经过，我知道的较多，现略述一二：守和利用其知识与经验，先由各有关刊物或书籍中，找出中国留学生而获得博士学位者之西文姓名、论文题目、获得学位地点和年代，及论文发表的刊物名称。如疑某人似有博士学位而未查出者，便函请原校查复，或向熟人询问后再查。复次守和亲自访问欧美各大图书馆和各大学，以证实其找出之结果是否正确。再次为填入论文著作人的中文姓名与其生平，此系最困难之事。中文姓名可查出者，均分别填入；其查不出者，则函托熟人代查，或托熟人转托友人代填。守和编此项论文目录时，给我写亲笔信多封，大都系询问某某人是否有博士学位，或托代查某某人中文姓名。读之可想见此种工作之繁重与困难。然守和不畏繁难，毅然猛进，卒告成功。其治学精神，殊堪钦佩！据守和估计，中国留学欧美各国同学获得博士学位者前后总数约超过五千人，这是近代男女中国青年留学海外的一大成就。

三

守和身体素健，虽年近七十，然看来好像一个五十多岁的人。一九六四年夏守和再度赴英，搜集材料。旋因病回美就医，入院割治，并住院两月。彼时我因患摄护腺肥大病，亦入医院割治，住院一月后出院休养。因之直至去年（一九六四）十月间我始能写信给守和询问其病状。嗣接十月十五日守和亲笔复信，说：

“……弟患 pancreas，入院割治后住院两月，迄今未能复原，终日度日如年，亦无他法可想。吾人在此幸有良医，又有健康保险，否则更不堪设想矣……”

同时我曾设法间接询问，得悉守和所患为膵癌①（pancreas cancer），始甚为着急。看守和信中“度日如年”之语，可见其心情之不佳。

一九六四年十一月九日，老友陈孟钊兄由支加哥给我写信，大意说：他到华府即访见守和，是日天气和暖，守和适在院中晒太阳。在客堂中谈话廿分钟，其精神尚好。据袁夫人告知，守和食欲欠佳，病后重量减轻三十磅云云。我看了孟钊的来信，仍觉情势严重。

① 即胰腺癌。

本年（一九六五）新年前，守和在复我贺年片上加了两句附言，其中一句是："弟亦略愈，惟仍未十分复元也。"虽然此时我仍在忧虑中，然得悉其"略愈"之语，至以为慰。不意新年一个多月以后，守和病势突趋恶化，终于医药罔效，遽至不起。其新年贺片上的附言，觉变成最后遗言了。守和虽与世长辞，然其所遗留的重大贡献却是永垂不朽！

（原载《传记文学》第八卷第二期）

悼汪敬熙先生

今年（一九六八）七月中旬我收到威斯康辛（Wisconsin）州的麦德森（Madison）城第一国家银行（First National Bank）来信说：汪敬熙先生（按汪先生字缉斋）于六月二十日去世。噩耗传来，异常悲悼。九月初旬收到陈省身先生九月五日来函，并附寄《悼念汪敬熙先生》文稿的影印抄件，惊悉缉斋是自缢而死，尤深伤感。我初次晤见缉斋是在民国二十几年，好像是在中央研究院评议会开会时期，已记忆不清，然已三十多年了。近年在美国常常与缉斋通信，自一九六二年至今，我存有他的来信共计一百零四封。本文大部分选用他二十多封信中的材料，再加以本人见闻所及，拉杂写成，藉资纪念。

一

辑斋生于济南。根据他一九六七年七月八日来信说，他“是属鸡的”。由此推算，他是生于清光绪二十三年丁酉，即公元一八九七年。今年（一九六八）是七十二岁。

缉斋是五四运动时代的人物，民国八年毕业于北大经济系。曾参加新潮社。《新潮》乃是民国七年冬所创办，系北大学生私人所组织的月刊，响应《新青年》鼓吹新文化运动。第一期出版于民国八年一月，至民国九年底停刊，共出十二期。

时穆藕初捐款资送北大毕业生六人赴美留学，由蔡孑民、蒋孟邻、胡适之、陶孟和四人组成选送委员会。所选送者为汪敬熙、段锡朋、罗家伦、康白情、周炳琳、孟寿椿六人。汪、段是民八毕业，罗、康、周是民九毕业，孟则是民十毕业。此外由六人旅费中各均出美金一百元共六百元补助江绍原作赴美旅费。以上七人除孟外余均于民九年十月搭乘"China"船赴美。过横滨时康白情因往看田汉而误船，改乘下一班船到旧金山，即留居其地。康氏在旧金山改名洪章。孟寿椿于民十年秋亦到旧金山，康白情便留孟办党和办报。至于傅孟真、杨今甫、徐彦之三人，则是山东省官费留学，傅、徐赴英，杨则赴美（据缉斋一九六三年一月十七日来信所述，并见《碉庐集》页七七与七八）。因民九正式被选送出洋者五人，故当时有"五大臣出洋"之称。

缉斋到美后，入霍普金斯（Johns Hopkins）大学，研究心理与生理学。一九二三年得博士学位。回国后任各大学教授，一九三四年任中央研究院心理研究所所长，一九四八年被选为中央研究院院士，一九四七年应巴黎联教组织（UNESCO）自然科学处处长李约瑟（Joseph Needham）之约，任该处国际科学合作组主任，他便携眷至巴黎，在联教组织任职六年多（据缉斋一九六六年十二月十日来信）。一九五四年到美，在霍普金斯大学作了三年研究工作，然后转到威斯康辛大学继续作研究工作，都是从事生理学的研究。

自一九四九年冬起的两年多的时间，缉斋夫妇在巴黎常与我们过往，或一同吃饭，或一同游玩。他在霍普金斯时期，他的夫人何肇菁女士因病回台，他便单独地生活了。他最后在美十余年，每至纽约，必到我家便饭长谈。及今思之，如在目前。

二

省身在本刊上期所写《悼念汪敬熙先生》一文中说："汪先生最大贡献，自然在心理和生理学。"并指出：他的最后论文目录列了七十篇论文，最后十多年在美国他写了近三十篇文章。我对于心理和生理学是门外汉，不能多谈。我只就缉斋的博士论文和他在一九六四年出版的一本专书补充几句话。

缉斋的博士论文是一九二三年在李奇特（Curt P. Richter）博士指导之下在霍普金斯医院心理研究室完成的。论文题目是《性腺内分泌对于白女鼠行为的影响》（*The Relation Between "Spontaneous" Activity and Oetrous Cycle in the White Rat*）。此论文被收入于《比较心理学专刊》第二册（*Comparative Psychology Monographs*，VOL. Ⅱ）由保提莫尔（Baltimore）的 Williams & Wilkins Company 于一九二三年出版，共二十七页，著作人列 C. H. Wang。此项工作，实为一个重要发现，真是一篇用数字证明了卵巢内分泌对于行为影响最早的文章。邵仪尔（C. H. Sawyer）在他写的一篇文章，印在美国生理学会出版的《生理便览》（*Handbook of Physiology*〔*Neuro-Physiology*〕Vol. Ⅱ）说明了这一点。缉斋曾在岭南大学和北大各讲过一次；又在纪念蔡孑民先生讲演书里第一章写了此项工作（据缉斋一九六七年六月十四日来信）。

缉斋另一本英文专书的书名是《出汗的神经管制》（*The Neural Control of Sweating*），一九六四年由威斯康辛大学出版部（University of Wisconsin Press）出版，共一二九页，著作人列 C. H. Wang。此书著者《自序》写于一九六二年九月三十日，指出内容为"以往八年研究出汗的神经管制工作之撮要与复查"。此书的第一篇书评登在一九六四年《实验生理学季刊》（*Quarterly Journal of Experimental Physiology*）七月号。该书评结论认为是一个优良的著作（据缉斋一九六四年八月六日来信）。

三

缉斋虽专门心理与生理，然对于数理化及自然科学其他部门的普通知识，均极丰富。他对于世界各国近代科学家的名字，知道很多，所以他在联教组织主管国际科学合作，最为相宜。他喜欢搜集中国科学最近发达史料，他对于中国近代科学家各个人的专长，知道特多。

缉斋对人的批评固然很多，但对人的称赞亦不少。下边我举出两个例子：一个是他称赞林文庆先生，一个是他称赞赵承嘏（字石民）先生。

林文庆是林可胜的父亲，曾任厦门大学校长。林文庆在爱丁堡大学医学院毕业，林可胜也是同校毕业，父子全是生理学家。

缉斋曾指出在生物学方面，近代中国人最早做研究的是林文庆；他于一八九三年发表了《关于脑部第十条神经的研究》（中央研究院发表《中国人的生理学研究目录》中有记录）。这个研究是林文庆在英国剑桥大学病理实验室做的（据缉斋一九六八年一月十七日来信）。

林文庆用厦门音转译的姓名为 Lim Boon Keng，即其论文发表的著作人姓名。其论文题目为 *On the Nervous Supply of the Dog's Heart*。发表的刊物为英文《生理学杂志》（*Journal of Physiology*, Vol. 14, pp. 467~482, Plate XXV, 1893）（据缉斋一九六八年四月十七日来信）。林文庆这篇文章在七十五年以前发表，大约不仅是近代中国科学家在生物学方面最早的贡献，恐怕也是近代中国科学家在自然科学全部最早的贡献。

赵石民是化学家，原留学英国，后转学瑞士，他在日内瓦大学的博士论文是一九一四年完成的，论文题目是《延胡索碱的合成》（*Essais de Synthēse de la Corydaline*）。这篇论文大约是近代中国科学家在化学方面最早的贡献。他任国立北平研究院药物研究所（与中法大学合办）所长多年。他是属鸡的，比缉斋大一周，现年应该是八十四岁了。缉斋是北平研究院通信研究员，和石民是好朋友，且与石民合作过几种研究工作（关于中国延胡索之研究，中国大茶叶中之植物碱，和木防己素甲及乙对于两栖类骨骼肌之影响等）。对于石民素来备极称赞。

缉斋于一九六五年九月十二日来信说："（上略）石民兄系国人中最老的第一个人，不但能独立工作，而且可与科学先进国家之名流抗衡。弟尚记得，抗战胜利后，弟到其上海福开森路之研究所。石民兄先示弟一小玻璃杯，内有无色溶液，且告弟'老汪，你看结晶生出来了！'渠晃晃这玻璃杯，杯底确有小粒的结晶。这是中药常山的 Alkaloid（植物碱）的结晶。后来弟知当时美国一个化学家在 Caltech（加州理工大学）工作数年，不能得到此结果。石民兄两星期内达到目的！他是国际 Alkaloid

Chemists（植物碱化学家）中最能干的数人之一。但国人知此者甚为少数！”

绀斋于一九六六年六月二十六日来信，又谈到石民，说：“在植物碱性物质的提取和合成，他（指石民）是世界头等人物之一。”由以上这两封信，可知绀斋对于石民是如何推崇！实际上绀斋确是深知石民之一人。

四

自一九六二年起，绀斋开始患高血压症。是年九月间他的血压高度是收缩血压一七〇至二〇〇毫米水银柱，舒张血压一二〇毫米水银柱（据绀斋一九六二年九月二十四日来信）。一九六三年十一月间他的收缩血压曾高至二一〇毫米水银柱，舒张血压至一一〇毫米水银柱。嗣吃药一年多后，收缩血压降至一四〇——六〇毫米水银柱，舒张血压降至八〇—九〇毫米水银柱（据绀斋一九六五年四月十日来信）。

一九六四——九六五年前后，绀斋时常发出悲观论调，例如：他谈到蒋孟邻作古时，他说：“一九一九年为穆藕初先生选学生之四位先生，现已完全去世；当日被选的学生，至少一人已故，或者死的多至三四人。弟自己恐在世不久。”（据绀斋一九六四年九月一日来信）他谈到袁守和病逝时，他说：“朋友中与弟年岁差不多的人，已故去不少，望弟之解脱亦不在远。”（据绀斋一九六五年二月十一日来信）这些悲观论调，或因其患高血压症的原故。

一九六五年九月十八日绀斋来信说：“近日常喝酒，半年来每月花在酒上有四五十元。”一九六五年十月十日绀斋又来信说：“饮酒实因此地太寂寞。每日除实验看书外，无人可谈。实验有好结果，无人可告；实验如困难，无人可商。喝酒是唯一生路。生性不能使弟痛饮至醉，医生亦未禁止饮酒，所以每月中买十几瓶酒，以备每晚喝些。”

在这一时期，绀斋每年休假时，便到美国各地休养，且作了两次美国以外的大旅行：一九六五年七月曾到南美乌拉圭、智利等国旅行（据绀斋七月十二日来信）。一九六六年三四月间曾到欧洲葡萄牙、西班牙、意大利、希腊等国旅行（据绀斋一九六六年四月三日来信）。

一九六七年二月间缉斋作身体总检查时，发现得了糖尿病，不知何时起，体重减了十五磅（据缉斋一九六七年二月二十六日来信，及一九六八年一月六日来信）。他的血内糖分增至每一〇〇毫升的血中有二〇〇毫克的糖（据缉斋一九六七年十二月二十五日来信）。按正常人血液中的糖分每一〇〇毫升的血中，应有八〇至二〇毫克的糖。缉斋血液中的糖分，已为正常人的两倍。

一九六七年夏间缉斋患失眠症，颇以为苦（据缉斋一九六七年八月十二日来信及同年八月十九日来信）。

汪敬熙致本文作者函照片

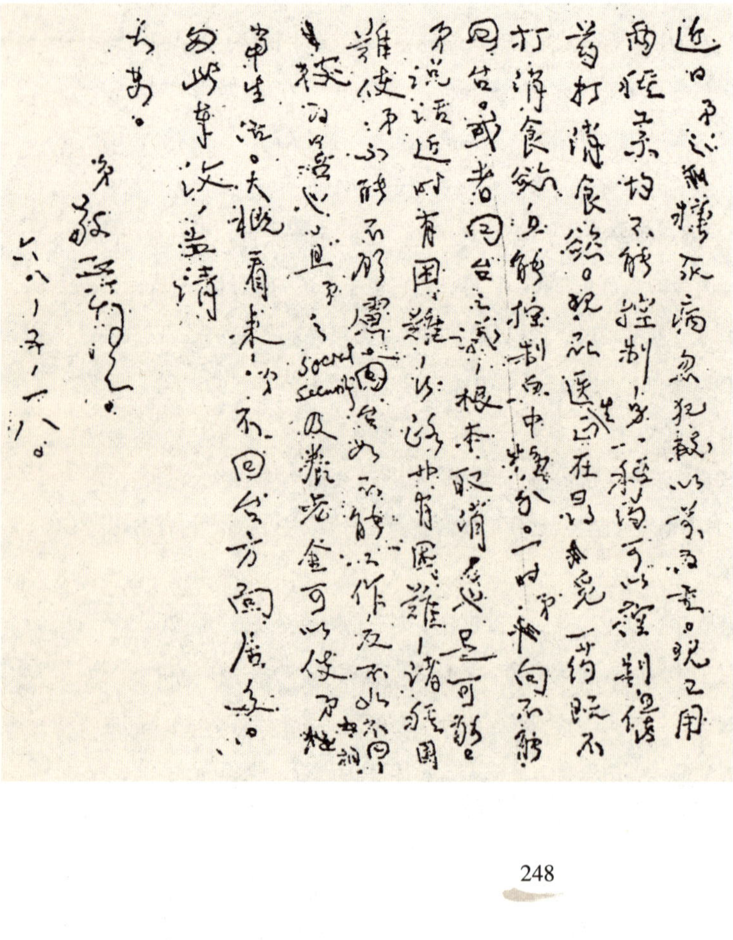
近日弟之糖尿病忽犯，致以为虑。现已用两种药均不能控制，只一经消可以控制，但须药打针、节食。现正医生正在另觅一药，既不打针，饮食又能控制血中糖分。一时弟本向不能回台，或者回台之议，根本取消，亦是可能。弟说话近时有困难，行路也有困难，诸种困难使弟不能不顾虑。因此不能不作及不得不[illegible]考虑[illegible]之Social Security及养老金可以使弟维持简单生活。大概看来，弟不回台方面居多。为此事谈谈，并请
大安。
弟敬熙
六八、一、十八

缉斋受高血压、糖尿病与失眠三种病的困扰，渐渐他吃不消了。一九六八年四月间他的体力十分衰退，已决定是年六月底退休，退休后仍暂住威斯康辛的麦德森，以便继续写完四篇论文，约需三四个月的时间，写完后再定去何处（据缉斋一九六八年四月二十三日来信）。一九六八年五月初他对于退休问题又有更改，他接到卢致德先生函，聘他为国防医学院客座教授，他回信接受，并定于七月初旬回台（据缉斋一九六八年五月三日来信）。

一九六八年五月十八日缉斋忽来信说："（上略）近日弟之糖尿病忽犯较以前为重。现已用两种药均不能控制，另一种药可以控制，但此药打消食欲。现在医生正在寻觅一药既不打消食欲，且能控制血中糖分。一时弟尚不能回台。或者回台之议，根本取消，也是可能。弟说话近时有困难，行路也有困难，诸种困难使弟不能不考虑。回台如不能工作，反不如不回较为善也。且弟之 Social Security（社会安全保险）及养老金可以使弟相当生活。大概看来，弟不回台方面居多。"（附原信照片见前页）

不意此信竟是辑斋最后的来信。此信明白指出他的糖尿病难以控制，而且说话与行路均有困难，可知其病之严重。我收到此信以后，曾前后两次与缉斋去信询问彼之病况，均无回音。满以为他已入医院治疗，一时未能复信。最后于一九六八年六月二十九日我又给缉斋去了一信，十余日后我突接到威斯康辛第一国家银行来信告知我说：缉斋已于六月二十日去世。九月上旬我得读省身寄给我悼念缉斋的文稿，才知道缉斋当时死的情形。辑斋平素虽有消极论调，然在他死前一个月零两天，他还想到他的社会安全保险及养老金，使他相当生活，可知彼时尚无离此世界而去之意。大约后来受到病魔困扰益烈的刺激，才有六月二十日最后的决定。缉斋确是中国学术界一位特殊人物，他的死是中国学术界一大损失。近年来我的老友去世的已不少，今忽又弱一个，失去了一位常常通信且能有时晤面谈天的好友，怎能不令人悲伤不已呢？

一九六八，十，九草完于纽约

李书华年表

一八九〇年，生于河北省昌黎。

一九一二年，赴法国留学。

一九一八年，获图卢兹大学理学硕士学位。

一九二二年，在巴黎大学获法国国家理学博士学位。

一九二二—一九二七年，任北京大学教授。

一九二六年十一月—一九二七年十一月，任北大物理系主任。

一九二六年，任中法大学代理校长。

一九二八—一九二九年，任北平大学副校长、兼代理校长。

一九二九—一九三一年，任北京大学物理系主任。

一九二九—一九四八年，任北平研究院副院长。

一九三一—一九三二年，南京国民政府教育部政务次长、部长。

一九四三—一九四五年，中央研究院总干事。

一九四五年十一月，在英国伦敦出席联合国教科文组织成立大会；次年十一月又赴巴黎出席该组织的第一次大会。

一九四八年，当选中央研究院院士。

一九五〇—一九五一年，在巴黎大学与法兰西学院从事“大分子”研究。

一九五一——一九五二年，任德国汉堡大学访问教授。

一九五三——一九五八年，在美国哥伦比亚大学从事“大分子”研究。

一九五九年，所著《造纸的传播及古纸的发现》中英文合订本和《指南针与指南车》中英文合订本分别在台北出版。

一九六七年，《碣庐集》由台北传记文学出版社出版。

一九七九年七月五日，于美国纽约逝世。

李书华主要著述目录

著作

1.《北京大学物理实验讲义》（第一册），北大出版部，一九二四年。

2.《指南针的起源》，台北大陆杂志社印行，一九五四年。

3.《纸的起源》，台北大陆杂志社印行，一九五五年。

4.《造纸的传播及古纸的发现》（中英文合订本），中华丛书，一九五八年。

5.《指南针与指南车》（中英文合订本），台北艺文印书馆，一九五九年。

6.《中国印刷术起源》，香港新亚研究所，一九六二年。

7.《碣庐集》，传记文学出版社（台北），一九六七年。

8.《李书华游记》，传记文学出版社（台北），一九六九年。

论文

1. Schéme physique de la perméabilité sélectire des cellules vivantes aux différents ions. en collaboration avec P. Girard et W. Mestrezat, *Comptes rendus de l'Académie des Sciences*, 175 (1922), 183, Paris, Juillet.

2. Perméabilité Sélectire des membranes polarisées. *Annales de physique* (1922), Paris.

3. Cohésion et polyméisation du chlorure de polyvinyle d'aprés sa chaleur spécifique. en collab-

oration avec M. Badoche, *Comptes rendus de des Sciences*, 231 (1950), 50, Paris, Juillet.

4. Cohésion et degré de polymérisation des grosses molécules de polystyroline d'aprés, leurs chaleurs spécifiques *Comptes rendus de l'Académie des Sciences*, 232 (Février 1951), 821, Paris.

5. Variations de la chaleur spécifique de dérivés polyvinyliques en fonction du degré de polymérisation ά différentes températures, en collaboration avec M. Badoche. *Bulletin de la Société Chimique de France*, 5ᵉ série, t. 18 Paris (1951), 546-549.

6. Origine de la Boussole I. -Le Char Moutre-sud. *Isis*, 45, (May 1954), 78-94.

7. Origine de la Boussole Ⅱ. -Aimant et Boussole *Isis* 45, (July 1954), 175-196.

8. Premiére mention de l'application de la boussole ὰ la navigation, *Oriens Extremus*, I (Jahrgang 1954).

人名索引

D

F

图书在版编目（CIP）数据

李书华自述 / 李书华著．— 长沙：湖南教育出版社，2009.12
（2015.8 重印）
（20 世纪中国科学口述史 / 樊洪业主编）
ISBN 978-7-5355-6348-4

Ⅰ．①李…　Ⅱ．①李…　Ⅲ．①李书华（1889~1979）— 自传
②物理学 — 进展 — 中国 —20 世纪　Ⅳ．① K826.11　② 04-12

中国版本图书馆 CIP 数据核字（2009）第 218108 号

书　　名	20 世纪中国科学口述史 李书华自述 Li Shu-Hua Zishu
作　　者	李书华
责任编辑	朱　微
责任校对	崔俊辉
出版发行	湖南教育出版社（长沙市韶山北路 443 号）
网　　址	http://www.hneph.com
电子邮箱	hnjycbs@sina.com
客　　服	电话 0731-85486979
经　　销	湖南省新华书店
印　　刷	长沙超峰印刷有限公司
开　　本	710×1000　16 开
印　　张	18.25
字　　数	224 000
版　　次	2009 年 12 月第 1 版　2015 年 8 月第 1 版第 2 次印刷
书　　号	ISBN 978-7-5355-6348-4
定　　价	48.00 元
